KB104728

# 늑대와 향신료 Ⅴ

하세쿠라 이스나 지음
아야쿠라 쥬우 일러스트
박소영 옮김

〈제책 방식의 차이로 컬러 화보의 내용은 오른쪽에서부터 읽어 주시기 바랍니다.〉

"여어, 이것 참 반가운 반응이군.
메르타, 봤지?
깜짝 놀라잖아?"
탄력 있는
싱싱한 목소리가
방 안을 울리자,
메르타라 불린 수도녀는
방울이 구르는 듯한
소리로 웃었다.

연대기 작가 리골로 데릴리

수도녀 메르타

그러자마자
"호오." 하고
탄성을 지른 것은
호로였다.
로렌스는 너무 놀라
소리도 나오지 않았다.

"그래서 말인데."
그렇게 운을 떼며 에이브는
로렌스의 시선을 당겼다.
"당신, 나한테 돈 좀 빌려주지 않겠어?"

여관의 주인 아롤드 에크룬드

여관에서 만난 상인 에이브 볼란

"순례여행을 떠나기에는
딱 좋을 때일지도 모르지."
그것은 거의 뼈를 묻을 장소를
찾아 가는 것이나
마찬가지리라.

호로는 다시금 천천히 로렌스의 가슴에 몸을 기댄 뒤,
몸을 뒤척이면서 중얼거리듯 말했다.

"여기서 여행을 끝내기로 하자."

# CONTENTS

# 늑대와 향신료 Ⓥ

# 조 용한 여행이었다.

짐마차만 덜커덩거릴 뿐, 오가는 대화 하나 없다.

잠에서 깨면 그저 짐마차에 흔들리며 끼니를 때운다.

마부석에 앉아 말고삐를 쥐고 있는 청년, 그래프트 로렌스는 나이 열여덟 무렵에 홀로 독립하여 올해로 7년째 곳곳으로 장사를 다니는 행상인이다.

홀로 들판을 가는 행상인에게는 고독이 따르게 마련이라, 문득 정신이 들고 보면 짐마차를 끄는 말에게 이야기를 걸 때도 있고, 이상하게 혼잣말이 늘기도 한다. 요 며칠도 말다운 말 한마디 한 적 없는 조용한 여행이 이어지고 있었다.

하지만 그것이 외로우냐고 묻는다면, 대답은 '아니올시다' 다.

이유는 분명하다. 곁에서 새근새근 자고 있는 단짝 덕분이다.

지금은 로브며 모포를 둘둘 말고 있어 남자인지 여자인지조차 분간이 되지 않는 상태지만, 열이면 열 사람이 다 돌아볼 만큼 아리따운 용모에 귀족의 딸처럼 긴 황갈색 머리카락이 뭇 사내들의 눈길을 확 잡아끈다.

아무 말 없이 청초한 자태로 있기만 한다면야 그 어떤 훌륭한 자리에 내놓는다 해도 부끄럽지 않을 텐데.

하지만 이 단짝은 그리 쉽사리 바깥에 내놓을 수가 없다.

인간에게는 절대 있을 수 없는 짐승의 귀와 꼬리가 달린 소녀이기 때문이다.

단짝의 이름은 호로.

호로의 참모습은 사람을 통째로 가볍게 꿀꺽할 수 있을 만큼 거대한 몸집을 가진 늑대. 보리에 깃들어 있으면서 풍작을 관장하는 늑대다.

"으…."

문득 호로가 무슨 말을 한 듯했으나, 그냥 눈을 살짝 떴다 감은 것뿐이리라. 이럴 때는 대개 이유가 정해져 있다.

꼬리는 조금 전에 위치를 바꾸었으니 이번에는 귀일 것이다. 로렌스는 노루가죽으로 만든 장갑을 낀 채 호로의 후드를 살짝 들쳐 주었다.

그러자 후드 속에서 편안한 위치를 찾는 듯 귀가 움직이고 있는 것이 장갑 너머로 전해져왔다. 한동안 찡긋찡긋 작은 진동이 전해져오더니 이윽고 멈췄다. 까다로운 귀부인이 꽃병에 꽂은 꽃의 위치를 매만지는 것 같은 미세조종을 거쳐, 만족스러운 위치를 찾은 모양이다. 호로는 작은 한숨 같은 소리를 내더니 모포를 뒤집어 쓴 채로 가볍게 머리를 비벼댄다.

인사 대신일 것이다.

로렌스가 시선을 앞으로 하자 다시금 조용한 여행이 이어진다.

이제는 서로가 서로의 기분을 모를 사이가 아니다.

말이 오가지 않아도 외로울 리가 없었다.

마을의 문제에 휘말려 자칫 죄인이 되어 단두대의 이슬로 사라질 뻔했던 테레오 마을을 떠난 지 일주일.

호로와 로렌스는 호로의 전설이 남아 있다는 도시 레노스를 향해 가고 있었다.

레노스는 북쪽 지방에서는 꽤 큰 도시로, 목재와 모피의 시장으로 알려져 있다.

따라서 레노스를 찾는 이들이 많은 덕에, 길 위에서 스쳐 지나가거나 앞질러 가는 동업자들의 모습도 간간이 있었다. 로렌스도 예전에 몇 번인가 방문한 적이 있었지만 이번에는 장사를 하러 온 것이 아니다.

길동무인 호로의 고향을 찾기 위한 정보 수집을 위해 들르는 것이다.

그러니 평소 같으면 반드시 싣고 다니는 짐도 이번에는 없다.

사실은 테레오 마을에서 산더미처럼 받은 쿠키를 약간이나마 팔 수 있으면 좋겠다 싶었으나, 지금 곁에서 자고 있는 늑대가 전부 먹어치워 버렸다. 맛있는 게 있으면 있는 만큼 먹어치우고, 그러다 바닥이 나면 화를 낸다.

어이가 없을 만큼 잘 먹고, 잘 마시고, 그리고 잘 잔다.

하기야 추워서 할 일도 없으니 고삐를 쥐고 있는 게 아니라면 잠이나 자는 수밖에 없다. 그래도 낮에 실컷 자 놓고 밤에도 푹 자는 게 대단하다. 한밤중에 살짝 일어나 달을 향해 울부짖고 있는 게 아닐까 하고 생각한 적이 한두 번이 아니다.

그렇게 느긋하고 조용한 여행이 일주일 간 이어진 뒤 마침내 비를 만났다.

무슨 재주인지는 모르겠으나 호로는 그 비를 이틀 전부터 예측했는데, 그래서인지 막상 비가 내리기 시작하자 모포 밑에서 꾸물꾸물 얼굴을 내밀고는 잠자코 책망하는 듯한 시선을 보내온다.

저렇게 쳐다본들 이것만큼은 난들 어쩔 수 없지 않느냐 하며 로렌스는 눈길을 피했다.

점심때부터 내리기 시작한 비는 빗방울이 몸을 때리는 그런 비가 아니라, 뿌옇게 내리는 안개비인 것이 그나마 다행이라면 다행이겠으나, 이런 추위 속에서는 얼음을 깎아서 뿌리는 것이나 다름없다.

호로는 모포를 머리에 푹 뒤집어쓴 채 나 몰라라 한다. 추우니까 한 장만 달라고 했다가는 철천지원수 보듯 노려보리라.

금세 손이 곱은 로렌스는 그야말로 짐칸 밑으로라도 파고들고 싶은 심정이었는데, 신께서는 평소의 행실을 잘 지켜보고 계셨던 모양이다.

호로도 알아챘는지 모포에서 얼굴을 내밀고 하품을 한 번 했다.

"크으… 아함. 이대로 얼어 죽는 일은 안 생길 모양이군."

"사람이 덜덜 떨면서 고삐를 쥐고 있는데 자기만 모포를 둘둘 말고 있으면서 그런 말이 나와?"

"흠. 난 마음이 냉정해서 잘 데워 놔야 하거든."

즐거운 듯이 웃으며 그런 말을 하면 화를 낼 기분도 안 난다.

로렌스 일행이 가고 있는 길 저 앞쪽으로, 우윳빛 배경 속에 검은 형체가 오도카니 서 있는 게 보였다.

"꼭 무슨 스튜 속에 누룽지가 떠 있는 것 같네."

호로가 그런 소리를 하자 제대로 된 음식을 먹지 못해 허기진

배가 그만 우스꽝스런 소리를 내고 만다. 천하의 짓궂은 현랑(賢狼)께서도 이런 순간에 꼬르륵 소리가 날 줄은 생각지 못했는지, 순간 멍한 표정을 짓더니 놀리는 것도 잊은 채 깔깔대며 웃었다.

레노스 마을은 롬 강이라 불리는, 유유히 흐르는 폭넓은 강을 끼고 형성된 큰 항구도시다. 도시의 형체가 보이기 시작했으니 강도 보일 만한데, 지금은 안개비로 뒤덮여 하늘과 분간이 안 되나 보다. 날씨가 맑으면 커다란 롬 강을 오가는 수많은 배들이 보이리라.

도시 안으로 들어가면 날마다 오가는 배들 외에 항구에 정박해 있는 엄청난 수의 배들도 볼 수 있다. 그뿐 아니라, 호로가 좋아라 하는 노점들도 줄줄이 있을 테고 술도 도수가 센 것이 많다.

눈에 발이 묶이게 되더라도 한 겨울쯤은 즐겁게 보낼 수 있을 것이다.

그러나, 한 가지 걱정거리가 있었다.

"혹시 하는 마음에 얘기해 두는데."

"응?"

"너는 옛날에 여기 와 봤다고 했지만 잊어버렸을지도 몰라서 말하는 거야. 레노스는 목재와 모피로 유명해."

"흐음."

'새삼스레 뭘' 하는 느낌이 들지 않는 것은 아니었으나, 확인해 두는 것과 확인해 두지 않는 것은 대응을 취할 때 다르다.

"그런 모피 중에 늑대가죽이 있더라도 화내기 없기다?"

호로는 화를 내는 것도 웃는 것도 아닌, 뭐라 말할 수 없는 애매한 표정을 짓더니 꾸물꾸물 목덜미를 더듬어 새끼여우 목도리를

18

꺼냈다.

크멜슨에서 수산물 중개상 아마티에게 받은 선물이다.

물건에는 죄가 없는 것이고, 추운 계절에는 참으로 유용한 모피이니 로렌스는 아무 말 않고 있긴 했지만 저것만 보면 엉덩이 언저리가 들썩들썩해진다.

아마도 호로는 그 점을 간파하고 한층 따스한 척 목에 감고 있는 것일 텐데, 이번에는 목도리를 풀어서 얼굴 부분을 들더니 로렌스 쪽을 돌아보았다.

"나는 늑대에게 잡아먹힌 적도 있고, 쥐를 잡아먹은 적도 있답니다."

새끼여우 흉내를 낼 생각인지 목소리까지 바꿔가며 말했다.

로렌스는 어깨를 살짝 으쓱했다.

상대는 현랑 호로인 것이다.

"흥. 사냥을 하고 사냥을 당하는 건 당연한 거야. 그보다 당신네 인간들이 훨씬 더 기막힌 짓을 하지. 당신들은 자기네 동족들을 사고팔잖아?"

"맞아. 노예상은 큰 돈벌이고, 필요한 장사거든."

"그게 인간 세상의 법칙이라고 당신네들이 아무렇지도 않게 말하듯이, 우리도 사냥 당하는 것들에 대한 태도는 냉정해. 그리고 그 반대 입장이라면 어쩌겠어?"

호로가 붉은 기가 도는 호박색 눈을 조금 가늘게 뜨며 이쪽을 쳐다본다.

로렌스는 호로와 만난 지 얼마 안 되었을 때 나눈 대화를 떠올렸다. 그때 호로는, 늑대가 영특한 것은 인간을 잡아먹기 때문이라는 오싹한 이야기를 했었다.

늑대의 영역에 들어간 나그네가 도망쳐 나오지 못하고 목숨을 잃는 것은 그 나그네 잘못이라고 로렌스도 생각한다. 그런 일로 늑대를 무서워할 수는 있지만 원망하는 것은 번지수가 틀린 것 같다.

그건 너무도 당연한 이야기니까.

"하지만 뭐, 실제로는 약간이라도 자기와 관계있는 것이 눈앞에서 사냥을 당한다면 아무리 침착하려 해도 침착할 수 없겠지."

그 말도 이해가 간다.

로렌스가 고개를 끄덕이자 호로가 말을 이었다.

"당신도 내가 인간 수컷들에게 잡히게 됐을 때 당황했었잖아?"

여전히 가늘게 뜨고 있긴 하지만 방금 전까지와는 전혀 다른 분위기의 눈빛이다.

"그럼, 당황했었지. 엄청 당황했었어."

시선을 말 쪽으로 돌리면서 건성으로 대답하자 호로는 즉시 언짢은 듯이 말했다.

"말투가 왜 그래?"

"그야—"

로렌스는 그렇게 운을 뗀 뒤 얼굴은 앞을 향한 채 기막힌 듯 눈을 감고 대답했다.

"부끄러우니까."

정말 부끄럽기 짝이 없는 소리다.

그 말은 속으로 중얼거렸다.

하지만 곁에 앉은 늑대는 담백한 것보다는 이런 기름지고 끈끈

20

한 대화가 취향이니 어쩔 수 없다.

호로는 새하얀 김에 얼굴이 가려질 만큼 숨을 확 터뜨리더니 웃었다.

"부끄러워?"

"그래."

춥고 단조로운 여행길은 자연히 오가는 말이 줄어드는 대신, 서로의 마음을 잘 안다면 말없이 행동만으로도 충분히 위안이 되는 것 같긴 해도— 역시 이런 대화만한 것은 없다. 둘이서 나란히 웃고 있노라니, 말이 적당히 좀 하라는 식으로 꼬리를 탁 치고, 그 바람에 또 웃음이 터진다.

조그맣게 웃으면서 새끼여우 목도리를 되감는 호로를 바라보다가 로렌스는 전체적인 윤곽이 보이기 시작한 레노스 쪽으로 눈길을 돌렸다.

이교도의 도시인 크멜슨보다 두 배쯤 되려나. 백 년쯤 전에 세워진 웅장한 성벽으로 둘러싸여 있는데, 성벽 바로 앞까지 집들이 붙어나 있으니 이 이상 확장되기는 어렵다. 그러면 자연히 건물은 밀집되어 하늘을 향해 위로 뻗어 오르게 된다.

그러나 이내 보게 된 광경에 로렌스는 순간, 도시의 내용물이 성벽 밖으로 넘쳐 나온 게 아닌가 했다.

안개비가 내리는 가운데, 레노스로 이어지는 길 양옆으로 수많은 천막이 늘어서 있었기 때문이다.

"저런 게 바로 문전성시라는 건가?"

"황야에 덩그러니 서 있는 교회 앞이라면 몰라도 성벽 앞에 가게를 낭낭히 차린다는 선 말이 안 뇌잖아!"

도시가 윤택해지기 위해서는 세금을 거둬야만 하고, 세금을 걷기 위해서는 성벽을 통과하게 해야만 한다.

물론 비좁은 도시에서 대대적인 장이 설 경우에는 성벽 바깥에 판을 벌이는 일도 있긴 하지만, 그럴 때는 밧줄이나 목책으로 울타리를 두른다.

"흠. 하긴. 게다가 다들 장사를 하고 있는 것도 아닌 듯하네."

호로의 말대로 가까이 다가가 보니 하나같이 여행복 차림에, 천막 속에서 음식을 만들거나 잡담을 나누고 있을 뿐이다. 여행복 차림이라도 복장은 들쑥날쑥하다. 여기보다 더 북쪽에 있는 나라로 갈 사람이 있는가 하면, 서쪽이나 남쪽으로 갈 사람도 있다. 천막 숫자는 얼추 스무 개는 되어 보이고, 한 천막에 서너 명씩 있는 곳도 드문드문 있었다.

저들에게 공통점이 있다면 어쨌든 모두들 뭔가를 취급하는 상인이라는 것. 그 중 반 정도는 커다란 짐을 갖고 있는 한편 터무니없이 큰 통을 여러 개씩이나 실은 짐마차까지 있었다.

어느 얼굴에나 여행의 피로와 때가 묻어 있고, 번뜩이는 눈에서는 초조한 빛이 엿보였다.

레노스에 무슨 정변(政變)이라도 났나 하는 생각도 들었으나, 그런 것치고는 오가는 사람들이 전부 천막살이를 하고 있는 건 아닌 듯하니 영문을 알 수가 없었다. 당나귀를 끄는 농부도 있고, 짐을 짊어진 것으로 보아 상인일 것 같은 사람들이 비를 피하듯이 종종걸음으로 레노스 쪽으로 가거나 각자의 목적지를 향해 길을 떠나고 있었다.

저런 모습을 보면 평소와 다름없는 것 같은데.

"또 사건인가?"

호로가 '또'라는 부분에 힘을 주어 말하고는 후드 밑에서 히죽 웃는다.

로렌스가 '대체 그게 누구 때문인데?' 하는 표정으로 눈을 흘기자, 당사자인 호로도 똑같은 눈으로 이쪽을 노려보았다.

"어쩌면 당신은 나를 만난 이후로 별안간 이런저런 사건에 휘말리게 됐다고 생각할지 모르겠지만, 내가 그런 사건들을 직접 일으킨 적은 한 번도 없거든?"

"으."

"맨 처음 사건은… 그야 뭐, 어느 정도는 나 때문이었을 수도 있지만 원인을 따지고 보면 당신이 욕심을 내서 그런 거잖아? 그 다음 사건은 완전히 당신이 욕심을 부리다가 망한 거고. 또 다른 한 건은 당신이 혼자서 설레발을 쳤던 거고. 마지막 한 건은 단순히 운이 나빴을 뿐이었고. 내 말이 틀려?"

호로의 말은 언제고 정확하다.

엄동설한에 더운 물도 없이 깎을 엄두가 나지 않아 덥수룩하게 자라 있는, 행상인의 상징인 턱수염을 쓰다듬으면서― 로렌스는 그래도 순순히 고개를 끄덕이지는 않았다.

"머릿속으로는 이해하지만."

"음."

"도무지 납득이 안 돼. 사건의 시발점에 네가 있지 않았던 건 맞기는 한데…"

그럼에도 승복하기가 거북한 심정이었다.

왠지 '호로 때문이다'라고 말하고 싶어진다.

로렌스가 그런 알 수 없는 기분에 끙끙대고 있으려니, 호로는 '뭐, 그리 간단한 일을 가지고' 하는 투로 이렇게 대답했다.

"내가 사건의 원흉이 아닌데도 그렇게 수긍하기 어려운 당신의 기분이야 나도 아—주 잘 이해되지."

"……."

또 무슨 수작을 부리려고 연막을 치는가 싶어 신경이 바짝 곤두선다. 그러자 호로가 "이히히." 하고 웃으며 즐거운 듯이 말했다.

"그거야 당신이 나를 늘 당신의 행동기준에 두니까 그렇지. 그래서 나한테 휘둘리는 기분이 드는 거라고."

얼결에 왼쪽 눈썹만 움찔한다.

그것은 한없이 정답에 가깝다.

하지만 그것을 이 늑대의 앞에서 인정하면 지는 것이다.

요컨대.

"쿠후. 고집쟁이."

호로는 하늘에서 내려오는 안개비의 방울이 서로 스치는 듯한 소리로 그렇게 말했다.

하늘하늘 맑은, 그러면서도 싸늘하게, 도망치듯 팔랑대는 웃음.

놓쳐선 안 돼!

이성이 아닌 어딘가를, 강렬하게 부추기는 듯한 호로의 웃음.

다음 순간, 호로의 작은 몸이 품안에 안겨 있었다.

지극히 당연한 결과였던 것 같다.

"치."

그래봐야 말이 네 걸음을 걸은 사이의 일이다.

로렌스는 레노스로 들어가는 입구 앞으로 길게 뻗은 검문 행렬에 짐마차를 갖다 댔다. 결국 이성을 잃지는 않았다.

물론 이유는 단순하다.

주변에 수많은 이들의 눈이 있다.

이곳저곳을 떠도는 행상인들이고 피차 사정은 마찬가지라 해도, 이 바닥은 좁은 세계. 도시 입구에서 남의 눈도 아랑곳 않고 노닥거렸다가는 웃음거리가 되고 만다.

호로는 재미없다는 듯이 고개를 옆으로 돌렸다.

실제로 '재미없다'고 생각하고 있으리라.

하지만 여자의 웃음은 전부 거기서 거기처럼 보였던 옛날이라면 모를까, 이제는 호로의 얼굴만 보면 아무리 사소한 변화라도 바로 알 수 있다. 재미없는 표정 외에 불안한 빛이 엿보인다.

그것을 보고 로렌스는 깨달았다. 자신의 마음속에는 두 개의 행동기준이 있다.

하나는 호로.

다른 하나는 상인.

로렌스보다도 더 외로움을 두려워하는 호로다. 시시때때로 자신이 '장사'라는 것과 저울질되는 것이 몹시 두려운지도 모른다. 극단적인 상황에서 그 저울이 어느 쪽으로 기울 것인가. 그 답은 신만이 안다. 비등비등할 가능성도 없지 않은 것이다.

여행의 끝이 그리 멀지 않다.

그래서 일부러 더 로렌스가 상인의 체면을 신경 쓸 만한 곳에서 발동을 걸어 자신의 무게를 확인하고 있는 것이리라.

'돈이 중요해? 내가 더 중요해?' 하는 식으로.

로렌스가 볼 때는 그렇게 불안해 할 만큼 가벼울 리가 있겠느냐

싶기도 한데.

　느릿느릿 줄어드는 행렬에 맞춰 짐마차를 앞으로 몰아가고 있
노라니 호로의 후드 속에서 흰 김이 커다랗게 피어오르더니 여전
히 언짢은 얼굴로 이쪽을 돌아보았다.

　"스튜가 좋아."

　저녁밥 얘기이리라. 계집애처럼 확인하려 드는 것은 끝내기로
한 모양이다.

　"하긴 추우니까. 가격이 문제지만 밀가루를 써서 제대로 맛을
낸 것도 좋지."

　"우후후후. 우유의 달콤한 향기는 때로 술의 향기도 초월하니
까."

　어깨를 으쓱한 뒤 새끼여우 목도리에 얼굴을 반쯤 묻으면서 즐
거워 죽겠다는 표정을 지으면, 평소 열 받게 하는 언동도 싹 용서
가 된다.

　가끔은 조개류가 듬뿍 들어간 것을 주문해 보는 것도 괜찮으리
라.

　"제철 채소가 들어간 것도 일품이고."

　"뭐, 채소? 당신은 그 뽀얀 우윳빛 스튜 속에 둥둥 떠 있는 검고
말랑말랑한 쇠고기의 맛을 모른단 말야?"

　수백 년 간 시골마을의 밭에서만 있었다면서, 호로의 취향은 귀
족보다도 더 귀족적이다.

　괜히 물렁하게 나갔다 싶은 마음에 레노스의 웅장한 성벽을 눈
앞에 두고 로렌스는 작은 반격을 시도해 본다.

　"좋은 것만 먹으면 눈이 높아져서 입맛만 버린다던데?"

"그 좋은 걸 몇 백 년씩이나 못 먹은 내가 당신은 가엽지도 않아?"

그러면서 호로가 눈을 위로 뜨고 바라본다.

요지부동의 붉은 기가 도는 호박색 눈동자가 아름답게 깎아놓은 보석 같다.

그러나 로렌스는 상인이지 보석 모으는 게 취미인 귀부인은 아니다. 가격이 맞지 않는다 싶으면 아름다운 보석에 대해서도 당연히 이렇게 말한다.

"지갑과 한번 상의해 보고."

그 말에 호로는 어린애처럼 뿌루퉁해져서는 앞으로 돌아앉았다.

이런 식의 대화가 오간 뒤에도 로렌스는 결국 고기가 들어간 것을 사 주게 될 테고, 호로 역시 그것을 거의 확신하고 있을 터.

그래도 말다툼을 하는 척, 주거니 받거니 나누는 일상의 대화.

로렌스는 고삐를 조종해 짐마차를 앞으로 몰았다.

비에 젖어 거무튀튀한 석벽을 올려다보며 검문을 통과한다.

그러면서 고개를 살짝 숙인 것은 관세가 붙는 것을 피하기 위해 상품을 감추려던 것이 아니라, 자꾸만 삐져나오는 웃음을 수염 밑에 감추기 위해서였다.


안개비가 내리는 겨울날이라 이런 것이리라.

오기는 사람들의 수가 극도로 석었다.

있는 것이라곤 흰 숨을 길게 날리며 가슴께를 붙든 채 달려가는 아이들 정도. 어느 상점이나 직인의 심부름을 하러 가는 길이리라. 누더기란 누더기는 다 끌어 모은 괴물 같은 차림으로 걷고 있는 것은 아마도 동업자일 것이다.

노점에도 거의 사람이 들지 않은 채, 부드러운 안개비에 젖어 이따금씩 물방울이 똑똑 떨어지고 있다.

그 앞을 얼쩡대는 것은 평소 같으면 가게주인에게 내쫓겼을 비렁뱅이들뿐이다. 전형적인 비오는 날의 평화로운 도시 풍경이었다.

그러나 성벽 입구 앞에 천막이 줄줄이 늘어서 있는 데다, 상인들로 보이는 이들이 밥을 하고 있는 것으로 보아 아무 일도 없을 리가 없다.

검문을 지날 때 건네받은 '외지상인 증명패' 라는 나무패를 손안에서 놀리며, 로렌스는 툴툴대는 호로에게 맞장구를 쳐 주었다.

"물론 만물의 맨 꼭대기에 위치한다고는 나도 생각 안 해. 하지만 그건 종(種)적인 면에서 뛰어넘을 수 없는 차이이지, 우열의 차이는 아니라고. 당신도 그렇게 생각하지?"

"그렇지."

"원래 뛰어난 종류 중에서 열등한 존재와, 원래부터 뛰어나지 않은 종류 중에서 뛰어난 존재가 있다면, 경의를 표해야 할 건 후자 쪽이야. 안 그래?"

"…그렇지."

여행의 피로 때문인지 호로는 평소처럼 확 화를 쏟아내는 게 아니라 진흙처럼 끈적끈적하게 불만을 쏟아내고 있다.

'거참, 검문소의 경비병은 왜 쓸데없는 말을 해가지고.' 라며 로

렌스는 속으로 혼잣말을 했으나, 자신이 대답을 너무 건성으로 하는 바람에 호로의 화가 이쪽으로 쏠리게 된 것을 그제야 알아챘다.

"명성, 인격, 재산이라곤 없이 혈통만 있는 귀족과, 명성에 인격, 재산까지 있는 평민을 비교한다면, 그야 물론 경의를 표하게 되는 건 후자 쪽이지."

평소 같으면 더욱 화를 돋울 빤한 대답이었으나 지금의 호로는 그런 건 아무래도 상관없는 모양이다.

주사가 있는 술주정뱅이처럼 "그렇지?"하며 과장되게 고개를 끄덕이더니 황소처럼 콧김을 내뿜었다.

실은, 검문을 받을 때 몹시 꼼꼼하게 신체검사를 하던 와중에 호로의 꼬리를 경비병에게 들키고 만 것이었다.

물론 호로는 전혀 당황하지 않고 '이것은 허리싸개' 라는 투로 시치미를 뚝 뗐는데, 호로의 예상대로 경비병 역시 허리싸개로 생각했는지 이런 말을 한 것이었다.

"에이, 싸구려 늑대털이잖아."라고.

여우나 개가 아니라 한눈에 늑대털이라는 것을 알아본 점에서는 과연 모피와 목재의 유통거점에서 검문을 하는 경비병다웠다.

평가도 틀린 것은 아니다. 모피의 서열 중에서 늑대털은 개털 다음으로 싸다. 늑대의 털가죽치고 굉장히 질이 좋아서 그 어떤 모피상이라도 침을 줄줄 흘리며 최고의 평가를 내린다 해도, 사슴 가죽에는 절대 이기지 못하는 것이 현실이다.

하지만 문제는 그 당사자인 늑대의 긍지까지 싸구려가 아니라는 데 있다. 그 점에 관해서 호로는 무지막지하게 긍지가 높다.

그런 까닭으로 곁에 앉은 호로는 머리를 쓰다듬어 주고 싶어질 만큼 어린애처럼 투덜투덜 화를 내고 있었다.

할일이라고는 말고삐만 잡고 있는 것이 전부인 여행길 위에서 라면 그런 유치한 태도도 다 받아주며 상대를 해줄 테지만, 지금 의 로렌스는 그런 호로를 곁눈질하기만 할 뿐. 밥이라도 먹이지 않는 한은 풀어지지 않겠군, 하며 냉정하게 나무패의 모서리로 턱 을 긁는다.

현재 로렌스의 흥미는 이 나무패에 쏠려 있다.

간소하게 생긴 나무패로, 인장 같은 것도 전혀 찍혀 있지 않은 급조된 물품이다.

레노스 내에서 물건을 매입할 때에는 이것을 제시해야만 살 수 있다고 한다.

고작 그런 설명만 듣고는, 뱀장어가 좁다란 통을 빠져나가는 것 처럼 여행객들이 꼬리에 꼬리를 물고 통과하는 검문소에서 쫓겨 났다.

상인이라면 이것이 궁금하지 않을 리 없다.

이런 것은 이곳뿐 아니라 여타 도시들을 포함해 생전 처음 받아 보는 것이니까.

"그런데 당신."

"아, 응?"

다리를 쿡 찔리자 로렌스는 정신이 번쩍 든다. 호로의 날카로운 시선에 약간 움찔했다.

뭔가 호로의 말을 놓쳤나 싶었는데, 묻기 전에 호로가 먼저 말 을 이었다.

"숙소는 아직 멀었어?"

아마 추워서도 화가 나고, 배가 고파서도 화가 나고, 내내 타고 온 짐마차에 아직 더 타고 있어야 하는 것에도 화가 나는 것이리라.

"저 모퉁이를 돌아서 조금만 더 가면 돼."하며 손가락으로 가리키자 숙소가 코앞에 없는 것에 화가 나는지 한숨을 푹 쉬더니 후드 속으로 푹 파묻혀 버린다.

아무래도 스튜 속에 들어갈 고기의 양을 신중하게 정해야 할지도 모르겠다.

그런 생각을 하면서 짐마차를 몰아 이윽고 목적지에 도착했다.

훌륭하다고 하기엔 다소 망설여지는, 지극히 평범한 4층 건물이다.

길가 쪽으로 면한 1층 벽에는 두 개의 창이 달려 있어, 창을 아래로 젖혀 수평으로 만들면 상품진열대로, 위로 젖히면 차양으로 쓰게 되어 있다. 그러나 지금은 둘 다 닫힌 채 바깥의 찬 공기를 안으로 들이지 않으려 애쓰고 있었다.

외관이 번듯한 여관에 데려다 줄 거라 생각했는지 호로가 한층 불만스러운 얼굴로 쳐다본다.

거금을 낸다고 마음 편한 숙소에 머물게 되리라는 보장은 없다는 말은 생략한 채, 호로의 성가신 시선을 피하듯 마부석에서 내린 후, 잔걸음으로 달려가 문에 달린 고리를 두드렸다.

간판조차 달려 있지 않은 이런 데가 방이 동났을 리는 없겠지만, '오늘은 추워서 이만 영업 끝'이라고 할 가능성은 충분히 있다.

그러니, 문 너머로 인기척이 느껴지면서 문이 열린 순간에는 약간 안도감이 들었다.

"숙박이오, 짐이오?"

추워서인지 살짝 연 문틈 사이로, 나른한 얼굴이 희고 긴 수염에 반 이상 뒤덮인 중키의 노인이 짤막하게 물었다.

"숙박으로, 둘."

노인은 고개를 까딱하더니 이내 돌아선다.

문을 연 채로 둔 것을 보면 방이 있다는 뜻일 것이다.

로렌스는 일단 뒤를 돌아보며 물었다.

"따뜻한 방과 밝은 방 중에서 어느 쪽이 좋아?"

이맛살을 찌푸린 것은 질문이 뜻밖이라 그런 것이리라.

"…따뜻한 방보다 더 좋을 게 어디 있어?"

"그럼 마구간에 말을 넣어 놓고 올 테니까 먼저 들어가서 주인장… 방금 그 영감님에게 그렇게 말하면 비어 있는 방을 가르쳐 줄 거야."

"음."

호로와 교대를 하듯 마부석으로 올라가 고삐를 쥔다. 말도 내내 들바람을 맞다가 마침내 마구간에 들어가게 된 것을 알았는지 재촉하듯 머리를 흔들었다. 로렌스가 고삐를 끌어 말을 걷게 하는 순간, 문이 열리면서 호로가 여관 안으로 들어가는 것이 곁눈으로 보였다.

몇 겹이나 겹쳐 입은, 약간 지저분한 로브 차림의 뒷모습은 백 명의 군중 속에 섞여 있다 해도 금세 알아볼 수 있으리라.

아무리 겹쳐서 가렸어도 알 수 있을 만큼 꼬리가 빵빵하게 부풀어 있었으니.

로렌스는 잠시 웃고는 짐마차를 마구간에 넣었다. 마구간에는 감시인 겸 이 마구간에서 먹고 자는 걸인 두 명이 누더기에 싸여 이쪽을 훑어보고 있었다.

저들은 한 번 왔던 사람을 절대 잊지 않는다. 물론 로렌스도 기억하고 있다. 슬쩍 턱짓을 해서 거기 세우라는 표시를 한다. 거역할 이유가 없으니 지정한 장소로 말머리를 돌리자, 옆에 매어 있던 굵은 다리의 산악용 말이 회색빛 긴 털 속의 사팔눈으로 힐끗 쳐다본다. 북쪽 지방에서 모피를 지고 온 말일 것이다.

"사이좋게 지내라."

하며 자신의 말 등을 두드린 뒤 로렌스는 마부석에서 내려왔다. 걸인 두 명에게 동화 두 개를 건넨 후 짐을 들고 숙소로 들어간다.

원래 이 여관은 가죽끈 직인의 공방에 붙은 살림집이었다. 1층은 가죽끈 직인의 공방이었던 탓에 벽이 별로 없이 바닥은 돌로 되어 있다. 지금은 창고로 쓰이면서, 곳곳에서 온 상인들이 다양한 목적으로 짐을 장기적으로 맡기는 곳이 되어 있다.

이것저것 뒤섞여 키를 훌쩍 넘는 짐더미를 지나, 그곳만 깨끗하게 정리돼 있는 여관 주인장의 거실에 다다른다.

정돈된 거실에는 작은 테이블 세트와 쇠냄비를 받치는 삼발이가 놓여 있다. 주인장은 이곳에서 쇠냄비에 숯을 담아 따뜻하게 데운 포도주를 진종일 마시며 머나먼 땅을 추억하고 있는 것이다. "내년에는 남쪽을 한 바퀴 돌아볼 것이야."라는 것이 그의 입버릇이었다.

로렌스를 알아채자 긴 눈썹 밑의 푸른 눈을 돌린다.

"3층. 창가."

"예, 3층. 어? 창가?"

요금은 선불이든 후불이든 상관없으나, 말수 적은 주인장도 선불을 내면 약간은 기분이 좋아지기도 한다. 그래서 로렌스는 먼저 숙박료를 듬뿍 테이블 위에 올려놓았는데, 창가라는 말을 듣고 놀라서 돌아보았다.

"창가."

주인장은 딱 한 번 더 중얼거린 뒤 눈을 감았다.

말 시키지 말라는 표시다.

로렌스는 고개를 약간 갸웃하다가, 아무렴 어떠랴 마음을 고쳐먹고는 그 자리를 뒤로 했다.

손때가 묻은 난간을 짚어가며 계단을 오른다.

직인의 공방에 붙은 살림집이 어디나 다 그렇듯이, 2층에는 난로가 달린 거실과 이 집 주인의 방, 그리고 부엌이 있다. 이 여관이 약간 특이한 점은 거실 한복판에 벽난로가 달려 있는 것이었다. 그렇게 해서 굴뚝을 타고 3, 4층의 최대한 많은 방에 온기가 전해지도록 연구한 것이다.

물론 이러면 대신 방의 배치가 이상해지고, 굴뚝이 지나는 방에 연기가 새지 않도록 관리하는 게 큰일이지만, 이 살림집의 주인은 3, 4층에 사는 도제들의 주거환경에 주안점을 두었다.

'말수는 적으나 다정한 주인어른'이었던 이기 현재는 이 여관의 주인장, 전직 가죽끈 직인이었던 아롤드 에크룬드다.

밤이 되면 모양이 비뚤어진 거실에 숙박객들이 가지각색의 술을 들고 와서 소박한 담소의 시간을 펼치겠지만, 지금은 벽난로

속에서 장작이 약하게 타는 소리만 들릴 뿐이었다.

3층으로 올라가면 방은 네 개.

공방 시절 신참이나 잔심부름꾼이 쓰던 방은 4층이라, 3층에 있는 방이 더 넓다.

하지만 3층에 있는 방이 전부 난로의 혜택을 보는 것은 아니어서, 네 개 중 하나만 굴뚝이 지나고 나머지는 창이 달려 밝은 대신 춥다.

따라서 창가라는 것은 따뜻하지 않은 방이라는 얘기다.

호로가 분명히 따뜻한 방이 좋다고 말한 것 같은데— 하며 로렌스가 방으로 들어서자, 이미 호로는 젖은 옷을 여기저기 벗어던진 채 침대 속에 들어가 있었다.

너무 분한 나머지 울고 있나 싶었으나 모피를 둘둘 만 것을 보아 하니 일찌감치 잠이 든 모양이다.

자꾸만 화를 낸 것은 역시 피로의 영향이 컸던 것인가.

여기저기 흐트러진 옷을 모아 일단 의자 등받이에 걸친 뒤, 로렌스도 여장을 푼다. 여행을 하는 중에 가장 한숨을 돌리게 되는 때가 바로 이 젖은 옷을 여관에서 벗는 순간이다. 무거운 진흙덩어리가 된 옷을 벗어던진 뒤 아직 비가 스며들지 않은 평소의 차림으로 돌아간다.

이런 차림을 하면 공기가 싸늘하긴 했으나 젖은 채로 있는 것보다는 훨씬 낫다.

그리고 사람이 없는 틈에 2층 벽난로에 가서 옷을 말려야 한다.

밤이 되면 벽난로의 혜택을 보지 못하는 이 방은 모닥불 없이 잠드는 노숙이나 다름없게 된다.

모포만으로 추위를 나기는 어려우리라. 물을 머금어 묵직해진 옷가지를 호로의 것까지 몽땅 안아든 뒤, 일을 결코 마다하지 않는 성실한 하인처럼 방을 나서려는 순간— 그것을 알아차렸다.

호로의 꼬리가 침대 위의 빵과 베이컨과 치즈처럼 겹겹이 쌓인 모포 틈으로 삐죽 나와 있는 것이 보였다.

정말이지 약아빠진 녀석이다.

귀족의 딸이 마음에 둔 기사의 눈을 끌기 위해 창문 틈으로 길고 아름다운 머리카락을 슬쩍 내보이는 것과는 차원이 다르다.

그럼에도 로렌스에게는 이렇게 말하는 것밖에 선택의 여지가 없었다.

"훌륭한 꼬리라고 생각해. 따스하고 좋은 털이야."

잠시 뜸을 들였다가 호로의 꼬리가 쓰윽 모포 밑으로 들어간다.

어휴 참. 한숨이 절로 나왔다.

호로가 자신은 아주 처지가 딱한 아가씨라 로렌스의 칭찬 하나면 그 어떤 굴욕을 받아도 상관없다고 생각할 리는 결코 없다. 지금 이 순간에도 화가 덜 풀려 뱃속이 부글부글 끓고 있을 것이다.

그럼에도 로렌스로 하여금 꼬리를 칭찬하게 만들었다.

계단을 내려가던 로렌스가 다시 한 번 쓴웃음을 지으며 기막힌 한숨을 내쉬게 된 이유로는 충분했다.

호로는 호로 나름대로 어리광을 부리고 있는 것이다.

그것이 호로의 일류급 함정이었다 해도, 그 함정에 빠진 것이 기분 나쁘지는 않았다.

사람의 마음을 읽는 늑대가 곁에 없는 틈을 타서 당당하게 그런저런 생각을 하며 2층으로 내려가 벽난로가 있는 방으로 들어간다.

아무도 없는 거실에서는 장작 타는 소리만 작게 들리고 있었다.

가구도 거의 없는 방에 달랑 의자 하나가 난로 불빛에 흔들리고 있다. 양손에 든 옷을 말리려면 의자 하나로는 부족할 터이건만 로렌스는 별로 당황하지 않는다.

거실 벽에는 반쯤 박아 고리처럼 끝을 구부러뜨린 못이 군데군데 있다. 그 중 몇 개에는 가죽끈이 드리워져 있었다. 그 끝을 쭉 잡아 반대편 벽에 박힌 못에 묶을 수 있게 되어 있는 것이다.

그렇게 해서 비오는 날에는 외지에서 온 여행객들이 옷을 말리고, 날씨가 화창한 날에는 이제 길을 떠날 참인 여행객들이 육포나 야채를 말린다.

로렌스는 재빨리 가죽끈을 이은 뒤 젖은 옷을 척척 널어나갔다.

생각했던 것보다 크기가 커서 결국은 가죽끈 한 줄을 다 써야만 했다.

마를 때까지 아무도 옷을 널러 오지 않으면 좋으련만.

속으로 그런 생각을 하면서 난로 앞 특등석에 앉자마자, 끼긱 하며 계단이 삐걱거리는 소리가 들렸다.

"……."

하지만 그것은 정확하게는 복도가 삐걱거리는 소리였나 보다.

소리가 난 쪽으로 시선을 돌렸다가, 그쪽 역시 계단을 다 올라온 김에 거실 안을 들여다보려던 여행객과 눈이 마주쳤다.

머리에는 후드라기보다는 두건처럼 천을 단단히 감고, 아래쪽도 코 위까지 덮여 있어 표정이 보이지는 않지만 눈빛은 몹시 날카롭다. 키는 그다지 큰 키도, 그렇다고 아주 작은 키도 아니다.

호로보다 약간 큰 정도다.

　여행복장은 상당한 중장비로, 몸이 정사각형으로 보일 만큼 옷을 껴입고 있다. 그 중에서도 가장 눈길을 끄는 것은 장딴지까지 끈으로 빙글빙글 돌려 묶은 중후한 가죽신이었다. 말을 타지 않고 걸어서 여행을 다니는 나그네의 증표다. 필시 상당히 먼 거리를 걸어왔을 텐데도 묶임새가 전혀 흐트러지지 않은 점에서 연륜의 깊이가 엿보였다.

　겹겹이 두른 천 사이로 이쪽을 쳐다보는 연푸른 눈은 예리하면서도 시원스러웠으나, 그다지 붙임성이 있는 성격은 아닐 것 같다.

　이쪽이 그런 것처럼 상대방 또한 이쪽을 아래위로 훑어보더니 인사도 없이 계단을 올라가 버렸다.

　무거워 보이는 짐을 등에 지고 있는데도 발소리가 거의 나지 않는다.

　그래도 머리 위에서 희미하게 문 닫히는 소리가 난 것으로 보아 3층에 있는 방을 잡은 모양이다.

　아롤드는 숙박객에게 거의 관심을 보이지 않기 때문에, 이 여관은 그다지 사교적이지 않은 이들에게는 편리한 곳이다. 상인이라고 누구나 다 사교적인 것은 물론 아닌 것이다.

　로렌스가 레노스에 올 때면 늘 이곳을 이용하는 까닭은 단순히 설비와 가격이 맞는다는 점과 더불어, 아롤드가 예전에 로엔 상업조합에 속해 있었기 때문이다. 원래는 모피 행상인이었는데 가죽끈 직인의 데릴사위로 들어와 대를 이었다고 한다.

　이곳에는 로엔 상업조합의 상관이 없는 탓에 조합에 소속한 상인들이 이용하는 경우도 많다.

더욱이 이번에는 호로가 있는 터라 숙박객을 탐색하지 않는 아롤드의 여관은 안성맞춤이었다.

그건 그렇고, 현재 로렌스의 골칫거리는 호로의 기분을 풀어주기 위해 저녁밥을 고기 스튜로 해야 한다는 것이다. 호로의 기분을 풀어주기 위해서라면 스튜 한두 그릇쯤이야 별것 아니지만, 한번 물렁하게 나갔다가는 이곳에서 머무는 체재비가 단숨에 치솟게 된다.

이 난국을 과연 어떻게 헤쳐 나갈 것인가 궁리하는 사이, 여행의 피로로 인해 벽난로 앞에서 꾸벅꾸벅 졸고 말았다.

아롤드가 장작을 보충하러 왔을 때 첫 번째 눈을 뜨긴 했으나, 아롤드는 물론 아무 말도 하지 않았다. 오히려 장작을 조금 더 넣어 주었고 로렌스는 그 호의를 감사히 받기로 했다.

두 번째 눈을 떴을 때는 날이 완전히 저물어 벽난로의 불빛에 비친 어둠이 컵으로 뜰 수 있을 만큼 짙어진 뒤였다.

너무 잤다는 것을 알고 벌떡 몸을 일으킨다고 시간이 되돌아 올 리 만무하다. 필시 변덕쟁이 호로는 진작 눈을 떴는데 옷이 없어서 방에서 나오지도 못한 채 허기진 배를 붙들고 잔뜩 골이 나 있을 것이다.

로렌스는 한숨을 쉰 뒤 느릿느릿 일어나 옷이 다 말랐는지 확인한 뒤 재빨리 걷어서 3층으로 올라갔다.

호로의 기분이 있는 대로 뒤틀려 있던 것은 말할 것도 없다.

결국 적당히 골라 들어간 술집에서 주문한 스튜는 고기가 듬뿍 들어간 호사스런 것이었다.

이튿날 아침, 눈을 뜨자 바깥 날씨가 화창한지 나무창 틈새로 따스해 보이는 햇살이 들어오고 있었다. 벽난로의 혜택을 받지 못했는데도 별로 춥게 느껴지지 않는 것은 이 햇살의 덕분인지, 아니면 노숙의 혹독한 추위에 몸이 익숙해진 탓인지.

어쨌든 이 정도의 추위라면 호로가 밝은 방을 선택한 이유도 왠지 알 것 같다.

역시 아침에는 아침햇살을 봐야 한다.

몸을 일으킨 뒤 둘러보자 호로는 웬일로 아직까지 자고 있었다. 그래도 얼굴은 모포 밖으로 내민 채 잠들어 있다. 평소에는 짐승처럼 몸을 둥글게 말고 자건만, 오늘은 보통 소녀처럼 자는 모습에 왠지 신선한 느낌이 들었다.

예전에 몇 차례 호로가 늦잠을 잔 때는 대개 숙취 때문이었던지라 조금 걱정이 되었으나, 안색도 좋은 것을 보아하니 숙취는 아닌 것 같다.

단순한 늦잠인 듯한데, 얼굴을 무방비하게 내놓은 채 깊이 잠들어 있었다.

"자, 그럼."

호로의 잠든 얼굴을 한없이 들여다보고 있는 것도 좋았지만, 그랬다가 짓궂은 현랑께서 알아채게 되면 두고두고 성가셔진다.

그렇다면 할 일은 정해져 있다. 밖으로 나갈 채비를 하며 우선 딕에 손을 댄다.

북쪽 지방에는 긴 수염도 극히 자연스럽지만, 역시 너무 긴 데다 멋대로 자라 있어 보기에 좋지는 않을 터. 아롤드에게 더운물을 좀 얻어 깎을까 하여 짐 속에서 수건과 얇은 칼을 꺼내고 있으려니, 그 소리에 귀 밝은 늑대는 눈을 뜬 모양이다.

언짢은 듯한 끙 소리가 난 뒤, 로렌스는 자신의 등으로 향해진 시선을 느꼈다.

"모피 손질 좀 하고 올게."

돌아보고 턱에 나이프 자루를 대며 그렇게 말하자, 호로는 하품을 한 뒤 소리 없이 웃으며 눈을 가늘게 떴다. 기분은 풀린 모양이다. 로렌스는 한마디 더 덧붙였다.

"고가품이 되도록 해야지."

그 말에 호로는 모포로 입을 가리듯이 하며 대답했다.

"당신은 훌륭한 고가품이라고 생각해."

자고난 뒤여서 그런지, 어딘지 모르게 게슴츠레한 눈이 몹시 다정해 보인다.

로렌스도 그런 소리를 정통으로 들으면 반은 놀리고 있다는 걸 알아도 기쁘지 않을 리 없다.

그래도 수줍음을 감추려고 어깨를 으쓱하자, 호로가 뒷말을 이었다.

"엄두가 안 나 못 살 만큼."

그러면서, 드러누운 자세를 똑바로 누운 자세로 바꾼 무렵에는 눈빛에 장난기가 가득했다.

"지금까지 누가 사 주긴 했어?"

하여간 사람 좋다가 말게 하는 재주 하나만큼은 끝내준다니까.

항복의 표시로 나이프 끝을 가볍게 흔들자 호로는 키득키득 웃더니 다시 자기 위해 모포 속을 파고들었다.

"하여간에."

여전히 가볍게 놀림을 당하는 것이 분하기도 하고, 기쁘기도 하고.

로렌스는 방에서 나온 뒤 쓴웃음을 지은 채 계단 난간에 손을 얹었다.

다음 순간 얼굴에서 웃음이 싹 걷힌 것은 인기척이 났기 때문이다.

"안녕히 주무셨습니까?"

그 직후, 계단 밑에 나타난 여관 손님을 보고 로렌스는 정중한 웃음과 함께 인사를 건넸다.

어제 벽난로에서 옷을 말릴 때 눈이 마주쳤던, 중장비 여행 차림의 그 손님이다.

여전히 두건을 두르고 있으나 몸을 싸고 있던 천은 다소 풀려 있고, 신발도 샌들로 바뀌어 있다. 아침식사용으로 갓 구운 파이라도 사오는 길인지, 오른손에는 김이 모락모락 나는 봉지가 들려 있었다.

"…예에."

천 틈새로 푸른 눈 한쪽만 살짝 내보이며 로렌스와 스쳐지나가면서 가만히 대답한다.

약간 쉰 듯한, 건조한 모래와 바위의 대지가 잘 어울리는 나그네의 목소리.

무뚝뚝하지만 그것만으로도 친밀감이 느껴진다.

어쨌건 스쳐지나갈 때 피어오른 고기파이의 냄새를 맡고는, 틀림없이 호로도 고기파이가 먹고 싶다고 하겠지— 라고 생각했다.


　"그래서 어떻게 할 건데?"

　입가에는 고기 부스러기를 붙이고, 한 손에는 고기파이를 든 채 호로는 그렇게 말문을 열었다.

　"일단은 너에 대한 이야기를 모으는 게 먼저 아닐까?"

　"음. 나에 대한 이야기와 요이츠가 있는 장소…."

　우물 우물 우물. 자기 손만큼 큼지막한 파이를 세 입에 쓸어 넣은 후 눈 깜짝할 새에 먹어치운다.

　"크멜슨에 갔을 때와 마찬가지로 우선 연대기 작가를 찾아보자."

　"그쪽은 맡길게. 방법은 당신이 더 잘 알 테니까. …왜 그래?"

　의아해하는 호로의 시선에 로렌스는 가볍게 손을 저었다. 피식 웃었던 것이다.

　"그래, 방법은 내가 알아. 그럼 넌 뭘 아는데?"

　호로가 눈이 동그래져서 로렌스를 쳐다본다.

　"이런 말이 있지. 방법을 아는 자는 일자리를 얻고, 그가 일하는 이유를 아는 자는 고용주가 된다는."

　"흠. 그렇군. 나는 당신이 부지런히 일하는 이유를 알지."

　"옛날 사람들은 참 현명해."

　그러면서 로렌스가 파이를 덥석 물었다. 그러자 호로가 침대 위에서 책상다리를 고쳐 앉으며 말했다.

　"내가 당신의 고용주라면 상을 내려야겠네."

"상?"

"음. 요컨대…."

'요염한' 이라는 말을 엷게 물에 풀어 얼굴에 바르면 저런 웃음이 되겠지.

"뭔가 갖고 싶은 거 없어?"

어슴푸레한 가운데 분위기를 있는 대로 잡으면서 그런 소리를 했다가는 가슴이 철렁했겠지만, 입가에 고기조각을 붙인 채 그러니 아무리 로렌스라도 동요하지 않는다.

호로에게 뒤처져 파이를 다 먹은 뒤, 자신의 입가를 가리키며 가르쳐 주었다.

"별로 없는데?"

"치."

호로가 조금 분한 듯이 입가의 고기조각을 집어 입으로 가져가는 찰나, 로렌스가 한마디 덧붙였다.

"기분 좋아 하기만 하면 그게 제일이야."

호로가 손길을 딱 멈추며 입을 삐죽 내미는 바람에 손가락 위에 있던 고기조각이 튕겨 날아갔다.

"나를 손 많이 가는 어린애 취급하기야?"

"어린애는 야단을 치면 듣기라도 하지."

앞에 있던 주전자를 들어 찬물을 마신 뒤 한숨을 쉰다.

"일단은 이곳 주인장에게 물어볼까? 아무리 그래도 명색이 여관 주인이니까."

자리에서 일어선 로렌스는 외투를 걸치는 것으로 준비를 마친다. 한편 호로로 말할 것 같으면, 여전히 침대에서 기어 나왔을 때의 차림 그대로였다.

"따라올 거지?"

"손을 얻어맞더라도."

밉살스런 소리는 가볍게 흘려들은 뒤, 호로가 신발, 허리띠, 로브, 케이프 순으로 조급하면서도 매우 익숙한 손놀림으로 걸쳐나가는 모습이 무슨 마법 같다는 생각을 하며 바라보고 있노라니, 당사자인 늑대소녀가 한껏 연극조의 몸짓으로 빙그르 한 바퀴 돌더니 이렇게 말하는 것이었다.

"이 순간 당신의 눈앞에서 손을 때리면 당신에게 걸린 마법이 풀려 버릴지도 몰라."

그렇게 나오기냐?

로렌스는 상대해 주기로 했다.

"헉. 내가 대체 뭘 하고 있는 거지? 맞아. 이곳은 모피와 목재의 고장 레노스. 모피를 매입해서 다음 도시로 가야만 하지."

여행 도중에 유랑극단의 연극을 본 적이 한두 번이 아니다.

로렌스가 과장된 몸짓으로 그렇게 말하자 호로는 끝내주는 희극이라도 본 것처럼 배를 잡고 웃었다.

한바탕 웃고 나더니, 문에 손을 대며 로렌스 곁으로 스슥 다가왔다.

"당신은 이리저리 장사를 다니는 행상인이오? 나는 모피의 좋고 그름을 가려낼 수 있는데."

호로의 손을 잡고 문을 열면서 로렌스는 대답했다.

"오오, 확실히 보는 눈이 있군. 그럼 사람의 좋고 나쁨도 가려낼 수 있는가?"

조용한 아침 공기로 가득한 여관 안에 끼익 끼익 계단이 삐걱대는 소리가 울린다.

호로는 2층으로 내려선 뒤 로렌스를 빤히 올려다보며 말했다.

"나는 나쁜 마법에 걸렸는지도 몰라."

로렌스는 그만 웃고 만다. 무슨 뜻이냐는 투로.

"그럼, 그것이 풀리지 않도록 손은 때리지 말아야겠군."

"이미 한 번 맞았는걸?"

"그래서 풀렸다는 거야?"

하여간, 대화 속 어디에 함정이 놓여 있는지 알 수가 없다.

이로써 호로는 노점에서 뭔가 맛있는 것을 사 달라고 조를 구실이 생겼다.

로렌스는 이런 점만큼은 어떻게든 해야겠다고 생각하면서, 2층 거실의 난로 앞에서 담소를 나누다 잠이 들어 버린 듯한 두 여행객에게 눈길을 주었다.

그리고 1층으로 이어지는 계단을 두 단 내려선 순간, 손이 확 당겨지는 바람에 뒤를 돌아보았다.

정확하게는 손을 잡은 채로 호로가 계단에서 내려오지 않은 것이다.

로렌스를 내려다보는 형태가 된 호로는 후드 밑에서 온화하게 웃고 있었다.

"그렇다면? 그럼, 마법이 풀리지 않게 다시 걸어 줄 거야?"

하여간 정말. 악마가 따로 없다니까.

아마도 이때 로렌스가 말문이 막히면 그것으로 만족이리라.

하지만 로렌스도 가끔은 호로를 능가하고 싶다.

그래서 그 자리에서 그대로 돌아선 뒤, 호로에게 살짝 당겨진 꼴이 된 손을 고쳐 잡았다.

동서고금 이런 상황에서 남자가 하는 짓이라면 단 하나밖에 없다.

그 손을 가볍게 들어 올린 뒤 호로의 흰 손등에 가볍게 입맞춤 했다.

"이렇게 하면, 되시겠소?"

물론 대사는 고풍스런 말투로.

힘을 빼자 목덜미에 간신히 머물러 있던 피가 머리 위로 치솟아 오를 것만 같다.

그것을 참아가며 얼굴을 들자 후드 아래 호로의 눈이 휘둥그레 져 있었다.

"어서 가자."

순간 입가에 떠오른 것은, 얼빠진 짓을 했다는 자조의 웃음과 호로에게 한방 먹였다는 승리의 미소.

호로의 손을 가볍게 잡아끌자 마치 줄 풀린 인형처럼 계단을 내려왔다.

고개를 숙여 그늘이 져서 표정이 잘 보이지는 않았으나 분해 하고 있는 눈치다.

창피함을 무릅쓴 보람이 있었다며 속으로 빙그레 웃었다. 그런 승리의 여운에 잠겨 있는데, 계단을 헛짚었는지 별안간 호로의 자세가 무너진다. 로렌스는 당황하여 그것을 가슴으로 지탱했다.

망연자실할 만큼 분했나 싶어 로렌스가 웃으려 하니, 그 다음 순간 호로가 꼭 끌어안으며 귓가에 대고 속삭였다.

48

"너무 강력하게 걸었잖아, 멍청이."

화를 내는 것 같기도 하고 칭얼대는 것 같기도 한 목소리.

만난 당시였다면 머릿속이 새하얘졌거나, 아니면 얼결에 덩달아 끌어안았을지도 모른다.

그러나 지금은 그 둘 다 아니다. 어지간히 분했는가 보다 하며 웃고 만다.

테레오 마을에서 로렌스는 호로와 함께하는 달콤하리만큼 즐거운 이런 여행이 끝난다는— 쳐다보기도 싫은 결말이 든 상자의 뚜껑에 손을 댔다. 물론 그 뚜껑은 혼자서 열어 볼 수 있는 성질의 것이 아닌지라, 호로도 거들어 살짝 열었다.

하지만 그때는 그 어느 쪽도 상자의 내용물을 들여다볼 배짱이 없었기 때문에 뚜껑은 여태껏 열리다 만 채 놓여 있다.

그래도 알게 된 것이 있었다.

호로 또한 가능하면 보고 싶지 않아 했다는 것을.

정면에서 매달려 귓가에 대고 속삭여도 당황하지 않게 되는 데에 그만큼 도움이 되는 것도 없을 것이다.

빗질을 제대로 하지 않아도 찰랑거리고, 향유를 쓰지 않아도 왠지 달콤한 냄새가 나는 호로의 앞머리가 뺨에 닿는다. 한 올 한 올 세는 것을 아예 포기하게 만들고도 남는 가느다란 머리카락.

그런 생각을 하고 있노라니, 로렌스가 전혀 반응을 보이지 않는 것을 깨달은 호로가 살짝 몸을 떼며 고개를 들었다.

"당신은 언제 당황해 줄 건데?"

"글쎄? 네가 이런 짓을 안 하게 되면?"

호로는 영리하다.

이내 그 말뜻을 깨달았는지 분한 듯이 말했다.

"당신도 머리 회전이 꽤 빨라졌네."

"그냥, 뭐."

로렌스가 대답하자 호로는 코로 살짝 한숨을 지은 뒤 몸을 떼고 천천히 계단을 내려가기 시작했다.

로렌스가 당황하는 모습을 즐기려면 호로는 로렌스에게 뭐든 해야 하는데, 로렌스가 가장 당황스러운 것은 호로가 아무것도 안 하게 됐을 때라고 하니 얌전히 있는 수밖에 없다.

꽤 괜찮은 봉인 방법이었다고 로렌스가 자화자찬하며 호로의 뒤를 따라 계단을 내려가자, 먼저 계단을 내려간 호로가 빙그르 돌아보며 이렇게 물었다.

"당신 정말 말주변이 좋아졌는데, 누구한테 배운 거야?"

순간 로렌스가 놀란 것은, 후드 밑으로 보이는 얼굴이 묘하게 기분 좋은 듯한, 만지면 꽁꽁 언 손도 따뜻해질 것만 같은 웃음을 짓고 있었기 때문이었다.

사실은 호로가 막 분해 해야 할 텐데 대체 이게 어떻게 된 것인가 하고 잠시 경계를 하면서 호로의 앞으로 다가섰다.

"아니, 순간적으로 떠오른 것뿐이었는데….."

"순간적으로? 쿠후. 그렇다면 더더욱 기쁜걸?"

호로가 강아지라면 꼬리를 붕붕 흔들 것처럼 기분이 좋다.

하지만 로렌스는 영문을 알 수가 없어 왼팔에 손가락을 걸어오는 호로를 빤히 내려다보았다.

생각해라. 호로의 이런 태도에는 뭔가가 있다.

"내가 아무 짓도 안 하게 되면? 쿠후."

호로는 다시금 중얼거리더니 어리광을 부리듯이 몸을 기대왔다.

아무 짓도 안 하게 되면?

재차 듣고 보니 로렌스는 뭔가 묘한 느낌이 들었다.

그리고 그 말이 가리키는 또 다른 의미를 깨달은 순간, 로렌스는 그 자리에 딱 얼어붙었다.

"우후후. 왜 그래?"

눈이 녹아내린 봄날의 물처럼 투명하게 들여다보이는 호로의 들뜬 기분에 늪지대와 같은 찰기가 섞여 있다.

로렌스는 호로를 쳐다볼 수가 없었다.

호로가 아무 짓도 하지 않게 되면 당황한다.

대체 무슨 말을 해버린 거냐며 가슴속에서 처절히 절규했다.

이래서는 완전히, 호로가 자신을 갖고 놀았으면 좋겠다고 선언한 것이나 다름없지 않은가!

"이런? 당신은 혈액순환도 좋아진 모양이야?"

얼굴 위로 치밀어오르는 것을 막을 수가 없다.

로렌스는 '아차, 내가 왜 그 말뜻을 미처 깨닫지 못했을까. 그런 바보 같은 짓을 하다니 너무 창피해서 얼굴이 다 벌게지네.' 라며 얼버무릴 속셈으로 손을 들어 눈을 덮었다.

그러나 호로가 그렇게 넘어가도록 놔둘 리가 없다.

"하여간. 그렇게 유치하고 달콤한 말을 창피한 줄도 모르고."

파닥파닥 꼬리치는 소리가 들렸다.

현랑을 말로 봉쇄하다니 어림 반 푼어치도 없는 꿈이다.

"쿠후. 당신은 정말 귀여워."

눈을 가린 손의 틈새로 로렌스가 본 것은 기막히게 심보가 고약해 보이는, 뺨을 한껏 꼬집어 주고 싶어질 만큼 만면에 가득한 호로의 웃음이었다.


아롤드는 마구간 쪽에서 뭔가를 하고 있었는지, 다행히 호로와 주고받은 바보 같은 대화를 듣지는 못한 듯했다.

하기야 호로는 그걸 알고 로렌스를 놀려먹은 것이 분명할 테지만.

"연대기 작가?"

"예. 또는, 이곳의 옛날부터 전해 내려오는 이야기를 아시는 분을."

얇은 철판을 두드려 만든 간편해 보이는 컵에 따뜻하게 데운 포도주를 부은 뒤, 늘 앉는 의자에 앉은 아롤드는 진귀한 생물이라도 보는 것처럼 왼쪽 눈썹을 치켜 올렸다. 이런 질문을 하는 숙박객이 정녕 이 세상에 존재한단 말인가— 하는 투로.

그래도 다른 여관 같으면 당연히 숙박객의 신원을 탐색할 테지만 아롤드는 그런 것조차 전혀 하지 않으니, 왜 그런 걸 묻느냐고 되묻는 일도 없이 새하얀 수염을 가볍게 쓰다듬더니 대답했다.

"리골로라는 사람이 그런 역할을 한다는 것 같긴 한데…. 공교롭게도 50인 회의 중이야. 다른 사람과는 안 만날걸."

"50인 회의?"

로렌스가 되묻자, 한쪽 손에 든 작은 토기에 따뜻한 포도주를 가볍게 부은 뒤 로렌스와 호로에게 권했다.

50인 회의는 그 이름대로 레노스의 직인과 상인, 귀족들 가운데서 선출된 50인의 대표자들의 회의다. 그들은 자신들이 소속한 조합과 가문의 이익을 대표하여 회의에서 토론을 벌인다. 그 대부분이 도시의 운명을 좌우하는 중요한 안건이기 때문에 참가자들의 책임이 막중하다.

옛날에는 그 자리를 둘러싸고 정치적인 술수가 심했다고 하나, 지금은 몇 년 전쯤 역병이 대유행한 탓에 몇 자리나 빈자리가 생겼다고 들었다.

"들어올 때 성벽 입구에서 못 봤나…?"

"봤습니다. 상인으로 보이는 사람들이 모여 있더군요. 그것과 50인 회의가 관계있다는 얘기는 역시 이곳에 뭔가 문제라도 있는 것입니까?"

호로는 권하는 대로 포도주에 입을 댔다가 순간 동작을 딱 멈췄다.

틀림없이 꼬리털이 부풀어 있을 것이다. 익숙지 않으면 이 술의 장점을 알 수 없다.

"모피가…"

"모피가?"

모피라는 단어에 등줄기가 오싹하는 느낌이 들었다. 그것은 호로를 신경 써서가 아니다. 오히려 그 반대다. 너무도 낯익은 그 단어에 로렌스의 몸이 익숙할 대로 익숙해진 돈벌이의 냄새를 떠올렸던 것이다.

로렌스가 눈을 빛내며 묻자 아롤드는 못들은 척하며 뒷말을 이었다.

"그 사람이 그 회의의 서기거든."

회의 내용에 대해서는 이야기하고 싶지 않은 모양이다. 게다가 아롤드는 원래부터 그다지 친절한 사람이 못 된다.

"옛날이야기를 아는 사람이라도 된다고?"

"예? 예에. 그래도 상관없습니다. 아십니까?"

모피가 어쨌다는 것인지 궁금하긴 했지만 그것을 겉으로 내색할 수는 없다.

로렌스의 자기단속이 제대로 먹혔는지, 자칫 눈꺼풀 주름 속으로 묻혀 버릴 것만 같은 아롤드의 푸른 눈은 로렌스를 전혀 쳐다보지 않은 채 아득히 먼 곳을 보는 것 마냥 가늘어졌다.

"무두쟁이인 볼타의 조모가 박식했는데… 4년 전 역병으로 죽었지."

"다른 분은 안 계신가요?"

"다른 사람? 글쎄…. 라튼 상회의 숙부가…. 아니, 그 사람도 1년 전 여름 더위에…. 아, 그렇군…."

딱 소리가 난 것은 아롤드가 입으로 가져가려던 컵을 내려놓았기 때문이다.

그 소리에 이끌렸는지 호로가 아롤드를 돌아보는 것이 느껴졌다.

"이 도시의 오랜 지식은, 이리하여 문서로만 존재하게 되는 것인가…."

아롤드는 경악하듯 말한 뒤 아득한 눈빛을 한 채 턱수염을 붙들었다.

그 말에 움찔 하며 호로의 몸이 로브 밑에서 움츠러드는 것이 느껴졌다.

자신에 대한 이야기를 직접 아는 이가 누구 하나 남지 않았다. 호로는 그야말로 망각된 기억 그 자체였기 때문이다.

로렌스는 방금 전에 엄청 당한 것도 잊은 채 말없이 호로의 등을 가볍게 쳐 주었다.

"그러면 리골로 씨를 뵙고 기록을 보여 달라고 하는 수밖에 없는 겁니까?"

"그렇겠지…. 세월은 돌로 만든 건물조차 풍화시키지. 하물며 사람의 기억 따위야. 무서운 노릇이야…"

아롤드는 고개를 가로젓더니 그대로 눈을 감고 침묵해 버렸다.

처음 만났을 때부터 은자(隱者)처럼 행동했던 아롤드였지만, 정도가 점점 심해지는 모양이다.

죽음이라는 것이 임박해 오는 소리가 들리는 나이가 되면 저렇게 되는 것인가 하는 생각이 든다.

더 이상 말을 걸어 봐야 싫은 얼굴만 할 것이다 싶어 로렌스는 아롤드가 권한 포도주를 단숨에 마신 뒤 호로를 재촉해 밖으로 나왔다.

어제와는 판판으로 오가는 행인이 많다. 왼쪽에서 비치는 아침 햇살에 순간 현기증이 일어난다.

물을 머금은 돌계단 위에 서서 곁에 있는 호로를 보았다.

그러려니 해서 그런지, 어째 기운이 없어 보였다.

"뭐 좀 먹을까?"

자신이 해 놓고도 참 변변찮은 말이다 싶었는데, 매사 도가 지나치면 역효과가 나게 돼 있나 보다.

호로는 후드를 뒤집어 쓴 채로 픗 하고 웃더니 어이없다는 듯이 미소 지었다.

"어휘 좀 늘리시지?"

그렇게 말한 뒤 로렌스의 손을 잡아당겼다.

이렇게 사람들이 많은데 또 뭘 하려는 것인가 했던 것은 억측에 지나지 않았던 모양이다.

로렌스가 손을 잡아끌린 것과 뒤에 있는 여관 문이 열린 것은 동시의 일이었다.

"……."

바깥으로 나온 것은 아까도 만난 숙박객이다.

바쁜 듯이 움직이는 것은 행상인의 귀감이지만, 이 상인은 로렌스와 곁에 선 호로를 보더니 명백하게 놀란 표정으로 걸음을 멈췄다.

"…실례."

하지만 그것도 한 순간, 쉰 목소리로 그 말만 하고는 재빨리 인파 속으로 들어가 버렸다.

설마 하니 귀나 꼬리가 나와 있었던 건 아니겠지 싶어 호로를 쳐다보자, 호로도 약간 고개를 갸웃하고 있었다.

"방금 날 보고 놀랐지?"

"저 사람, 사람이 아닌가?"

"그런 느낌은 안 들었는데…. 저 계집애, 내 미모에 기가 죽었나 봐."

"설마."

일부러 그러는 듯 의기양양하게 가슴을 펴는 호로를 보며 로렌스는 웃다가 "어?" 하고 되물었다.

"계집애?"

"응?"

"여자였어?"

너무도 여행에 익숙한 모습인 데다 가라앉은 목소리라 남자라고만 생각했는데, 호로가 그렇다면 틀림없을 것이다.

대체 뭘 팔고 있는 것일까 하며 상인이 사라진 쪽을 쳐다보고 있으려니 다시금 손이 잡아당겨졌다.

"날 곁에 두고 다른 암컷 쪽만 쳐다보다니, 무슨 속셈이야?"

"그런 건 대놓고 말로 할 게 아니라 태도로 내보이는 게 더 귀여울 것 같은데?"

호로는 인상을 찌푸리지도 않고 경멸하는 듯한 눈빛으로 대답했다.

"당신은 멍청이라서 말로 안 하면 깨닫지 못할 텐데?"

아까의 일도 있고 하여 명확하게 반론을 펼 수 없는 것이 서글플 따름이었다.

"그래서 이제 어쩔 건데?"

바보 같은 대화는 이쯤 해두고, 오늘의 일정을 짜야 한다.

"그 뭐시기라는 남자를 만나기는 힘든 건가?"

"'리골로'라고 했던가? 회의에서 서기를 보고 있다면 힘들 수도 있지. 무슨 회의를 하고 있느냐에 달렸지만…."

로렌스가 막 정리한 수염을 쓱쓱 쓰다듬으며 말하자 호로는 한 걸음 앞으로 나서며 이렇게 말했다.

"무슨 회의를 하고 있는지 궁금해서 죽겠다는 표정인데?"

"그래?"

턱에서 뺨을 문지르며 되묻자 호로가 돌아본다. 참으로 짓궂은 얼굴이다.

"그럼 전혀 신경 쓰지 않고 회의인지 뭔지가 끝날 때까지 세월아 네월아 해줄 거지?"

로렌스는 그만 웃고 말았다.

"과연 탁월하신 현랑 님의 관찰력. 그래, 나는 이곳에서 무슨 일이 일어나고 있는 건지 궁금해 죽겠어. 아니, 그 정도가 아니라."

"잘만 하면 한몫 잡고 싶다?"

어깨를 으쓱하자 호로는 고개를 갸웃하며 미소 지었다.

"이런 나무패를 나눠 줄 정도니까. 뭔가 재미있는 일이 벌어질지도 모르지."

로렌스는 허리 주머니에서 '외지상인 증명패' 라는 것을 꺼내들었다.

"그런데, 당신."

"응?"

"적당히 웬만큼만 해줄래?"

납치를 당하고, 지하수로에서 쫓기고, 파산 위기에 직면하고, 큰 싸움에 휘말리는 사태를 헤쳐 온 호로가 하는 말이니 씁쓸하게 웃지 않을 수 없다. 그만큼 가볍지 않은 말이다.

"알고 있어."

그래서 그렇게 대답했으나, 그 순간 방금 전까지 그토록 귀엽게 굴던 현랑은 몹시 화가 난 얼굴이 되어 이렇게 말했다.

"과연 그럴까?"

남자들은 말뿐이다, 라는 투의 호로에게 반론을 펴려면 한 가지 방법밖에 없다.

　호로의 손을 잡고 로렌스는 애써 영업용 얼굴과 말투로 말했다.

　"그럼, 일단은 이 고장의 관광을 해보심이 어떻겠습니까?"

　계단에서 손등에 입맞춤을 한 뒤라 다소 효과가 덜했던 모양이다. 아니면 그 직후 바로 역전이 되었기 때문이거나.

　더욱이 때마침 마차가 눈앞을 지나가면서 말이 똥을 뚝뚝 떨어뜨리면서 간 것도 좋지 않았다.

　그래도 호로는 합격점을 준 모양이다. 흥 하며 코웃음을 치더니 로렌스의 곁에 와서 섰다.

　"뭐, 그것도 괜찮겠지."

　"알아 모시겠습니다."

　반년 전의 자신이 현재의 자신을 본다면 틀림없이 기겁을 하겠지.

　"그럼 그 관광이란 건 어떻게 하는 건데? 내가 정말 여기 와 본 적이 있나 싶게 싹 달라졌거든."

　"항구에 가 보자. 선박이 주류를 이루게 된 것은 최근이라고 들었어. 바다의 항구만큼은 아니어도 꽤 압권이야."

　"호오, 선박?"

　호로의 손을 잡고 걷기 시작한다.

　둘이면 빨리 걸을 수가 없어 귀찮나고, 내체 누가 그래?

　곁에 있는 호로의 걸음에 보조를 맞추면서, 로렌스는 속으로 혼잣말을 하며 웃었던 것이었다.

제 2 막

"**결**국은 이렇게 된다니까."

"으응?"

로렌스가 중얼거리자 호로는 맥주잔으로 반쯤 가려진 얼굴을 이쪽으로 돌렸다.

"아무것도 아니야. 흘리지나 마."

"음."

다른 곳에서 만드는 것보다 훨씬 도수가 센, 이름도 거창한 맥주를 가볍게 마신 뒤 호로는 불에 눋은 자국이 있는 조개를 집어 들었다.

레노스 옆을 흐르는 롬 강에서 채취한 조개로, 크기가 호로의 손바닥만하다. 부드러운 속살을 꺼내 다진 뒤 빵가루와 반죽해 다시 넣어 불에 구운 이곳의 명물이다. 양귀비씨를 듬뿍 얹어 먹으면 이보다 더 맥주를 당기는 안주가 또 있으랴 싶다.

롬 강의 강가를 깎아 만들어진 커다란 타원형의 항구를 앞에 둔 순간에는 그곳에 정박된 수많은 평저선*에 탄성을 올린 호로였으나, 배를 탈 예정이거나 배에서 막 내린 여행객들의 공복을 노리고 노점에서 피우는 맛있는 냄새를 맡고는 그쪽에 완전히 마음을 빼앗기고 말았다.

낡은 나무상자를 쌓아올려 만든 간소한 테이블 위에는 3인분의 조개가 수북하고, 다 마시고 난 맥주잔이 이미 2인분어치다.

로렌스는 아롤드가 권한 것과 같은 따스한 포도주를 주문해서

---

※평저선(平底船) : 밑바닥이 평평한 배. 물이 얕은 하천이나 운하에서 주로 쓰인다.

호로가 싫은 표정을 짓게 만들었다.

시큼한 이 맛만 있으면 그 다음은 천천히 술을 마시는 시간이 곧 안주다.

"하지만 이렇게 보기만 해서는 이곳에 무슨 문제가 있는 것 같진 않은데."

무엇이 들어 있는지 사람 키만한 나무상자가 배에서 내려오자, 몇몇 상인이 재빨리 뚜껑을 비틀어 연 뒤 내용물에 대해 이러쿵저러쿵 논의하기 시작한다.

이만큼 훌륭한 항구이면 들어오는 상품의 수도 엄청나다. 그러지 않아도 곁에서 보기만 해도 상상을 초월할 만큼 수많은 상품이 모여드는 것이 도시란 곳이다.

일상의 식료품은 말할 것도 없이, 예를 들어 목재가 들어온다면 그것을 가공할 톱, 끌, 못, 쇠망치와 더불어 그런 것들을 가지고 수리를 하거나 제작하는 떠돌이 철 세공사가 따라 들어올 테고, 그밖에도 목재를 묶기 위한 밧줄, 가죽끈, 육로 운반용의 말과 당나귀, 또는 그런 것들에 부속되는 마구류 등등 이루 헤아릴 수가 없다.

혹은, 단순히 항구로 배가 들어오니 조선 기술자와 공구류도 들어오고, 또는 배 자체가 상품으로 입항하기도 한다. 대체 얼마만큼 많은 종류의 상품이 얼마만큼 많은 양으로 들고나는지는 전지전능한 신(神) 정도의 능력이 아니고서는 파악이 불가능할 것이다.

'잡다한'이라는 단어가 이보다 더 잘 어울릴 곳도 없을 정도로 활기 가득한 항구의 전경을 보고 있노라면 사소한 문제쯤은 순식간에 가려져 버린다.

로렌스에게서 빌린 나이프로 민첩하게 조개의 속을 떠서 입으로 가져가던 호로는 로렌스의 말에 이끌린 듯 주위를 둘러보고는 맥주를 한입 꿀꺽 마셨다.

"늑대 무리들이 영역을 놓고 서로 치열하게 싸우고 있을 때도 숲이라는 곳은 멀리서 보면 평소와 다름없이 고요하지."

"너만큼 눈과 귀가 밝으면 멀리서도 알 수 있지 않아?"

호로는 이내 대답을 하지 않고 뜸을 들이듯 고개를 숙이더니 후드 아래로 늑대 귀를 움직인다.

평소 같으면 안달을 하다가 호로에게 놀림을 받을 참이지만, 오늘은 시큼한 맛의 따스한 포도주가 있다. 그것을 홀짝이면서 호로의 보고를 기다렸다.

"저쪽에 있는 남자, 보여?"

잠시 후 호로는 조개 속을 파던 나이프 끝으로 몸에서 김이 나고 있는 남자를 가리켰다. 남자는 가늘게 쪼갠 바위 같은 것이 산더미처럼 쌓여 있는, 허리 높이 정도의 통에 기대 서 있었다. 울뚝불뚝한 체격으로 봐서는 까딱 해적으로 오해받기도 하겠다.

그런 그 남자를 잔뜩 찌푸린 얼굴로 상대하고 있는 것은 손에 양피지 같은 다발을 든 호리호리한 몸집의 상인.

로렌스가 호로의 말에 고개를 끄덕이자, 호로는 진지한 표정으로 이렇게 말했다.

"저 남자는 화가 났어."

"그래?"

"아무리 생각해도 화물에 매겨진 세금이 너무 높다, 당초의 가격으로는 화물을 넘겨주기 싫다고 하고 있어. 목숨값? 그게 어쩌고 하는데?"

"인질세로군. 강 위를 오가는 배들은 강을 소유한 영주의 인질이니까."

"흠. 그리고 말라빠진 남자의 그에 대한 대답은 이래. 올해는 북방 대원정이 취소된 탓에 옥신각신 난리도 아니다. 돈을 받을 수 있는 것만으로 고마운 줄 알아라."

교회가 권위를 과시하기 위해 매년 겨울에 행하던 북방지역의 대원정은 원정단이 통과하는 나라인 프로아니아와 교회 권력 간의 정치적 관계에 그늘이 드리운 탓에 중단되었다. 그로 인해 로렌스도 한때는 파산의 위기에 직면했었다.

그래서 그런 것은 아니지만 로렌스는 약간 놀라서 호로를 쳐다보았다. 호로는 여전히 귀를 쫑긋거리고 있는 듯이 고개를 숙인 채 눈을 감고 있었다.

로렌스가 다시금 두 남자 쪽으로 시선을 돌리자, 멀리서도 상인처럼 보이는 남자가 선원에게 최후통첩을 고하고 있는 것이 느껴졌다.

"뭣하면 모피와 함께 회의에 부쳐도 상관없어."

호로는 그렇게 말한 뒤 눈을 떴다.

호로에게 속고 있는 게 아닌가 싶은 것은 너무 깊이 생각한 것일까.

"엇비슷한 대화를 하고 있는 패들이 적어도… 넷은 돼. 세금이 너무 많다, 북방 대원정, 도시의 수입이 어쩌고저쩌고—."

말을 하면서도 조개 속을 나이프로 파내는데, 나이프 위에 조갯

살이 많이 얹힐수록 호로의 관심은 이쪽으로 쏠리는 것 같다.

산더미처럼 파낸 조갯살을 입으로 가져가는 순간은 이 세상에 먹을 거라곤 이것밖에 없다는 표정이었다.

"듣고 보니 그렇군…. 물류의 기점이 될 만한 도시가 북방 대원정 중단의 영향을 받지 않을 리가 없지. 그것 때문에 뤼빈하이겐에서 뼈아픈 일을 당하기도 했고. 하지만 성문 앞에서 발이 묶인 사람들과 그게 무슨 상관이지?"

도시가 평소와 다른 상태라면 그곳에는 평소와 다른 돈벌이 기회가 굴러다니고 있다는 뜻이다.

로렌스가 혼자 중얼거린 뒤 이런저런 생각을 하고 있으려니, 단정치 못하게 트림을 끅 한 호로가 테이블을 톡톡 두드렸다.

"더 시켜 줘?"

레노스의 상황이 보이기 시작해 로렌스의 흥미는 완전히 그쪽으로 쏠려 있었다. 호로가 얌전히 있어 주거나, 아니면 추측을 하는 데에 협력해 준다면 술 한두 잔쯤 사는 거야 저렴하지, 하며 순간적으로 손익계산을 한다.

노점 주인을 향해 로렌스가 손을 들어 추가주문을 하자 호로는 만족스런 웃음을 지으며 작은 머리를 갸웃했다.

"방금 주문한 술은 나를 위해서가 아니라 자신을 위해서지?"

"응?"

"술에 취하는 건 나지만, 당신은 다른 것에 취해 있지."

즐겁게 웃는 호로의 얼굴이 발그레하다.

그래도 평소 같으면 미간을 찌푸렸을 로렌스가 주저 없이 주문을 한 이유는 알고 있는 모양이다.

"술은 돈을 내고 마셔야 취하지만, 눈앞에 돈벌이 건수가 굴러다니는지 궁리하는 건 공짜니까."

"게다가 내가 곁에서 꺅꺅 대지 않거나, 또는 순순히 협력해 준다면 술 한두 잔쯤은 저렴하고?"

작은 거인이란 바로 이런 것이다.

입가에 맥주거품을 달고 있는 호로에게 로렌스는 항복의 표시를 했다.

"뭐, 이런저런 궁리를 하고 있을 때 당신은 참 즐거워 보이니까. 난 그 옆얼굴을 보면서 술이나 마시기로 하지."

눈은 호로를 응시한 채, 노점 주인이 가져온 술과 지금 막 불에서 내려 치직 소리를 내고 있는 조개요리 값으로 닳아빠진 검은 류트 은화를 내밀며 로렌스는 대답했다.

"난 네가 어느 틈에 사라지지 않도록 가끔씩 그쪽을 돌아보면 되는 거고?"

찰랑찰랑 맥주가 담긴 잔을 건네자 호로는 웃으며 이렇게 말했다.

"그럭저럭 평균점."

점수가 짠 데 비해 로브 속의 꼬리가 즐거운 듯 파닥댄 것 같아 "그거 고맙네."하며 태연한 얼굴로 대꾸했던 것이었다.


결국 점심시간이 되기 전에 로렌스는 혼자서 레노스 시내를 걷게 됐다.

호로 자신도 놀란 일이지만, 몸속에 여태 남아 있던 여독이 평소 이상으로 술의 효과를 강하게 만든 듯하다. 다리가 후들거려 함께 돌아다닐 수 없는 정도가 아니라, 잠이 쏟아져서 죽을 지경인 듯했다.

그런 호로를 여관에 바래다주면서, 로렌스는 어이없는 한편 약간 웃음도 나왔다.

호로는 이곳에서 로렌스가 돈벌이 건수를 기웃대는 것이 싫은 눈치다. 지금까지의 여정을 돌아보면 그럴 만도 하지만, 로렌스 자신이 호로와 여행을 하기 전의 일들까지 돌아보면 가만있는 것이 더 이상하다.

그러니 느긋하게 시내를 돌아다닐 수 있게 된 것은 마침 잘된 일이다.

그렇다고 이곳에 친한 지인이 있는 것은 아니다.

한동안 고민한 후에 로렌스가 걸음을 옮긴 곳은 예전에 가 본 적이 있던 술집이었다.

'짐승과 물고기꼬리' 라는 별난 이름의 술집으로, 처마에 커다란 쥐를 상징하는 청동 간판이 걸려 있다. 강에 둑을 쌓는 기묘하고도 현명한 이 쥐는 몸은 짐승이지만 크고 평평한 꼬리와 물갈퀴가 달린 뒷발은 물고기라고 교회는 정의하고 있다.

그런 까닭에, 고기 굽는 냄새가 그윽한 술집임에도 이곳에서 쩝쩝대며 먹고 있는 성직자가 적지 않다. 물고기는 아무리 많이 먹어도 누구 하나 비난하지 않기 때문이다.

하지만 그런 진귀한 쥐를 취급하는 인기 있는 술집이라도 점심 시간을 앞둔 이 시간에는 역시 한산했다. 손님 없는 가게 안의 구석 테이블에서 종업원 아가씨가 앞치마를 깁고 있었다.

"영업합니까?"

로렌스가 입구에서 묻자 실을 입으로 끊던 붉은 머리의 아가씨는 손에 든 앞치마를 살짝 치켜들면서 장난스럽게 웃었다.

"이제 막 구멍을 메웠는데, 보시겠어요?"

술집에서 일하는 간판마담의 표본 같은 대꾸였다.

"사양하겠습니다. 구멍이 뚫릴 만큼 쳐다본다는 말도 있으니까요. 너무 쳐다보다 또 구멍이 나면 큰일 아닙니까."

아가씨는 바늘을 나무상자에 넣고 일어선 뒤 구멍을 기운 앞치마를 두르면서 익살을 떨듯이 머리를 흔들었다.

"그럼 앞치마에 금방 구멍이 뚫리는 것은 손님이 나를 쳐다보지 않고 앞치마만 쳐다봐서 그런 거였나?"

과연 취객들을 상대하는 술집 아가씨답다.

로렌스도 상인으로서 질 수야 없다.

"빼어난 미모를 가지셨으니 행여 코에 구멍이 세 개가 되지 않도록 다들 조심하는 것이겠죠."

"그런가요? 아깝네. 그러면 수상한 손님들의 냄새를 더 빨리 가려낼 수 있을 텐데."

마지막으로 앞치마 끈을 묶은 뒤 술집 아가씨는 새삼 아쉽다는 듯이 한숨을 지었다.

로렌스는 아가씨를 치켜세워 주기 위해 자신이 졌다는 표시로 어깨를 으쓱했다.

"후후. 역시 여기저기 여행을 다니시는 손님은 대응이 다르시네요. 뭘 드릴까요? 술? 식사?"

"물고기꼬리 요리를 2인분 시켰으면 합니다만. 포장으로."

술집 아가씨가 잠시 망설이는 표정을 지은 것은 안쪽 주방에서 냄비를 움직이는 소리가 들려왔기 때문일 것이다.

점심때에 맞춰 항구에서 일하는 사람들에게 팔 도시락의 마무리 작업이 한창일 시간인 것이다.

"급하지는 않습니다."

"그럼 술을 1인분 추가하는 건 어떠세요?"

잠시 기다려 달라는 뜻이다.

아가씨의 영업수완에 로렌스는 웃으면서 고개를 끄덕였다.

"보리, 포도, 그리고 배로 만든 것도 있는데요."

"이 계절에 배술이?"

과일주는 어느 것이나 상하기 쉽다.

"어찌된 영문인지 창고 안에서 썩지 않았더라고요. 아차."

하며 일부러 여봐란 듯이 입을 막는다.

예전에 왔을 때는 늘 손님 틈에 섞여 있어 제대로 말을 해본 적이 없었는데, 이 술집이 장사가 잘된다면 그건 역시 간판마담 격인 이 아가씨의 덕분이리라.

"그럼 배술로."

"예에—. 그럼 잠시만 기다리세요."

그러더니 원래는 무슨 색깔이었는지 연지색에 짙은 회색이 섞인 야릇한 색깔의 스커트를 펄럭이며 안으로 들어갔다.

항구도시 술집의 똑부러지고 쾌활한 아가씨이니, 장래에 데려갈 사람은 배를 몇 척씩 소유한 상회의 둘째도련님쯤 되려나.

아니, 어쩌면 핏대를 세워가며 그녀에게 구애를 해오는 부자들이나 꽃미남들에게는 쌀쌀맞게 굴다가, 우연히 술집에 들른 평범하기 짝이 없는 직인과 덜컥 사랑에 빠져 버릴지도 모른다.

팔려나가는 상품이 어떻게 될지는 상상이 가도, 이쪽 방면은 로렌스의 전문이 아니다. 호로에게 물으면 정답을 딱 가르쳐줄 것 같기도 하지만 그러긴 왠지 싫었다.

"오래 기다리셨습니다. 시간이 좀 걸릴 것 같은데, 그 사이에 손님께서 궁금해 하시는 점에 대답을 해드리면 딱 맞을지도 모르겠는데요?"

정말 야무진 아가씨다.

호로와 대화를 시키면 멋진 연극을 볼 수 있을지도 모르겠다.

"그 전에 계산을."

로렌스는 배술이 들어간 잔에 손을 대기 전에 새카만 동화 두 냥을 내려놓았다.

동화 한 냥으로 이 술을 두세 잔은 마실 수 있을 것이다.

아가씨의 얼굴이 술집여자의 것이 된다.

"뭐가 궁금하신데요?"

"예에, 별것은 아닙니다. 이곳이 평소와 다른 점. 예를 들면, 상인으로 보이는 사람들이 왜 성문 앞에 모여 있는 것인지 정도."

"아아—. 그 사람들은요, 모피와 그에 관련된 물품을 취급하는 사람들이에요."

"모피?"

"예. 반은 먼 나라에서 모피를 사러 온 사람들, 나머지 반은 모피를 가공하는 데 필요한 물품을 거래하는 사람들. 어, 뭐라더라…."

"석회, 명반, 떡갈나무 껍질."

모피 가공 하면 이내 떠오르는 것은 이 정도. 좀 색다른 곳에서는 비둘기 똥을 쓰기도 한다. 염색에 관해서는 더욱 다종다양한 상품들을 들 수 있다.

"그런 거였던가?"

로렌스는 아롤드의 말을 또렷하게 떠올렸다.

틀림없이 이곳에서 열리고 있는 50인 회의의 내용은 모피 수출입과 관련된 것이다.

"그럼 어째서 성문 입구에 사람들이 있느냐 하면요. 지금 이곳의 훌륭하신 분들이 모여서 상인들에게 모피를 팔 것인지 말 것인지 의논을 하고 있거든요. 그 동안에는 모피를 사고파는 것은 금지. 그러니 직인들은 직인들대로 모피를 가공하는 데 필요한 물품을 사야 할지 말아야 할지 망설이지 않겠어요? 그래서 그렇게 된 거죠."

같은 질문을 수도 없이 받았었는지 설명이 매끄러운데, 그게 사실이라면 중대한 일이다.

로렌스는 배술을 마시는 것도 잊고 또 물어보았다.

"애초에 왜 그런 일이?"

"그건, 그거 있잖아요. 매년 겨울이 되면 수없이 많은 사람들이 북쪽으로 오게 되는 거."

"대원정?"

"예, 그거요. 그게 중단되는 바람에 모피 옷을 사 주는 사람들이 없어졌다고 하던가. 원래 이 시기에는 사람들이 훨씬 많거든요."

사람이 오면 돈이 남는다. 특히 북쪽 지방의 모피는 남쪽에서는 대인기라 선물로 사 가면 반가워할 것이다.

하지만 그게 뭐 어쨌다고 모피의 매매를 정지시키면서까지 회의를 한단 말인가.

무엇보다 성문 앞에 모여 있는 것은 모피를 사러 온 상인들이지 않은가. 북방 대원정이 중단되어 해마다 모피 옷을 사 주던 사람들이 레노스에 오지 않게 되었어도 살 사람이 있다면 팔면 그만이다.

아직 뭔가 정보가 충분치 않다.

"모피 옷을 살 사람들이 없어진 것은 알겠습니다만, 그럼 성문 밖에 모여 있는 상인들에게 팔면 되는 것 아닌가요?"

그러자 아가씨는 내용물이 전혀 줄지 않은 채 로렌스의 손에 들려 있는 잔을 보더니 미소를 지으며 어서 마시라고 권했다.

술집 아가씨는 남자를 초조하게 하는 방법을 본능적으로 알고 있는지도 모르겠다.

시키는 대로 하지 않고 대답을 재촉했다가는 기분 나빠하거나 얕잡혀 보이거나 둘 중 하나다.

로렌스가 얌전히 달콤한 배술을 입에 대자, 아가씨는 합격이라는 듯이 싱긋 웃어 보였다.

"기사님이나 용병들은 다들 돈 씀씀이가 크거든요. 하지만 장사를 하러 여기 오는 사람들은 하나 같이 짜지요."

아가씨는 로렌스가 지불한 동화 두 냥을 테이블 위에 놓고 장난을 쳤다.

"나도 때로는 귀족 따님이 입을 만큼 푹신푹신한 옷을 선물 받곤 한답니다. 물론 굉장한 고가품이죠. 하지만…"

로렌스는 "아아." 하며 술을 마셨다. 호로를 상대하면서 포도주를 마셔서 머리가 둔해졌나 보다.

"그렇군요. 옷으로 만들어지기 전의 모피는 놀랄 만큼 싸니까, 옷으로 만들어 팔아야 시 당국에 떨어지는 돈이 많아지는 거로군요."

술집 아가씨는 참회한 신도를 앞에 둔 성직자처럼 웃었다. 참 잘했어요, 하고.

이제야 어떻게 돌아가는 것인지 알겠다.

하지만 로렌스가 전체적인 줄거리를 확인하기 전에 아가씨가 테이블 위로 몸을 쑥 내밀었다.

그런 뒤 갖고 놀던 동전 한 냥을 가슴 속에 살짝 넣더니 표정을 달리했다.

"여기까지는 다른 술집의 엉덩이 가벼운 여편네들한테서도 들을 수 있는 얘기이고—"

눈을 위로 치켜뜨고 턱을 약간 당기면서 별안간 말투가 거칠어진다. 로렌스가 아가씨 쪽으로 시선을 던지면 가늘고 아름다운 쇄골과 그 밑에 있는 것이 자연히 눈에 들어오게 되는 자세.

취객들과 마음의 거리를 좁히는 방법을 완전히 터득하고 있다.

로렌스는 순간 '이건 거래 상담이다.' 라고 자신에게 다짐했다.

상대는 손님에게 값비싼 모피 옷을 팔려고 하는 여자인 것이다.

"손이 크고 기분파인 손님은 잘 모셔야 하니까요. 지금부터 하는 얘기는 못 들은 걸로 해주세요, 네?"

로렌스는 아가씨의 분위기에 넘어간 척하며 고개를 끄덕였다.

"십중팔구 바깥에 있는 상인들이 모피를 매입하지 못하게 막을 거예요. 직인들이나 모피를 취급하는 사람들은 화를 내겠지만."

"그런 정보는 어디에서?"

그렇게 묻자 아가씨는 요염한 미소를 지은 채 입을 다물었다.

로렌스의 느낌상 이 아가씨는 확실한 정보원을 갖고 있다. 필시 가게에 오는 50인 회의의 참석자 중 어느 누구이겠지만 물론 그것을 말해줄 리는 없다.

아가씨 또한 웃기만 할 뿐 '그건 말할 수 없다' 고도 하지 않은 것은 그 얘기가 자신이 혼잣말처럼 한 것이고, 진위 여부도 전혀 확인된 바가 없다는 것이 분명하다.

요컨대 로렌스를 시험하고 있는 것이나 다름없다.

정말 중요한 이야기를 확 해버릴 수는 없으니까.

"나는 술집에서 일을 하니까 모피 가격이야 어찌되건 상관없지만, 상인 분들은 그것을 안주 삼아 술을 드시잖아요?"

"예에, 때로는 과음을 할 만큼."

로렌스가 영업용 웃음을 지으며 대답하자, 아가씨는 눈을 감고 입 끝으로만 웃으며 고개를 끄덕였다.

"좋은 술집에서 나가는 사람들은 다들 희희낙락. 손님도 그러시면 좋겠네요."

"술은 마셨으니 취기도 곧 돌겠지요."

아가씨의 눈이 동그래진다.

입은 웃고 있어도 눈은 웃고 있지 않다.

로렌스가 뭐라 말을 하려는 순간 주방 쪽에서 아가씨를 부르는 소리가 났다.

"아, 마침 요리가 다 됐나 봐요."

그렇게 말하며 의자에서 일어날 쯤에는 로렌스가 이 가게에 들어섰을 때의 아가씨로 돌아가 있었다.

"그런데요, 손님."

하며 테이블에서 멀어지기 직전, 아가씨가 로렌스를 돌아보며 물었다.

"예?"

"혹시 부인이 있으세요?"

예상치 못한 질문에 잠시 멈칫했으나, 호로에게 늘 당해온 덕분인지 이내 대답이 나왔다.

"지갑 끈은 안 잡혔습니다만…, 고삐는 저쪽이 단단히 쥐고 있지요."

로렌스가 대답하자, 친구에게 그렇게 하듯 아가씨는 씨익 이를 내보이며 웃었다.

"크으—. 아마 아주 괜찮은 사람이겠지. 분하다."

취한 남자들을 농락하는 수완에 상당한 자부심을 갖고 있는 것이리라.

로렌스도 호로와 만나지 않았더라면, 혹은 조금만 더 취해 있었더라면 홀랑 넘어갔을지도 모른다.

하지만 그 소리를 했다가는 패자의 상처에 소금을 뿌리는 격이 된다.

"기회가 닿으면 저희 가게에도 한 번 모시고 오세요."

"예에."

이것은 거의 진심에서 한 대답이었다.

이 아가씨와 호로가 대화를 하는 장면이 너무 보고 싶다.

단, 곁에 있다가는 엄청난 일에 휘말릴 것 같지만.

"그럼 잠시 기다려 주세요. 주문하신 요리를 가져올 테니까."

"예, 그러지요."

아가씨는 다시금 스커트 자락을 휘날리며 안쪽 주방으로 들어갔다.

로렌스는 그 뒷모습을 바라보면서 배술을 입에 댄다.

호로의 크나큰 존재는 남이 봐도 알 수 있는 모양이었다.


손에는 꼬리요리를 싼 뜨끈뜨끈한 삼베주머니를 든 채 로렌스는 항구쪽 대로로 나가 정박해 있는 배들을 다시 한 번 둘러보았다.

과연 술집 아가씨의 말을 들은 뒤라서 그런지 정박해 있는 배들의 모습도 조금 달라 보인다.

가만 보면 산더미처럼 쌓인 화물에 짚이나 삼베가 덮여 있고, 한동안 출항할 계획이 없는 것처럼 단단히 묶여 있는 배들이 상당히 많았다. 물론 개중에는 원래 이 항구에서 겨울을 날 예정이었던 것들도 있을 테지만, 그 숫자가 다소 많아 보인다. 약간 공격적으로 추측을 해보자면 저 화물들은 모피 원단이거나 모피의 가공에 필요한 갖가지 물품일 것이다.

레노스는 모피와 목재의 도시라 불릴 만큼 모피 거래량이 많다.

이 마을 저 마을로 장사를 다니는 행상인 로렌스로서는 도합 얼마만큼의 양이 오가고 있는지 알 수 없으나, 예를 들어 모피 전문 상인이 가슴 높이 정도의 큰 통에 한가득 다람쥐 털을 매입했다면, 그것만으로도 3천 장 내지 4천 장에 달한다. 그런 통이 여기저기 널려 있으니 정신이 아득해질 양이리라.

그런 엄청난 양의 모피 거래가 중단되면 얼마만큼 많은 사람들
이 곤란을 겪을 것인가.

하지만 레노스 시가 가능한 많은 세금을 걷으려는 것도 이해가
된다. 무엇보다 모피 원단의 상태로 외지상인에게 팔아 버리면 이
곳에 사는 직인들이 거리로 나앉게 된다. 어떤 거래이건 원료를
조달해서 가공한 뒤 파는 것이 가장 이윤이 높다는 것은 누구나
아는 바다.

그러나 북방 대원정이 중단되는 바람에 남쪽에서 올 대량의 여
행객을 기대할 수 없게 된 지금, 모피를 이곳에서 가공한다 한들
그것이 돈으로 탈바꿈하리라는 보장이 전혀 없다.

게다가 모피의 좋고 나쁨과 가공기술의 좋고 나쁨은 별개의 문
제다. 옷을 만드는 데 있어서는 레노스보다 뛰어난 기술을 가진
도시가 얼마든지 있다. 레노스를 방문한 기념품으로 날개 돋친 듯
팔려나가던 옷도, 일부러 수송비를 물어가며 먼 도시로 수출을 하
는 것은 문제가 있을 것이다.

그런 점에서는 레노스 시의 입장으로서는 역시 직인들의 결사
반대를 누르고서라도 외지상인들에게 모피를 파는 결단을 내리는
쪽이 더 나을 듯싶다.

그렇게 하면 적어도 금년에는 모피가 돈으로 바뀐다. 외지상인
들이 그렇게 몰려드는 것은 그만큼 레노스로 모이는 모피의 질이
뛰어나다는 이야기이니, 나름대로 값도 쳐줄 것이다.

그럼에도 술집 아가씨는 50인 회의가 외지상인들의 모피 매입
을 제지할 것이라고 말했다.

그렇다면 고려할 수 있는 점은 많지 않다.

애초에, 성문 밖 입구에 상인들이 모여 있는 것 자체가 이상한 것이다.

손익계산상 이득이라고 판단되면 남을 걷어차서라도 앞서 나가는 것이 정의라고 믿어 의심치 않는 상인들이 하나 같이 얌전히 있는 것 자체가 있을 수 없는 일이다.

하나 둘씩 이탈을 하다 결국은 수습이 안 될 게 뻔하다.

그것이 별반 큰 혼란도 없이 유지되고 있다는 것은, 바깥에 있는 상인들이 각자의 의사만으로 거기 있는 것이 아니기 때문이리라.

틀림없이 큰 권력기구가 뒤에 숨어 있다.

그것이 서쪽 바다 너머의 의류 가공으로 유명한 거대한 상인조합인지, 혹은 모피 무역의 독점권을 노리고 있는 현기증이 날 만큼 어마어마하게 큰 상회인지는 알 수 없다.

여하튼, 큰 권력이 그 뒤에 숨어 있다.

그리고 레노스 시의 두뇌들은 그 점을 눈치 채고 있다.

로렌스는 항구 앞을 지나 떠들썩한 소리와 활기로 넘치는 대로로 들어서며 결론을 지었다.

레노스 시는 바깥에 있는 상인들에게 이런 말을 들었을 것이다.

모피를 팔지 못해 난감하시지요? 저희가 사 드릴까요? 헌데, 이번 한 번 넘어간다고 세상일이 잘 돌아가리란 보장이 없지요. 어떻습니까? 내년, 내후년에도 우리에게 파시는 것이?

이 제안에 넘어갔다가는 이윽고 레노스는 단순히 모피가 모였다가 다른 곳으로 흘러나갈 뿐인 도시로 전락하고 만다. 그렇게 되면 모피를 모으는 기능 자체도 도시 밖의 다른 누군가에게 빼앗기고 말 것이다.

하지만 그런 제안을 완전히 일축할 수 없는 것은 꼭 직인들의 반대 때문만은 아니다.

뒤에 거대한 권력기구가 숨어 있다면, 생각 없이 외지상인들의 요구를 거절했다가는 뒤에 숨어 있는 권력기구에서 "레노스 시는 외지상인을 차별하는가?"라며 이의를 제기하고 나설 것이 틀림없다.

그렇게 되면 도시만의 문제가 아니라 도시와 연줄이 있는 영주 귀족들에게까지 문제가 파급된다. 거래상의 문제가 정치적인 문제가 되는 순간, 문제를 해결하기 위해 필요한 금액은 세 자리, 네 자리로 치솟게 된다.

이것은 개별 상인들의 생각 따위에는 양귀비씨 정도의 의미도 두지 않는 거대 조직들 간의 싸움이다.

로렌스는 수염을 쓱쓱 쓰다듬었다.

자연히 입가에 웃음이 걸린다.

"움직이는 돈이 커."

오래간만에 해보는 혼잣말은 일주일 내내 신고 있던 신발을 벗을 때와 같은 쾌감을 불러일으켰다.

움직이는 돈이 크면 클수록 부스러져 떨어지는 액수도 커지게 된다.

상인의 연금술은 상품과 상품, 사람과 사람 간의 복잡한 관계 구조에서 샘솟듯이 돈이 솟아나게 만드는 것이다.

머릿속에는 낡은 양피지가 한 장.

그 양피지에 서서히 모피를 둘러싼 구조가 그려지면서 차츰 보물지도로 변해간다.

자, 보물은 대체 어디에 있을 것인가.

로렌스가 혀를 핥듯이 하며 그렇게 자문한 순간, 왼쪽 손이 여관방의 문을 열었다.

"……."

로렌스는 자신이 어느 틈에 숙소에 도착했는지 전혀 기억이 없었다. 하지만 말문이 막힌 것은 다른 이유에서다.

한잠 푹 자고 개운해졌는지 침대 위에서 털 손질을 하고 있던 호로가 로렌스의 얼굴을 보자마자 꼬리를 등 뒤로 감춘 것이다.

"…왜 그래?"

어딘지 모르게 일부러 그러는 듯하긴 했으나, 취기가 가신 얼굴로 호로가 잔뜩 경계하는 시선을 보내오자 로렌스는 얼결에 그렇게 물었다.

"그럼 안 되니까."

"뭐?"

"꼬리가 팔리면 안 되니까."

그러면서 호로는 소녀가 나무 그늘에 숨어 얼굴을 내밀듯 꼬리를 살짝 내보였다가 도로 등 뒤에 감췄다.

물론 말뜻은 알아들었다.

얼굴이 완벽한 상인의 얼굴이 되어 있었던 것이겠지.

"나는 사냥꾼이 아니야."

어깨를 으쓱한 뒤 웃으면서 방 안으로 들어가 문을 닫고 책상으로 다가갔다.

"팔 수 있는 건 뭐든지 다 내다 팔 얼굴이던걸?"

"그건 정확하지 않아. 예를 들어 난, 길가에 나 있는 산딸기를 따서 팔지는 않아."

호로는 단 한 번 시선을 로렌스의 손에 들려 있는 요리 꾸러미 쪽으로 던졌다가 다시금 로렌스의 얼굴을 쳐다보았다.

"나는 행상인이니까. 반드시 누군가에게서 사서 누군가에게 판다. 그건 양보할 수 없는 대원칙이야."

돈을 탐내는 것은 모든 상인들에게 필요한 정신이지만 자신이 무슨 상인인지를 잊는 순간, 돈을 탐내는 욕망만이 폭주하게 된다. 그렇게 되면 신용이니, 윤리니, 신앙이니 하는 것들은 사라지고 만다.

그리고 남는 것은 그저 돈만 밝히는 망자(亡者).

"그러니까 네 꼬리털을 깎을 일은 없어. 여름이라 더워서 꼬리털을 정리하고 싶다고 하면 기꺼이 깎아서 팔겠지만."

책상에 기댄 채 로렌스가 하는 말에 호로는 어린애처럼 혀를 쏙 내밀더니 꼬리를 다시 손에 들었다.

로렌스도 털 없는 호로의 꼬리는 절대 보고 싶지 않다.

"흥. 그런데 그건 뭐야?"

로렌스의 선물을 힐끗 쳐다보더니 꼬리를 가볍게 깨물며 호로가 물었다.

"이거? 이건 말이지…. 그래, 냄새만으로 무슨 짐승의 어느 고기인지를 정확하게 맞히면 저녁밥은 네가 좋아하는 것을 실컷 먹게 해주지."

"호오?"

호로의 눈빛이 달라진다.

"마늘이 들어갔겠지만…, 그 정도는 괜찮겠지?"

책상에서 몸을 떼며 꾸러미를 호로에게 건네자, 호로는 당장에 진지한 표정으로, 그야말로 짐승답게 코를 킁킁대며 냄새를 맡기 시작했다. 짐승다운 몸짓은 별반 희한할 것이 없으나 왠지 애교가 있어서 그만 넋을 잃고 쳐다보았다.

그러자, 로렌스의 시선을 문득 눈치 챈 호로가 언짢은 듯이 얼굴을 찌푸린다.

알몸은 태연히 내보이면서 이것은 싫은 모양이다.

무엇을 신경 쓰느냐는 물론 사람에 따라 다르기 마련이다. 로렌스는 얌전히 뒤로 돌아서려다가, 순간 동작을 멈췄다.

"내가 뒤로 돌아서 있는 틈에 꾸러미를 벗긴다거나 하는 짓을 설마 현랑 님이 하시진 않겠지?"

호로의 표정은 미동조차 하지 않았으나 요상한 데를 찔린 것처럼 꼬리 끝이 움찔했다.

정곡을 찔렸나 보다.

호로는 사람이 아니라서 독특한 감각이 있겠거니 싶어 배려를 해주었건만.

여봐란 듯이 한숨을 지어 보이자, 자기도 약간 죄책감이 들었는지 입술을 가볍게 깨문 채 고개를 외면했다.

"이제 알았어?"

"기다려 봐."

화가 난 것처럼 말하고는 다시 한 번 냄새를 맡는다. 물론 로렌스는 눈길을 피해 준다.

한동안 여자아이가 흐느끼는 듯한 소리만이 방 안을 울려 약간 마음이 불편하다.

의식적으로 창문 너머에서 들려오는 바깥의 소음에 귀를 기울인다. 날씨가 화창하여 소리뿐 아니라 햇살도 들어오고 있다.

역시 춥기는 해도 창이 있는 방이 참 좋다.

창 없이 따스한 방에서는 마치 동굴에서 겨울잠을 자는 것 같은 기분이었으리라. 호로의 판단은 현명했다.

"이봐."

그 소리에 로렌스는 의식과 더불어 시선을 호로 쪽으로 되돌렸다.

"알았어?"

"음."

물론 고기요리는 짐승의 숫자 이상으로 존재한다. 맛과 씹는 느낌으로는 구별이 가겠지만 과연 구운 냄새만으로 구별을 할 수 있을까? 게다가 몸은 짐승에 꼬리는 물고기라는 진귀한 쥐의 꼬리요리다. 쥐의 존재 자체는 알고 있다 해도 요리는 모를 공산이 크다.

좀 짓궂었나 싶긴 하지만, 저녁밥을 마음대로 선택할 수 있는 것을 놓고 한 내기이니 이 정도가 딱일 것이다.

로렌스가 "그래서, 대답은?"하며 묻자 호로는 대답은 하지 않은 채 약간 화가 난 표정으로 로렌스를 쳐다보았다.

"내가 이걸 맞히는 것과 당신이 내건 조건이 형평에 안 맞는 것 같은데?"

로렌스는 어깨를 살짝 으쓱했다. 모르겠는 모양이다.

"그런 건 처음부터 얘기했어야지."

"그건 그렇지만…."

고개를 숙이더니 뭔가 고심하는 것처럼 딴 데를 쳐다본다.

이것은 단순하고도 명쾌한 내기이니 제아무리 꾀 많은 호로라도 억지를 늘어놓을 여지는 없을 것이다. 계약은 언제 어디서건 단순한 것이 가장 강력하다.

"대답은?"

로렌스가 재차 묻자 호로의 표정이 순간 체념의 표정으로 바뀐다. 짓궂은 발상이었지만 가끔은 저런 표정도 보고 싶다.

그러나, 로렌스가 그런 생각을 하자마자 호로의 표정이 승리의 웃음으로 바뀐 것은 그야말로 눈 깜짝할 새의 일이었다.

"이거, 이름은 모르겠지만 커다란 쥐의 꼬리지?"

말이 안 나온다.

놀라는 것만으로도 벅찼다.

"그러게 내가 뭐랬어? 형평에 안 맞는다니까."

우후후후 장난스럽게 웃고는 꾸러미를 풀기 시작한다.

"아, 알고 있었어?"

"꾸러미를 풀어 본 게 아니냐고 했으면 당신이 엉엉 울 만큼 엄청난 요리를 사 달라고 할 생각이었는데, 용서해 줄게."

꾸러미 속에서 나온 것은 얇은 나무껍질과 덩굴에 싸인 요리였다. 금세 풀었다가 도로 싸긴 힘들어 보인다.

실제로 재료의 원형을 알 수 있는 요리를 봤다 해도 쉽사리 알 수 없었을 것이다. 호로는 이런 요리가 있다는 것을 어느 틈엔가 알고 있었던 것이다.

"난 현랑이니까. 세상에 내가 모르는 건 없어."

시치미를 뚝 떼며 송곳니를 내보이는 모습마저도 웃어넘길 수 없는 박력이 있다.

덩굴을 풀고 나무껍질을 벗긴 순간 김이 피어오르자, 호로는 행복한 듯이 눈을 가늘게 뜨며 꼬리를 흔들었다.

"'알고 있었다' 는 건 정확한 표현이 아니야."

꼬리는 직사각형으로 잘려 있었다. 역시 그 상태로 봐서는 무엇인지 알 수 있을 리가 없다. 로렌스의 말버릇을 흉내 낸 뒤 호로는 그것을 한 점 집어 들더니 얼굴을 위로 향한 채 한껏 벌린 입 속으로 떨어뜨렸다. 그런 다음 눈을 감고 천천히 꼭꼭 씹는다.

참 맛있게 먹는 녀석이다.

하지만 오늘은 평소와 약간 달라 보인다.

"음…. 역시 그러네."

맛있는 것은 빨리 안 먹었다가는 누가 빼앗아가기라도 할 듯이 먹어치우던 평소의 모습과 달리, 천천히 음미하듯 뭔가를 추억하듯 먹으면서 호로가 말했다.

"이 여관의 주인장이 그랬지?"

기름이 묻은 손가락을 빨면서 로렌스를 쳐다본다.

"세월은 돌로 만든 건물조차 풍화시킨다."

"하물며 사람의 기억이야."

로렌스가 그렇게 덧붙이자 호로는 만족스럽게 고개를 끄덕이더니, 문득 한숨을 폭 쉰 뒤 창문 쪽을 눈부신 듯이 바라보았다.

"당신은 기억 중에서 가장 오래 남는 게 뭔지 알아?"

또 뚱딴지같은 질문.

사람의 이름? 숫자? 아니면 고향?

그런 것이 머릿속에 떠올랐다 사라졌으나, 호로는 전혀 다른 쪽으로 대답했다.

"'냄새'가 가장 기억에 잘 남지."

그 말에 고개를 갸웃한다.

"본 것, 들은 것은 쉽사리 잊혀져. 하지만 냄새만큼은 또렷하게, 무슨 냄새인지 언제까지나 기억하게 되거든."

호로는 요리를 내려다보며 웃었다.

로렌스가 그것을 보고 엉뚱하게 동요를 하고 만 것은, 그 웃음이 몹시 즐거우면서도 아련한 웃음이었기 때문이다.

"이 마을은 전혀 기억에 없었어. 그래서 사실은 약간 불안했어."

"정말로 여기 와 본 적이 있나 싶어서?"

호로는 고개를 끄덕였다. 거짓말을 하고 있는 것처럼은 보이지 않는다.

하지만 그 말을 듣고 보니 호로가 평소보다 더 장난스럽게 군 이유를 알 것 같은 기분이 들었다.

"그래도 이 음식만은 분명히 기억하고 있어. 아주 특이한 생물이니까. 옛날에도 특별 취급을 받았었지. 그런데 옛날에는 말이지, 이게 얼마든지 잡혔는지 몇 개씩이나 줄줄이 꼬치에 꿰어가지고 호쾌하게 구워 먹었다니까."

무릎 위에 잠든 새끼 고양이를 보듬듯이 요리를 양손으로 들고는 호로가 고개를 들었다.

"처음부터 '혹시나' 하긴 했었지만 냄새를 제대로 맡은 직후에 마음이 찡해서 울 뻔한 걸 참았던 게 승부를 결정지었지."

"그런 술책을 쓴 건 일부러 그런 거였어?"

생각해 보면 로렌스가 뒤돌아 있는 사이에 내용물을 들여다보는 천박한 짓을 호로가 정말로 한다는 건 이상한 얘기다.

아까 로렌스가 눈을 떼었을 때 호로는 잠깐 울었는지도 모른다.

"내가 사람의 호의를 파고들 만큼 비열한 줄 알아?"

"파고드는 짓 자체는 자주 하잖아?"

그 말에 꼭 집어 대답하자 호로는 언제나처럼 송곳니를 드러내며 웃었다.

"그러니까."

호로는 말을 하면서 로렌스에게 살짝 손짓을 한다.

또 무슨 짓을 당할까 싶어 약간 경계심을 품으며 다가가자, 손짓을 하던 손으로 로렌스의 옷자락을 잡더니 바짝 끌어당겼다.

"난 틀림없이 이 냄새도 내내 못 잊을 거야."

예상했던 범위 내의 한마디.

하지만 평소와 같은 반격은 생각할 수 없었다. 로렌스를 잡아당긴 호로가 옷에 얼굴을 묻은 채 꼼짝하지 않았으므로.

호로는 단순한 여행의 동반자가 아니다.

이 귀와 꼬리가 보이는 한, 로렌스도 호로 못지않은 독심술을 쓸 수 있었다.

"나도."

그런 뒤 잠깐 주저하다 호로의 머리를 쓰다듬자, 옷자락에 눈을 비벼대던 호로가 얼굴을 들고 어색한 웃음을 지으며 이렇게 말했다.

"당신이 말하면 너무 구려. 그야말로 잊을 수가 없을 만큼."

이쪽은 쓴웃음이다.

"…미안하네."

호로는 웃었다. 가볍게 코를 훌쩍이고 다시 한 번 웃었을 때에는 평상시의 호로가 돼 있었다.

"난 확실히 이 마을에 왔었던 것 같아."

"그럼 너에 관한 옛날이야기도 분명히 남아 있겠지."

문서에— 라고까지는 감히 말하지 못했다. 하지만 이런 자기만족에 가까운 배려라도 호로는 잘 이해하고 기뻐해 준다.

물론 뒤집어 말하자면, 그런 쪽을 조심하지 않았다가는 자칫 꼬리를 밟게 될 수도 있다는 얘기지만.

"그래서 당신은 또 어떤 이야기를 듣고 왔는데?"

어린아이가 새로운 지식을 터득하고 들어와 자랑스레 이야기하는 것을 들어 주는 어머니처럼 호로가 말했다.

호로는 한없이 나약한 소녀가 아니다.

"이번 것은 또 각별히 재미있을 것 같은데 말이지."

로렌스가 그렇게 운을 떼자, 호로는 꼬리요리를 먹으면서 흥미진진하게 귀를 기울여 주었다.

이 도시의 연대기 작가이자 50인 회의의 서기를 맡고 있다는 리골로를 만나고 싶은 이유가 두 가지가 되었다.

한 가지는 호로의 이야기가 이곳에 남아 있는지 기록을 살펴봐 달라고 청하기 위해서. 또 한 가지는 레노스의 현재 상황에 대해 상세한 최신 정보를 듣기 위해서.

후자는 완전히 직업적인 흥미에서 비롯된 것이다. 지금까지 겪어온 여행의 전례를 돌아볼 때, 호로는 이야기를 들어 주긴 했으나 역시 표정이 좋지는 않았다.

실제로 분쟁의 틈새에서 연금술처럼 돈을 빨아내야 하는 위험을 감수하면서까지 돈을 벌 필요가 있느냐 하면, 전혀 그럴 필요는 없다. 이교도의 도시 크멜슨에서 번 돈은 지금까지 해왔던 대로 조용한 장사를 이어나가면 그리 머지않은 장래에 가게를 차릴 꿈을 이룰 수 있을 만큼은 되었다. 그렇다면, 일분일초를 아껴가며 상품을 실어다가 돈을 벌거나 위험을 무릅쓰고 투기적인 거래에 끼어드는 것보다는 도시에서 조용히 머물며 인맥을 잘 쌓아 두는 편이 앞으로의 돈벌이에 더 보탬이 될 것이다.

호로는 상인이 아니니 앞으로의 돈벌이 운운하는 소리는 하지 않았으나, 그 비슷한 논조였다.

돈이 궁하지 않다면 느긋하게 머물자고.

가만히 있으면 춥기 때문에 이야기를 하면서도 호로는 모포 속에 들어가 있더니 이윽고 깜박깜박 졸기 시작했다. 로렌스는 호로가 누운 침대에 걸터앉아 이야기를 하고 있었는데, 어느 결에 은근슬쩍 호로가 손을 잡아왔다.

침대에 걸터앉아 이렇게 조용한 시간을 보내고 있노라면 호로의 의견이 더없이 올바르게 여겨지지만, 여행하는 도중이라면 모를까 도시에 와서 유유자적 시간을 보낼 만큼 행상인이라는 생물은 태평한 성미가 못 된다.

그 점을 이해해 줬으면 싶지만 그건 무리일까.

하지만 다행이라 해야 할까, 로렌스도 지금 당장 뭘 어쩔 수 있는 것은 아니었다.

레노스를 둘러싼 상황으로 볼 때 리골로를 포함해 회의에 참가하고 있는 이들은 조심성 없이 외지상인들을 만나지는 않으리라.

이번 사태는 도시의 핏줄이라 할 모피 수출입에 관한 것이니만큼 정체를 알 수 없는 외지상인과 만났느니 어쩌니 하는 쓸데없는 의심을 샀다가는 사회적 매장으로 이어질 수도 있다. 로렌스가 회의 참석자라면 절대 안 만난다.

그럼에도 불구하고 만나려면, 누군가에게 다리를 놓아 달라고 부탁해야 할 것이다.

하지만 그렇게까지 할 필요가 있을까 하고 다시금 생각해 보면 선뜻 고개를 끄덕이기가 어렵다. 게다가, 무리를 했다가 좋지 않은 인상을 심게 되면 호로에 대한 기록도 알아볼 수가 없게 된다.

호로는 표면상 느긋하게 가자고 하긴 했으나 아마 속으로는 기록을 볼 수 있다면 당장이라도 가서 보고 싶을 게 틀림없다. 만의 하나라도 기록을 볼 수 없게 되는 일만큼은 피하고 싶다— 고 로렌스가 이런저런 생각을 하고 있으려니 어느새 호로는 새근새근 잠이 든 모양이다.

배가 고프면 먹고, 잠이 오면 잔다.

그야말로 짐승처럼 자유로운 호로다. 일용할 양식을 얻기 위해 한없는 노동의 길을 한 발 한 발 내딛어야 하는 자들이라면 대부분 한 번쯤은 꿈꾸었을 생활.

그런 생활을 당연한 듯이 누리고 있는 호로가 약간 얄미워진다. 잡고 있던 손을 푼 뒤, 닦아 놓은 계란 같은 뺨을 집게손가락의 등으로 쓰다듬었다. 잠이 막 들었을 때는 머리를 콕 찔러도 일어나지 않을 때가 있다. 지금도 성가신 듯이 얼굴을 찌푸렸을 뿐, 눈은 뜨지 않은 채 머리를 모포 속으로 파묻어 버렸다.

그저 조용하고 행복한 시간. 흘러가기만 할뿐인 비생산적인 시간이라고 말할 수도 있겠지만, 이런 시간 또한 혼자서 짐마차를 타고 다니던 시절에는 소망했던 것 중 하나였을 것이다.

분명히 그랬을 테지만, 현재 로렌스의 가슴속에는 '지금 이 순간을 헛되이 보내고 있다' 는 초조함이 확실히 있었다.

돈을 벌지 않으면, 거래 정보를 모으지 않으면, 돌이킬 수 없는 손해를 입고 말 것만 같은 기분이 자꾸만 든다.

'상혼(商魂)은 절대 꺼지지 않는 불씨' 라고 스승님은 말하곤 했는데, 어쩌면 그것은 몸을 태우는 지옥의 불인지도 모르겠다.

혼자 있을 때는 그 불이 따스하게 몸을 데우는 정도지만, 둘이 있을 때에는 열기가 약간 과한 것 같다.

특히 호로의 얼굴은 쳐다보기만 해도 굉장히 따뜻하다.

세상일이 뜻대로 되지는 않는 것 같다.

로렌스는 침대에서 일어나 방 안을 이리저리 걸었다.

레노스의 움직임에 굳이 끼어들지 않더라도, 하다못해 나중 일을 위해서라도 자세히 파악해 두고 싶다.

그러기 위해서는 50인 회의의 참석자를 직접 만나는 것이 최선이다. 특히, 편협하지 않은 정보를 얻기 위해서는 아무의 권익도 대표하지 않는, 일종의 방관자적 입장을 가진 사람이 바람직하다.

그 조건에 딱 들어맞는 것이 연대기 작가이자 회의의 서기를 맡고 있는 리골로.

하지만 회의 참석자들은 다들 외지상인과는 만나기를 꺼려할 터.

그것을 피하려면 다른 방향에서 공략을 해야 하겠지만, 현재 로렌스의 정보원으로 꼽을 수 있는 것은 술집 아가씨 정도다.

그것을 정보통인 이곳의 상인들에게로 확대하려면 상당한 노력이 필요할 것이다.

회의의 정보를 캐내려고 남몰래 움직이고 있는 이들이 수없이 많을 것이므로 자신만이 지혜와 책략을 써서 주위를 따돌릴 수 있으리라는 생각은 도저히 들지 않는다. 또한, 정보를 팔려는 자는 손님이 쌔고 쌨으니 얼마나 비싼 값을 받으려 할지도 알 수 없다.

오랜 친구가 있는 곳 같으면, 핵심에 접근하여 여차저차 성사될 가능성도 있다.

상품은 돈이 있으면 살 수 있지만 정보는 신용이 없이 살 수 없는 경우가 많다.

이렇게 재미있는 사태를 눈앞에 두고도 역시 가만히 있을 수밖에 없는 것인가.

좁은 틈새 저편에 있는 맛있게 생긴 고기를 쳐다보며 낑낑대는 개처럼 방 안을 왔다 갔다 하다가, 이윽고 로렌스는 한숨을 쉰 뒤 자리에서 일어났다.

현재 자신의 모습은 이상적으로 그리고 있던 상인의 모습에서 크게 벗어난 것만 같았던 것이다.

그뿐 아니라 일찍이 몸에 배었던 냉정함과 신중함도 어디론가 사라져 버린 것 같다. 이래서는 머릿속에 일확천금을 잡는 것밖에 없었던, 막 독립한 직후의 소년시절로 역행한 꼴이다.

발밑이 붕 떠 있다.

그런 말을 스스로에게 한 뒤 호로 쪽을 힐끔 돌아본다.

저 건방진 현랑에게 늘 도움을 받은 탓일까.

그런 생각도 없지 않아 든다.

호로와 나누는 대화가 너무 즐거운 것이다.

그래서 다른 것들은 변변찮게 여겨지기 시작했는지도 모른다.

"……."

턱수염을 쓰다듬으면서, 책임 전가도 어느 정도지— 하며 속으로 중얼거렸다.

아까워 죽을 노릇이지만, 모피를 둘러싼 이야기는 한동안 미뤄 두기로 하자.

그렇다면 우선은 이곳보다 더 북쪽에 있는 뇨히라로 가는 길에 대한 정보를 모으는 것을 시작해야 타당할 것이다. 운이 좋으면 아직 길이 눈에 묻혀 있지 않아 더 올라갈 수 있을지도 모른다.

모피에 대한 건은… 그러는 참에 모으기로 하자고 덧붙인 뒤 방을 나선 것이었다.


여관 1층으로 내려가자 어지럽게 화물이 쌓여 있는 한 구석에서 바스락바스락 소리가 났다. 잠겨 있기는커녕 감시인도 없건만, 꽤 많은 사람들이 이 간이창고를 이용하고 있는 듯하다.

요금도 그다지 비싸지 않은 덕에 행상의 중계점으로 이용하거나 계절에 따라 값이 달라지는 물품을 보관하는 이들이 대부분일 테지만, 개중에는 밀수 비슷한 짓을 하거나 장물을 보관하는 것도 충분히 가능할 것 같았다.

그런 창고라 뭔가 뒤지는 소리가 나긴 해도 화물의 그늘에 가려

누가 짐을 풀고 있는지는 알 수가 없다.

하지만 여관 주인장인 아롤드는 손님이 남의 짐을 마음대로 열수도 있으리라는 생각은 눈곱만큼도 하지 않는 듯, 자신과는 상관없다는 얼굴로 다소 세찬 불을 조절하기 위해 물을 끼얹고 있었다.

"북쪽으로 가는 길?"

아침나절에 연대기 작가에 대해 물었을 때는 어린아이가 난해한 신학적 질문을 받은 것 같은 표정이더니, 이 질문에는 익숙한가 보다.

"올해는 눈이 별로 안 내리네. 어디 가려는 건지는 모르겠지만 그렇게 고생하진 않을 게야."

"일단은 뇨히라에 가려고 합니다만."

그 말에는 왼쪽 눈썹이 치켜 올라가면서, 당장이라도 눈꺼풀의 주름에 묻혀 버릴 것만 같은 푸른 눈을 동그랗게 떴다.

로렌스가 영업용 미소 뒤로 다소 주춤하고 있자, 장작에 물을 끼얹을 때 날린 재를 수염에서 털어내며 아롤드가 중얼거리듯 말했다.

"굳이 이교도의 땅으로 가다니…. 하지만 상인이란 그런 건가. 돈 자루를 짊어지고 어디든 가는…."

"죽을 자리에서는 결국 그 자루를 내버리게 됩니다만."

신심 깊은 아롤드의 기분을 맞출 의도였는데, 그는 오히려 약간 언짢은 투로 코웃음을 쳤다.

"그럴 거면 돈을 왜 벌지? 버리기 위해 벌다니…."

그 말은 상인들이라면 누구나 한 번쯤은 하는 생각이리라.

하지만 로렌스는 그 질문에 대해 재미있는 답변을 들은 적이 있었다.

"방을 청소할 때는 그런 질문을 하지 않지요."

돈은 쓰레기이고, 돈벌이란 쓰레기를 모으는 일이다.

신에게서 빌린 세상을 더럽히는 돈을 모아 내다버리는 일이야말로 최고의 미덕. 죽는 자리에서 개심을 했다는 어느 남쪽 나라의 부호의 말이다.

성직자들은 그 말을 감동적으로 듣지만, 상인들은 포도주가 담긴 컵으로 애매한 웃음을 감춘다. 대(大)상인이 될수록 재산은 눈에 보이는 형태가 아닌 장부상의 숫자나 증서상의 문자로 존재하게 되기 때문이다.

요컨대 그 숫자나 문자가 세상을 더럽히고 있다면, 종이 위에 쓰인 신의 가르침도 엇비슷한 것이니 싸잡아 내다버리는 것이 이 세상을 위한 일이라고 풍자하는 것이다— 라는 것이 상인들의 견해였다.

로렌스도 후자 쪽을 지지한다. 호로에게는 미안한 말이지만, 기도를 해도 아무것도 해주지 않는 신보다는 대상인이 가진 장사의 연줄이 훨씬 더 도움이 된다.

"훗."

아롤드는 즐겁게 웃더니 "그거 괜찮군." 하며 기분 좋게 말했다. 좀처럼 듣기 힘든 말이다.

로렌스의 말에 기분이 좋아졌다기보다는, 그 말이 풍자하는 의미까지도 이해하여 그것을 즐기고 있는 듯했다.

"그래서 일찍 가려고? 숙박비를 듬뿍 냈던 것 같은데…"

"아니요, 일단은 50인 회의가 끝날 때까지 기다리려고 합니다."

"…그래. 리골로를 만난다고 했지? 연대기 작가 얘기를 아침나절에 했지만 오랜만에 들어 보는 말이야. 요즘 세상에는 옛날 일을 돌아보는 사람이 없으니…."

그러면서 아롤드의 눈은 아득히 먼 곳을 보는 것처럼 가늘어졌다.

그 앞에는 아마도 아롤드가 지금까지 살아온 생애가 펼쳐져 있으리라.

하지만 그런 시선도 이내 번쩍 되돌아왔다.

"북쪽으로 갈 거면 서두르는 편이 좋아. 지금 같으면 아직 자네가 가진 말로도 도중까지는 갈 수 있을 게야. 그 이후에는… 털이 긴 종류로 바꾸고, 짐마차보다는 썰매가 낫겠지. 급하다면 말이네만."

"마구간에 한 마리 있더군요."

"그 녀석의 주인은 북쪽 출신이지. 길이 어떤지 자세한 상황을 알고 있을 게야."

"이름은요?"

로렌스가 그렇게 묻자 아롤드는 의표를 찔린 듯한 얼굴을 했다. 이런 표정은 또 처음이다.

의외로 애교가 있었다.

"그렇군. 이곳에서 묵은 지 오래됐지만 이름을 물어본 적이 없었어. 해가 갈수록 피둥피둥 살이 찌는 것도 또렷이 기억하는데 말이야. 그렇군…. 이런 일도 있을 수 있군…."

숙박 장부조차 없으니, 참 대단한 여관이다.

"북쪽지방의 모피상이야. 지금쯤 마을을 동분서주하고 있을 테지…. 보면 자네 얘기를 해 두도록 하지."

"부탁드리겠습니다."

"아아, 그런데 50인 회의가 끝나기를 기다렸다가는 봄이 될지도 모르네."

그렇게 말한 뒤 데운 포도주를 비로소 한 모금 마셨다.

아롤드가 이렇게 줄줄이 말을 늘어놓은 것도 처음이다. 어지간히 기분이 좋은가 보다.

"회의가 그렇게 길어질 것 같습니까?"

뭔가 추가정보를 끌어낼 수 있지 않을까 하여 슬쩍 떠봤으나, 아롤드는 순간 얼굴에서 표정을 지우며 침묵했다. 조용한 여생을 보내기 위해서는 올바른 선택이리라.

이제 그만 물러날 때인가 싶어 로렌스가 감사의 인사를 하려 한 순간, 그것을 가로막듯이 아롤드가 입을 열었다.

"사람의 인생에도 추세란 게 있지. 하물며 사람이 모여 사는 도시인데 추세란 게 있는 것이 당연하겠지…."

현역에서 은퇴한 사람다운 말이다.

그러나, 로렌스는 아직 젊다.

"사람은 운명을 거역하기 마련이 아닌가 합니다. 죄를 지은 후 용서를 구하면서 기도하는 것처럼요."

아롤드는 푸른 눈으로 말없이 로렌스를 쳐다보았다.

화를 내는 것 같기도 하고 깔보는 것 같기도 하다.

그래도 로렌스가 조금도 기죽지 않은 것은, 이런 대화를 즐기고 있는 것처럼 여겨졌기 때문이다.

"큭큭. 반론할 여지가 없는 것 같군… 오래간만에 유쾌한 시간을 가졌어. 이 여관에는 세 번째지? 이름은?"

오랜 세월 이 여관을 이용하고 있다는 모피상의 이름은 몰랐으면서 로렌스의 이름을 물어왔다.

이것은 여관의 주인으로서가 아니라 직인으로서의 질문이리라.

솜씨 좋은 직인이 손님의 이름을 묻는 행위는, 그 손님의 주문이라면 그 어떤 까다로운 요청이라도 해내겠노라는 신뢰를 부여하는 의식이다.

로렌스가 이 말수 적고 무뚝뚝한 전직 가죽끈 직인장의 마음에 든 모양이다.

손을 내밀며 "그래프트 로렌스입니다."라고 이름을 댔다.

"그래프트 로렌스라… 나는 아롤드 에크룬드일세. 옛날 같으면 최고의 가죽끈을 만들어 줬겠지만, 지금은 조용한 밤을 보내게 해주는 정도밖에 할 수 있는 게 없네."

"그거면 충분합니다."

로렌스가 말하자 아롤드는 빠진 이를 보이며 처음으로 웃음을 지었다.

"그럼."

하고 로렌스가 그 자리를 떠나려던 순간, 아롤드의 시선이 로렌스의 뒤쪽으로 쏠렸다. 덩달아 돌아보자 뜻밖의 인물이 있었다.

호로가 계집애라고 지적했던 그 상인이, 여전히 그 차림으로 오른손에 심베자루를 든 채 서 있는 것이었다. 창고의 짐을 뒤적이고 있던 것은 저 상인이었던 모양이다.

"나는 다섯 번째 때였는데. 어째 제 경우보다 더 빨리 이름을 물어보십니까, 영감님?"

쉰 목소리의 남자 말투. 역시 호로가 얘기해 주지 않았더라면 노련한 남자 상인인 줄로만 알았으리라.

"나랑 얘기를 한 것이 다섯 번째 왔을 때였으니까."

그런 뒤 아롤드는 로렌스를 가볍게 쳐다본 뒤 말을 이었다.

"그러는 자네야말로 웬일로 말을 다 하나? 나처럼 기분이 좋기라도 한가?"

"그럴지도 모르지요."

그러면서 두건 밑으로 웃는 입가는 확실히 수염이 별로 안 나는 정도가 아니었다.

"이봐요."

하며 여(女)상인이 로렌스에게 말을 걸어왔다.

로렌스는 물론 영업용 웃음으로 대답한다.

"왜 그러십니까?"

"잠시 얘기 좀 하지 않겠소? 리골로에게 볼일이 있다고 했지?"

호로였으면 아주 살짝 귀가 움찔했을 정도로만 놀랐다.

로렌스는 수염 한 올도 움직이지 않았다고 자신하면서 "그러지요."하고 대답했다.

아롤드는 리골로의 이름이 나오자마자 얼굴을 외면하며 포도주를 집어 들었다. 이런 시기에 상인들이 입에 담는 50인 회의 참석자들의 이름이란 그런 것이리라.

2층을 가리키기에 물론 이의 없이 고개를 끄덕였다.

"이것 좀 가져갑니다."

여상인은 아롤드의 의자 뒤에 있던 철제 주전자를 손에 들고 재빨리 계단을 올라갔다. 아롤드와 상당히 친해 보인다. 육친은 아닌 듯한데 대체 어떤 관계일까.

호기심이 고개를 쳐들었으나 아롤드의 옆얼굴은 평소의 무뚝뚝한 여관 주인장의 얼굴로 돌아가 있었다.

로렌스는 한마디 인사말을 남기고 여상인의 뒤를 따랐다.


2층에는 아무도 없었다. 난로 앞으로 가자 여상인은 두 다리를 접듯이 풀썩 그 자리에 주저앉아 책상다리를 했다. 좁은 공간에 앉았다 섰다 하는 일에 익숙한 행동거지였다. 환전상들이 보면 언뜻 자기네 동료가 아닌가 할지도 모른다.

역시 상인이 된 지 꽤 오래된 품새다.

"이야, 역시. 따뜻하게 데워서 마시기엔 아까운 포도주야."

난로 앞에 앉자마자 주전자의 내용물에 살짝 입을 댄 후 그렇게 말했다.

의외로 서글서글한 성격인지 그게 아니면 일부러 그러는 것인지. 만약 일부러 저러는 것이라면 대체 무슨 목적에서인지를 생각하며 로렌스는 자리에 앉았다.

여상인은 술을 한두 모금 마시고는 입가를 닦더니 로렌스에게 주전자째 술을 내밀었다.

"상당히 경계를 하는 것 같은데, 이유를 물어봐도 되겠소?"

이쪽에서는 두건에 가려 표정이 보이지 않는데 저쪽에서는 잘 보이는 모양이다.

"한 번 보고 다시는 못 보는 경우가 많은 행상인이라, 버릇 같은 것이지요."

그런 뒤 주전자에 입을 댔는데, 과연 좋은 포도주였다.

여상인은 두건 아래로 이쪽을 빤히 쳐다보고 있다.

로렌스는 쓴웃음을 지으며 자백했다.

"여자 상인은 드무니까요. 그런 분이 말을 걸어오면 평소보다 더 경계를 하게 마련이지요."

그 말에 순간 동요하는 것이 눈에 보였다.

"…최근 몇 년 간 알아본 사람이 없었는데."

"오늘 아침에 여관 앞에서 스쳐지나가셨죠? 제 일행이 동물적인 감각이 있어서요."

'동물적인' 이 아니라 동물이지만. 호로가 없었더라면 로렌스도 이 상인이 여자인 줄은 꿈에도 몰랐을 것이다.

"여자의 감은 무시 못 하지. 내가 말하긴 뭣하지만."

"매일 실감하고 있습니다."

그 말에는 웃었는지 어쨌는지, 여상인은 목덜미에 손을 대어 묶여 있던 끈을 풀더니 익숙한 손놀림으로 두건을 벗었다.

어디 얼마나 씩씩하게 생긴 여자인지 보자— 하며 로렌스는 다소 속된 흥미를 품은 채 그 모습을 지켜보고 있었는데, 두건 아래로 나타난 얼굴을 본 순간 놀란 표정을 감췄다는 자신감은 전혀 가질 수가 없었다.

"프룰 볼란. 프룰이라는 이름이 좀 그러니까, 영업상의 이름은 에이브 볼란."

프룰, 또는 에이브라고 이름을 댄 여상인은— 젊었다.

하지만 그것 자체로만 가치가 있는 젊음은 아니다. 잘 갈고 닦

아온 덕에 아름답게 빛나는 나이. 구체적으로는 로렌스의 동년배 정도라 할까.

눈이 푸르러서가 아니라, 얼굴 생김새에서 단련된 푸른 강철 같은 분위기가 감돌았다.

머리는 짧은 금발. 아마도 웃으면 미소년처럼 보이리라.

웃고 있지 않을 때 만졌다가는 손가락을 물릴 듯한, 그야말로 늑대 같은 인상.

"그래프트 로렌스입니다."

"그래프트, 로렌스?"

"영업상으로는 로렌스입니다."

"나는 '에이브'요. 볼란이라는 이름을 별로 좋아하지 않아서. 그리고 화장을 하고 머리를 붙이면 자신의 얼굴이 남자들 눈에 어떻게 비칠지를 잘 알고 있으니까 칭찬 받는 것도 별로 달갑지 않지."

저쪽에서 먼저 선수를 치는 바람에 로렌스는 말을 하기 일보직전에 입을 다물었다.

"최대한 숨길 생각이었는데."

여자라는 것을— 이라는 뜻이리라.

다른 사람에게 보이는 게 싫은지 에이브는 이내 두건을 두르고 끈으로 단단히 동여맸다.

솜으로 싼 나이프. 로렌스는 속으로 그런 감상을 떠올렸다.

"나도 원래는 말수가 적은 편은 아니거든. 굳이 따지자면 수다스럽지. 붙임성이 있는 편이라고 자부하는데."

"붙임성 면에서는 사람이 확 달라 보이던걸요."

어찌된 건지 맨얼굴을 드러내며 말이 많아졌기에 이쪽도 장단을 맞춰 주기 위해 가볍게 대꾸해 본다.

상대가 여자이긴 해도 온실 속의 화초처럼 자란 아가씨가 아니라면 긴장할 일도 없다.

"재미있는 사람이네. 과연 저 영감님이 마음에 들어 할 만도 해."

"황송한 말씀입니다. 그보다, 짤막한 인사밖에 한 적이 없는데 그쪽 분은 왜 제가 마음에 드신 건지 모르겠습니다."

"상인은 한눈에 반하는 법이 없으니 그런 까닭에서는 아니고. 뭐, 얼굴은 그리 빠지는 편은 아니지만. 내가 말을 건 이유는 그저 단순히 다른 사람과 이야기를 하고 싶었기 때문이오."

두건 밑의 생김새에 비해선 상당히 거친 말투였으나, 어딘지 모르게 호로와 비슷한 냄새가 난다.

어려운 상황을 만나게 되면 구해줄 것 같다.

"영광스럽게도 저를 선택하신 이유는?"

"한 가지는 아롤드 영감님이 마음에 들어 한 것. 그 영감님의 사람 보는 눈만큼은 확실하거든. 또 한 가지는 두건 속의 나를 꿰뚫어 본 그쪽의 일행."

"제 일행이오?"

"그래. 당신의 일행. 그 사람, 여자지?"

그렇게 생겼는데 소년이란 소리를 듣는다면, 그야말로 도락가(道樂家) 부자 귀족이 좋아리할 애기다.

하지만 로렌스도 에이브가 말하고 싶은 요지는 이해했다.

여자를 데리고 여행을 하니 말을 걸어도 괜찮겠다 싶었으리라.

"거래 상담이라면 모르겠지만, 잡담을 하면서 여자라는 것을 감추긴 어렵거든. 자신이 희귀한 존재라는 건 알고 있으니 두건을 벗겨 보고 싶어지는 상대방의 마음도 이해는 가."

"아무래도 칭찬을 하게 됩니다만, 술 한잔 걸친 상인들이 두건 벗은 모습을 보면 환호성을 지르겠습니다."

왼쪽 입술 끝을 치켜 올리면서 에이브는 웃었다. 그것만으로도 굉장해 보인다.

"그래서 잡담을 할 상대는 심사숙고하게 되지. 그러다 보면 가장 적당한 것은 나이든 노인이거나 여자를 데리고 다니는 경우."

요정보다 진귀한 것이 여상인이다. 평소의 마음고생은 로렌스의 상상을 초월할 정도이리라.

"하지만 여자를 데리고 다니는 상인은 좀처럼 볼 수 없지. 여자를 데리고 다니는 건 대개 여행 중인 성직자이거나 떠돌이 직인 부부, 또는 부부 유랑극단인데, 그런 사람들과는 이야기를 해봐야 화제가 맞지 않아 재미가 없거든."

로렌스는 잠시 웃었다.

"제 일행에 관해서는 여러 가지 이유가 있습니다."

"물론 그런 걸 캘 생각은 없어. 당신네들 둘은 여행에 익숙한 듯했는데, 돈으로 이어진 것처럼은 보이지 않았지. 그래서 이 사람이라면 말을 걸어도 괜찮겠다 싶었던 것뿐이야."

에이브는 말을 마치더니 주전자를 달라고 했다.

컵이 없이 돌려 마시는 자리에서 술을 한없이 차지하고 있는 것은 옳지 않다.

사과를 한마디 한 후 주전자를 건넸다.

"하여튼 그런 이유였는데, 그렇다고 느닷없이 '얘기 좀 합시다' 라고 할 수는 없는 것 아니겠소? 그래서 리골로의 이름을 핑계로 댔던 거지. 하지만 단순한 핑계인 것만은 아니야. 당신, 리골로와 만나고 싶은 거지?"

그러면서 두건 가장자리에 걸린 눈으로 쳐다본다. 이쪽에서는 저쪽의 표정을 전혀 읽을 수가 없다. 에이브는 교섭에도 매우 익숙하다.

로렌스는 이것이 전혀 잡담으로 생각되지 않아 여전히 영업용 머리로 대답했다.

"예에, 가능하면 빨리."

"그쪽은 이유를 물어봐도 되겠나?"

어떤 의도로 이러는 것인지를 가늠할 수가 없었다.

단순한 호기심에서인지, 혹은 어떤 내용으로 만나고 싶어 하는 것인지를 알고 이용하려는 것인지, 그것도 아니면 질문을 던져 그에 대한 반응을 보면서 자신을 시험하려는 것인지.

호로가 곁에 있으면 나름대로 우위를 점할 수 있겠지만, 지금 상황으로는 밀리는 느낌이다.

분하지만 로렌스는 방어를 하는 수밖에 없었다.

"리골로 씨가 이곳의 연대기 작가라는 말씀을 들었습니다. 이 도시에 남아 있는 옛날이야기에 대한 기록을 봤으면 합니다."

모피와 관련된 이야기는 도에 지나치다. 에이브의 표정을 거의 읽을 수 없는 현재로서는 그런 이야기를 꺼내는 것은 너무 위험하다. 이쪽은 에이브처럼 두건으로 얼굴을 가리고 있는 것이 아니니 경계를 하고 있다는 정도는 쉽게 간파했으리라.

그럼에도 에이브는 로렌스의 말에서 어느 정도의 진실성을 느낀 모양이다.

"참 별난 목적도 있군. 모피에 관한 정보를 얻으려는 것인 줄 알았는데."

"물론 저도 상인이니 그쪽의 정보를 얻을 수 있다면 더할 나위가 없지요. 하지만 그것은 위험한 일이고, 일행도 바라는 바가 아닙니다."

에이브를 앞에 두고 섣불리 잔머리를 굴렸다가는 괜한 화근을 만들 것 같았다.

"하긴. 그 친구 서재에는 몇 대에 걸쳐 전해 내려왔다는 책들이 산더미처럼 있지. 본인도 매일 그것들이나 읽으며 사는 게 꿈이라고 하더군. 50인 회의의 서기 같은 역할은 늘 그만두었으면 좋겠다고 한다니까."

"그렇습니까?"

"원래 사람을 잘 사귀지 못하는 성격인데, 회의 내용을 캐묻기에 딱 좋은 입장이잖아? 접촉을 시도하는 인간들이 줄줄이 뒤를 잇고 있으니. 지금 정면으로 만나러 갔다가는 험상궂은 얼굴에 문전박대를 당할걸?"

로렌스는 "그렇군요."하며 순순히 대답해 두었다. 물론 에이브 역시 로렌스가 이야기를 곧이곧대로 들었으리라고는 생각지 않으리라.

에이브가 그런 리골로와 로렌스를 만나게 해주겠다는 뉘앙스를 풍기고 있으니까.

"아, 맞다. 당신이 신경 쓰고 있을 바로 그 부분 말인데, 나는 이곳의 교회를 상대로 거래를 하고 있어서 그쪽으로 아는 사람들이 많거든. 리골로도 평소에는 교회를 상대로 글을 쓰는 일을 하고 있어서 그런 인연으로 알게 된 지 꽤 오래 됐지."

'의심'은 하지 않았다.

의심을 하게 되면 자신의 내부에 아무래도 선입견이 생기게 되고, 그 점을 에이브가 알아채면 쉽사리 이용당할 위험성이 있었다.

그래서 속을 탁 털어놓는다.

"가능하면 만나서 기록을 좀 볼 수 있도록 다리를 놓아 주시면 감사하겠습니다만."

순간 에이브의 입이 실룩한 것처럼 보인 것이 기분 탓은 아닐 것이다.

에이브도 이런 줄다리기를 은근히 즐기고 있는 듯하다.

"내가 뭘 취급하는지는 안 물어보나?"

"제 일행의 직업이 무엇인지 안 물어보셨으니까."

호로와 주거니 받거니 하는 것과는 또 다른, 긴장감 넘치는 대화.

하지만 로렌스는 마음속 깊숙이에서 중얼거렸다.

즐겁다— 라고.

"에후…."

그래서 그런 기침소리를 들었을 때는 한순간 혹시 자신이 입 밖으로 소리를 내서 말한 게 아닌가 했다.

"우하하하. 좋아, 아주 좋아. 젊은 놈이 여자나 데리고 다니긴— 하는 마음도 적잖이 있었는데, 말을 걸어 보길 잘했어. 상인 로렌스. 당신이 인물인지 아닌지는 모르겠지만 저기 저 쌔고 쌘 어중이떠중이들과는 좀 다른 것 같군."

에이브가 히죽 입을 웃는 모양으로 만들었다.

얼결에 혹시 송곳니가 뾰족이 나 있는 건 아닐까 하고 눈여겨보았을 만큼, 자신이 아는 아무개를 쏙 빼닮은 웃음이었다.

"손바닥에 진땀이 날 만큼 멍청하진 않겠지. 아까부터 속을 알 수 없는 표정을 내내 고수하고 있는데, 그러니 아롤드 영감님도 마음에 들어 할 만해."

이 말은 비위를 맞추려는 입 발린 소리로 받아둔다.

"그럼 무엇을 취급하는지 묻는 대신, 한 가지 여쭤봐도 되겠습니까?"

에이브는 입으로는 여전히 웃고 있지만 눈은 절대 웃고 있지 않으리라는 확신이 들었다.

"뭔가?"

"예에. 소개료는 어느 정도로?"

속이 보이지 않는 새카만 우물 속으로 돌을 떨어뜨린다.

그 우물은 깊이가 어느 정도이며, 바닥에 물은 있는지 없는지.

잠시 후 소리가 되돌아왔다.

"돈이고 뭐고 아무것도 필요 없어."

메말라 있나.

순간 그렇게 생각했으나, 에이브는 주전자를 로렌스에게 내밀면서 이렇게 덧붙였다.

"단, 나랑 잡담을 나눠 줄 수 있겠나?"

되돌아온 소리는 뜻밖에도 축축했다.

로렌스는 애써 얼굴에서 표정을 지운 뒤, 냉담한 시선으로 에이브의 얼굴과 그 말을 노골적으로 새겨보았다.

에이브는 웃으면서 어깨를 으쓱했다.

"당신도 대단하군. 아니, 거짓말이 아니야. 당연히 이상하게 생각되겠지만, 나한테는 여자인 것을 감추지 않고 잡담을 나눌 수 있는 상대— 특히 상인은 리마 금화보다 귀하거든."

"그럼, 뤼미오네 금화보다는 가치가 낮은가요?"

농담을 던졌을 때의 반응으로 우물의 깊이를 알 수 있다.

에이브는 물론 그 점을 알고 있는 듯했다.

"나는 상인이야. 뭐니 뭐니 해도 돈이 제일이지."

소탈하게 웃으며 그렇게 말했다.

로렌스도 웃었다.

이런 상대와는 밤새도록이라도 이야기를 나눌 수 있으리라.

"그런데 말이지, 당신 일행이 어떤 쪽인지 알 수가 없으니까 가능하면 당신과 단둘이 좋겠어. 옆에서 삐친 표정을 짓고 있으면 술맛도 안 나거든."

호로가 그런 일로 질투를 한 적이 있었던가 하고 잠시 기억을 더듬어 본다.

양치기 노라와 만났을 때 언짢아했던 것 같긴 하나, 그건 노라가 양치기라서 그랬던 것 같기도 하다.

"그렇지는 않을 겁니다."

"그런가? 여자의 마음처럼 영문을 모를 것도 없는데? 여자가 하는 말은 잘 알아듣지도 못하겠고."

로렌스는 순간 입이 "오." 하는 모양이 되는 것을 막지 못했다.

한방 먹였다는 듯이 에이브가 작게 코웃음을 친다.

"나는 이곳에 장사를 하러 왔으니 느긋하게 지낼 수도 없긴 하지만, 기회가 된다면 이야기 상대를 해주었으면 해. 이래봬도 나는—."

"수다스럽고 붙임성이 있거든."

반격을 하자 에이브는 쉰 목소리로 소녀처럼 어깨를 들썩이며 웃었다.

"그래, 맞아."

말투는 가벼웠지만 몹시 진지한 느낌이 들었다.

무슨 곡절로 홀로 장사를 다니고 있는지는 알 수 없으나, 욕망이 소용돌이치는 상인의 세계를 여자 혼자 몸으로 헤쳐 나가는 것은 예삿일이 아닐 것이다. 가볍게 잡담을 하는 것조차 불가능한 것 또한 자신을 방어하기 위해서다.

로렌스는 주전자의 포도주를 한 모금 마신 뒤, 3층으로 올라가는 계단 쪽을 여봐란 듯이 돌아본 뒤 이렇게 대답했다.

"일행이 질투를 하지 않을 정도라면."

"오오, 그것 참 어려운 조건이군."

그런 뒤 두 사람은 상인답게 소리 없이 나란히 웃었던 것이었다.


회의는 저녁때가 다될 무렵에나 끝날 것이라는데, 에이브는 볼일이 있어 함께 갈 수가 없으니 리골로 측에 미리 말을 해 놓겠다고 했다.

그래서 점심때를 넘기고 잠깐 휴식을 취한 뒤, 로렌스는 호로와 나란히 숙소를 나섰다.

리골로의 집은 도시 중심부에서 약간 북쪽으로 벗어난 구역에 있었다.

그 구역은 토대 부분과 1층 부분이 석조로 탄탄히 지어진 집들이 줄줄이 늘어서 있어 나름대로 돈 좀 있는 사람들이 사는 구역으로 보이건만, 그에 비해서는 분위기가 좋지 않았다. 나무로 증축을 거듭한 집들은 벽이 튀어나와, 길을 사이에 두고 머리 위에서 서로 맞부딪칠 것만 같은 느낌이었다.

원래는 부자들이 살았었는데 세월의 흐름과 함께 몰락한 구역인 것 같다.

대대로 유복한 집안은 돈을 쓰는 것 자체에서 기쁨을 찾지 않지만, 졸부는 다르다.

돈이 생기면 그것을 과시할 마음에 앞 다투어 집을 증축했던 것이리라.

증축을 한 것이야 좋지만 그런 탓에 구역의 경관은 엉망이 되고, 어두컴컴한 뒷골목에는 들개나 비렁뱅이가 몰려들어 추레한 분위기를 자아낸다.

그렇게 되면 정말 돈이 있는 자들부터 그곳을 떠나면서 차츰 집값이 떨어지고 구역의 질도 저하되어 간다.

아마도 이곳에는 고리대금업자나 중견 상회의 사장들이 집을 갖고 있었을 것이다.

지금은 직인의 도제들이나 노점상들이 살고 있는 모양이다.

"정말 길 한번 좁다."

돌이 깔린 길은 양 옆 건물의 무게 때문인지 뒤틀려 있는데다, 생활고에 시달리는 이들이 내다 팔았는지 여기저기 이가 빠져 있었다.

　거기에 물이 고여 분위기를 한층 더 추레하게 만들고 있는데, 길까지 좁아서 박차를 가하는 격이다. 호로와 나란히 서서 가는 것도 불가능하니, 앞에서 사람이라도 오면 벽에 착 달라붙어야 하게 생겼다.

　"불편하긴 하겠지만, 난 이런 복잡한 곳이 좋더라."

　"흐음?"

　"오랜 세월에 걸쳐 생겨난 느낌이 들잖아? 흠집투성이의 도구처럼 조금씩 모양이 바뀌다가 결국엔 둘도 없는 것이 된다고나 할까."

　그러면서 뒤에 있는 호로를 돌아보자, 호로는 벽을 쭉 따라 걷고 있었다.

　"강의 형태가 바뀌어 가는 것처럼?"

　"…유감이지만 그런 비유는 이해가 안 가네."

　"흠. 그럼… 사람의 마음은 어때? '혼'이라고 하던가?"

　별안간 자신과 가까운 비유가 나오자 로렌스는 잠시 무슨 소린가 하다가 "그렇겠지."하고 대답했다.

　"꺼내놓고 형태를 눈으로 본다면 그런 느낌일지도 모르겠군. 조금씩 깎이고, 상처를 입고, 다시 메워지기도 하면서, 한눈에 딱 보기에도 '나'라는 것을 알 수 있는 그런 느낌."

　말을 하면서 길을 거의 가로막고 있는 물웅덩이를 로렌스는 먼저 성큼 뛰어넘은 후, 뒤로 돌아 호로에게 손을 내밀었다.

"잡으시죠."

짐짓 은근하게 말하자 호로 또한 과장되게 손을 맡기면서 훌쩍 물웅덩이를 뛰어넘어 로렌스 곁으로 와서 선다.

"만약 당신의 혼이라는 것을 꺼내 볼 수 있다면."

"응?"

"내 색깔로 상당히 물들어 있지 않을까?"

그러면서 똑바로 올려다보는 호로의 호박색 눈동자를 보면서도 이제는 그다지 기가 죽지 않는다.

슬슬 신선미가 떨어져 간다는 뜻이다.

로렌스는 어깨를 으쓱한 뒤 걸음을 내딛었다.

"물들었다기보다는 중독됐다는 표현이 더 와 닿는걸?"

"그렇다면, 맹독이겠네."

그러면서 스르륵 앞서나가 어깨너머로 돌아보더니 의기양양하게 말한다.

"내 웃음 한 방이면 바로 나가떨어지니까."

허구한 날 저런 말이 잘도 떠오른다 싶어 감탄하면서 로렌스는 대꾸했다.

"그러는 너의 혼은 무슨 색인데?"

"무슨 색?"

호로는 되물은 뒤 '글쎄?' 하는 투로 앞으로 돌아섰다. 걷는 속도가 느려지면서 고개를 갸웃대는 뒷모습이 보인다. 로렌스는 그런 호로를 따라잡긴 했으나 길이 좁아 추월하지는 못한 채 뒤에서 살짝 넘겨다보았다.

양손의 손가락을 꼽아가며 뭔가 중얼대고 있다.

"흠."

그러다가 로렌스가 자신의 손을 들여다보고 있는 것을 알아채
자, 고개를 들고 뒤로 기대듯이 하며 로렌스를 쳐다보았다.

"여러 가지인걸?"

"…헤에."

순간 무슨 뜻인지 알 수가 없었으나, 이내 그것이 호로의 연애
경력이리라는 생각이 들었다.

호로도 오랜 세월을 살아왔으니 연애 한두 번쯤은 했을 것이다.
말을 잘하는 것을 보면 상대가 사람이었던 적도 여러 번 있었을 것
이다.

호로가 멈춰 서는 바람에 길이 막힌 상태라 로렌스는 호로의 작
은 등을 가볍게 밀면서 어서 걷도록 재촉했다.

호로는 얌전히 다시 걷기 시작한다.

나란히 있는 경우가 많아서 뒷모습은 별로 볼 기회가 없었기 때
문에 약간 신선한 느낌이 들었다.

뒷모습이 참 화사하다. 옷을 껴입고 있는데도 호리호리한 선이
잘 느껴진다. 걸음걸이 또한 성큼성큼도 아니고 그렇다고 종종대
는 것도 아닌, 얌전하다는 표현이 딱 어울린다. 저기에 어딘지 모
를 쓸쓸함이 깃들기라도 하면, 껴안으면 부드럽겠지— 하는 생각
이 들지 않을 수 없을 것이다.

이런 것을 소유욕이 자극됐다고 하는지도 모르겠다.

로렌스는 쓸쓰레하게 그런 생각을 하다가 문득 의문이 떠올랐
다.

호로가 손가락을 꼽고 있었는데 대체 몇 명의 남자들이 저 작은

어깨를 안았을까 하고.

그때 호로는 어떤 표정을 지었을까. 기뻐하면서 어리광을 부리듯 눈을 가늘게 떴을까? 아니면, 귀를 바르르 떨면서 좋아 죽겠다는 듯이 꼬리를 흔들었을까.

손을 잡고, 어깨를 껴안고, 호로도 어린애가 아니니….

로렌스는 속으로 중얼거렸다.

나 아닌 다른 누군가에게?

"……."

순간 당황하여 그런 생각을 머리에서 내몰았다.

께름칙한 빛깔의 불꽃이 가슴속 저 깊숙이에서 언뜻 혀를 내밀었기 때문이다.

낭떠러지에서 떨어질 뻔했을 때처럼 심장이 벌렁거린다. 불이 꺼진 줄 알고 재에 손을 댔다가 큰 화상을 입어 놀란 듯이.

호로는 손을 꼽아가며 세고 있었다.

그것은 지극히 당연한 일인데도 상상 속에서 호로의 가느다란 손가락이 하나씩 꺾일 때마다 가슴속 어딘가가 꺾이는 듯하더니 끝내는 응어리진 분노가 일었다.

이런 감정을 착각할 리 없다.

시커먼 독점욕.

스스로 생각해도 어이가 없다. 이 얼마나 제멋대로인 생물인가.

상인이라는 욕망의 화신과도 같은 직업을 생업으로 삼고 있건만.

이런 생각은 죄악이나. 그리고 그 죄의 깊이는 '나만 돈을 녹자지 하고 싶다'는 것과 비할 바가 아니다.

"반성 좀 했어?"

그러니 호로가 돌아보며 나무라는 듯이 쳐다본 순간, 그 말이 어떤 성직자의 엄한 설교보다도 더 깊이 와 닿았던 것이었다.

"…뭐든지 다 꿰뚫어 보는군."

주저앉고 싶을 만큼 마음이 무거웠다.

그래서 로렌스가 나른하게 대답하자 호로는 뜻밖에도 송곳니를 드러내며 웃었다.

"나도 마찬가지니까."

"……."

"즐겁게, 그보다 더할 수 없을 정도로 신이 나서는, 요염함이라곤 털끝만큼도 찾아 볼 수 없는 그런 거랑 얘기를 해 놓고는."

그 순간 호로의 얼굴은 화가 나 있었다.

화가 난 얼굴은 지금까지 수도 없이 봐왔지만, 지금의 얼굴은 그중에서도 가장 추악한 형상을 하고 있었다.

로렌스는 속으로 중얼거렸다. 호로는 현랑이다, 라고.

"상인으로서 즐거웠다— 고 말하면?"

일단 변명을 해본다.

호로는 우뚝 멈춰 섰다가 로렌스와의 사이가 좁아지자 다시 걷기 시작했다.

"나랑 돈벌이 중 어느 게 더 중요해? —라고 물어 줬으면 좋겠어?"

그 소리는 고독하게 홀로 장사를 하는 행상인들이라면 누구나 한 번쯤은 여자에게 들어보고 싶은 말의 상위 3위에 해당할 것이다.

그리고 대부분의 상인들이 머리를 싸안는 문제일 터.

로렌스는 양팔을 쳐들며 항복했다.

"애초에 내가 화가 난 이유는 당신이 생각한 그대로야. 참 제멋대로에 유치한 발상이라고 해도 상관없어. 하지만 우리는 지혜와 말로 이야기를 나눌 수 있지. 그러니까 난 화를 내지 않아."

"……"

호로는 온갖 경험을 쌓아온 현랑인 것이다.

검을 쥔 지 얼마 안 된 로렌스로서는 대등하게 겨루는 것은 불가능하다.

한동안 짧은 어휘 속에서 말을 찾아봤으나 결국 적당한 것을 발견해내지 못했다.

"미안하다고 생각해."

"정말로?"

호로에게 거짓말은 통하지 않는다.

"정말로."

그러나 로렌스가 대답을 했는데도 호로는 돌아보지 않았다.

정답에서 벗어난 답변이었나 싶어 약간 불안해진다.

호로는 여전히 얌전히 걷다가 이윽고 갈림길에 마주쳤다. 에이브가 가르쳐 준 순서대로라면 이 갈림길에서 오른쪽이다.

약간 망설여졌는지 호로가 우뚝 멈춰 서기에 로렌스는 일러 주었다.

"거기서 오른쪽이야."

"흠."

그런 뒤 호로는 돌아보았다.

"여기가 갈림길이로군."

무엇의 갈림길이냐고 묻지 않는다.

일단은 그것이 1차 관문이었던 듯하다. 호로의 오른쪽 눈썹이 약간 움찔했다.

"당신은 그 엉터리 같은 독점욕을 어떻게 정리할 생각이야?"

성직자처럼 그런 질문을 하느냐며 솔직히 항의를 하고 싶을 정도였다.

표면상으로야 너무 제멋대로인 시커면 기분이니 어서 거두는 게 당연하겠지만, 본심을 말하자면 그게 없애려 든다고 없애지는 것이겠는가.

로렌스는 그런 생각에 씁쓸한 표정으로 호로를 마주 보았다.

하지만, 하는 생각도 든다.

상대는 현랑 호로다. 자기 기분 내키는 대로 상대를 몰아붙이는 질문을 했을 리가 없다.

요컨대 그것이 만인에게는 정답이 아니더라도 호로만은 정답으로 인정할 대답이 있을지 모른다.

어떻게 하면 그 대답에 도달할 수 있을 것인가.

로렌스는 생각했다.

호로는 방금 전 자신의 기분도 마찬가지라고 했다.

그렇다면 정답은 로렌스가 바라본 호로의 마음속에 있지 않을까?

자신은 절대 풀 수 없을 것 같은 어려운 문제도, 남이 보기엔 참으로 간단히 답이 나오는 경우도 드물지 않다.

호로 또한 독점욕에서 오는 질투심에 어쩔 줄 몰라 애를 먹고 있을 수도 있다.

그리고 호로 자신이 그 기분을 어떻게 정리할 것인지, 그 방법을 알고 싶은 것이 아닐까.

만약 그렇다면— 남의 일처럼 생각하면, 금세 답이 나온다.

로렌스가 말문을 여는 순간 호로가 살짝 자세를 잡는 것이 느껴졌다.

"내 대답은, 그런 기분을 정리한다는 건 불가능하다— 라는 거야."

고요한 수면에 파문이 한 줄기 일었다.

그런 호로의 표정에 풍부한 색채를 되돌리기 위해서는 한 번 더 돌을 던져야 한다.

"단, 거기에는 자기혐오가 따르지."

이제 와서 정색을 하며 부정하는 것도, 또는 그 반대로 마음을 완전히 비우는 것도 정답은 아니라는 생각이 들었다.

만약 이 문제를 자신의 일이 아니라 호로의 일로 바꿔놓고 생각한다면, 그렇게 대답하는 것이 가장 자연스러우면서도, 또한 독점욕을 받는 입장에서는 기쁜 일일 것 같았다.

결국 그것은 자신만의 것이기를 바라는 소망이므로, 도가 지나치지만 않는다면 받는 입장에서는 기쁘지 않을 리가 없다.

그래서 그렇게 대답했으나, 호로는 한동안 표정이 없었다.

그래도 로렌스는 눈을 피하지 않았다. 이것이 최후의 관문일 것 같았기 때문이다.

"후우. 오른쪽이랬지?"

생각은 그랬어도, 호로가 웃으면서 고개를 갸웃하며 물어왔을 때는 휴우 하고 안도의 한숨이 나왔다.

"하지만… 쿠후."

"왜?"

"독점욕과 자기혐오라. 과연."

호로는 웃으면서 송곳니를 히죽 내보였다.

그것이 굉장히 부자연스럽게 느껴진 순간, 로렌스는 오른쪽 길을 향해 들어서기 시작한 호로의 뒷모습을 따라갈 수가 없었다.

"왜 그러고 섰어?"

돌아본 호로의 얼굴은 여전히 싱글싱글.

만약 자신이 호로가 만족했을 만한 답변을 내놓았다면 호로는 저런 웃음을 짓지 않았을 것이다. 로렌스가 상상했던 것은 안도를 하는 듯한 웃음이거나, 전혀 흥미 없다는 듯이 뿌루퉁한 얼굴 중 하나였다.

그럼 저런 웃음은 어떤 때에 짓는 것인가.

로렌스는 자신의 얼굴이 다시금 붉어지는 것을 느꼈다. 이렇게 하루에 몇 번씩이나 얼굴이 붉어지다가는 조만간 시뻘건 얼굴이 되고 마는 게 아닐까 걱정이 될 만큼.

"쿠쿠쿠. 이제야 알겠어?"

호로는 웃으면서 되돌아왔다.

"문제가 어려워서 끙끙대다가 발상을 전환하고 대답에 이르는 것이 당신 얼굴에 다 쓰여 있더라. 하지만 조금만 생각해 보면 금방 알 수 있는데. 누군가가 의논을 해왔을 때 자신이 옳다고 판단해서 해주는 답변은, 상대방이 자신에게 그렇게 해주었으면 싶은 것— 바로 그것이지. 그렇다는 얘기는?"

그렇다.

요컨대 호로는 자신의 고민을 해결하기 위해 로렌스의 대답을 기다렸던 것이 아니다.

호로는, 로렌스가 자신의 머릿속을 훤히 내보이기를 기다렸던 것이다.

"질투를 하고, 그러면서 고민하는 그런 나를 기대해? 요컨대 당신은 그런 나에게 상냥하게 손을 내밀어 주는 역인 거야? 나는 귀엽게도 우물쭈물 자기혐오에 빠져서 울다가 당신이 내민 상냥한 구원의 손길에 매달리면 되는 거고?"

"윽…."

마음을 헤집는다는 게 바로 이런 것이다.

모욕을 당한 소녀가 두 손으로 얼굴을 감싸는 기분이 절실히 이해됐다.

송곳니를 가진 늑대가 로렌스의 곁으로 스르륵 미끄러져 들어온다.

다만, 철두철미한 호로가 즐기고 있는 것처럼 보이지 않은 것이 그나마 다행인지도 모른다.

이렇게까지 당하면 로렌스도 알 수 있다.

에이브와 즐겁게 대화한 것에 대해 질투를 느낀 것은 아마도 사실일 것이다. 그리고 이것은 그런 기분을 해소하려는 수단이다.

"흥. 뭐 해? 어서 가자."

전혀 감춰지지 않는 로렌스의 표정에서 가슴속을 읽었는지 호로는 그쯤 해두자는 식으로 손을 잡아끌며 걷기 시작했다.

이쯤 했으면 호로도 기분이 풀렸을 테고, 에이브와 단둘이 상인으로서 즐거운 대화를 나눈 것도 관대하게 봐줄 것이다.

하지만 정말 어리석었다는 생각도 든다.

자신이 원하는 바를 너무도 적나라하게 백일하에 드러내고 말 았으니.

"그런데, 당신."

오른쪽으로 들어간 길 역시 나쁘기는 마찬가지였으나 그래도 약간은 넓어져서 호로와 나란히 걸을 수가 있게 되었다.

그래서 당연한 듯이 곁을 걷던 호로가 이 또한 당연한 듯이 평 소의 말투로 말을 걸어왔다.

"이번에는 순수하게 내가 당신을 놀릴 목적으로 묻는 건데."

이런 전제를 두고 물어온다고 해도 로렌스는 처분만 기다리는 토끼 신세다.

"내가 헤아린 사람의 숫자, 듣고 싶어?"

그러면서 순진무구하게 함박웃음을 지으며 내리친 것은 너무도 거대한, 소 잡는 큰 칼이었다.

"나는 내 마음이 얼마나 섬세한지를 새삼 깨달았어."

만신창이가 된 가운데 그렇게 대답하는 것만으로도 기진맥진이 었는데, 호로의 마음에는 든 모양이었다.

"당신의 그런 섬세한 마음이 식어서 굳기 전에 내 발톱으로 잔 뜩 상처를 내 줘야겠군."

더는 아무 말도 못한 채 호로의 얼굴을 내려다보는 수밖에 없 다.

바로 곁에 있는 호로의 표정은 기막히게 흐뭇한 장난을 쳐 놓고 는 좋아라 하는 소녀 같았다.

그러나 그 어떤 악몽도 결국은 깨기 마련이다.

에이브가 가르쳐 준, 다리 셋 달린 닭을 상징하는 청동 간판이 걸린 집을 발견하자 호로는 그제야 사냥을 멈춰 주었다.

"자, 그럼."

로렌스가 먼저 말문을 열긴 했으나, 부끄럽기도 하고 분하기도 하여 약간 우스꽝스럽게 들리는 말투가 됐다.

"까다로운 사람인 모양이니까 신중하게 가자."

로렌스가 팔을 풀려는 것도 슬쩍 넘기며 호로는 "음."하고 끄덕였다.

"당신과 함께하는 기분 좋은 꿈만 같은 대화는 이로써 끝—. 또 따분한 현실이네."

어디까지가 진심인지 알 수 없는 소리를 중얼거리기에, 로렌스는 짧게 헛기침을 한 뒤 말했다.

"그럼 숙소로 돌아간 뒤에 다시 자는 건 어때?"

"으…. 그것도 좋은 생각이긴 하네. 물론 잠들 때까지 헤아리는 것은 양의 수만이 아니라…."

짓궂은 것으로 따지면 호로가 한 수 위.

하지만 묘하게 끈질기게 그 이야기를 꺼내는 것에 로렌스는 생각을 고쳐먹고 이렇게 물었다.

"대체 몇 명인데?"

자세히 알고 싶지도 않다. 그렇다고 전혀 알고 싶지 않느냐면 그건 또 아니다.

호로가 자꾸 그 말을 꺼내는 것을 보면, 어쩌면 '제로'일 수도 있다.

그런 희망을 품지 않았다고 하면 그 또한 거짓말.

하지만 그 질문에 호로는 대꾸하지 않았다.

표정을 완전히 감춘 채 미동조차 하지 않는다.

그 얼굴은 지금껏 아무도 만져 본 적이 없지 않을까 싶을 만큼 순수한 인형처럼 보인다.

일부러 저러는 것이라는 것을 깨달은 순간 도저히 당해낼 수가 없다는 생각이 들었다.

"남자는, 그 중에서도 나는 정말 바보 같은 생물인가 봐."

로렌스가 그렇게 말하자, 되살아난 호로는 간지럽다는 듯이 목을 움츠리며 웃었다.


리골로의 집 처마에 걸린 다리 셋 달린 닭은 옛날 옛적에 이곳 레노스의 옆을 흐르는 롬 강이 범람하리라는 것을 예견한 닭을 상징한 것 같다.

교회는 신의 사자라고 말하지만 전해지는 바로는 별과 달과 태양의 배치를 통해, 말하자면 당시에 이미 존재했던 천문학의 기록으로 그것을 예언했다고 한다.

그 이래로 이 다리 셋 달린 닭은 지식을 활용한 지혜의 상징으로 대접받게 되었다.

대대로 연대기를 써오고 있는 듯한 리골로의 집안은 자신들이 기록한 무미건조한 지식이 언젠가는 미래를 가리키는 이정표가 되기를 바라고 있으리라.

은으로 도금된 고리쇠로 문을 두드리며 로렌스는 헛기침을 한

번 했다.

에이브를 통해 사전 연락이 되어 있을 테지만, 그토록 교섭에 노련한 에이브조차 쉽지 않은 일이라고 했다. 아무래도 긴장하게 된다.

조금 뒤로 물러나 따분한 표정으로 서 있는 호로가 한심스럽게도 마음 든든하다.

하지만, 어쩌면 자신이 에이브에게 압도당한 것은 호로와 만난 후로 이런 생각을 하게 된 탓인지도 모른다. 호로와 만나기 전에는 믿을 것은 오로지 자신뿐. 절대 지지 않겠다는 기개가 있었고, 지면 끝장이라는 두려움이 있었다.

믿음직한 동료가 있는 것이 과연 좋은 일인지, 나쁜 일인지. 그런 생각을 하고 있노라니 천천히 문이 열렸다.

언제 어디서건, 문이 열리고 그 너머로 사람의 얼굴이 보일 때까지가 가장 긴장된다.

천천히 열린 문 너머에는 수염이 무성한 초로의 남성이….

없었다.

"누구신지요?"

문을 열고 나온 사람이 뜻밖의 차림을 하고 있다는 점에서 약간 놀라긴 했으나 긴장할 종류는 아니었다.

스무 살이 되었을까 말까 한 나이에 이마까지 얇은 천을 깔끔하게 쓰고 있다. 검은빛의 청초한 수도복을 입은 수도녀였다.

"에이브 볼란 씨의 소개로 왔습니다만."

"아, 말씀은 들었습니다. 들어오세요."

일부러 이름을 대지 않았는데도 이 수도녀가 사람이 좋은 건지,

아니면 에이브가 그만큼 신임을 받고 있는 것인지.

로렌스는 그 어느 쪽으로도 판단이 서지 않은 채 안내 받는 대로 호로와 함께 집 안으로 들어갔다.

"여기 앉아서 기다려 주세요."

집 안으로 들어서자마자 거실이었다. 나무 마루에는 빛바랜 융단이 깔려 있었다.

가구는 전체적으로 훌륭하다고는 할 수 없었지만, 세월의 때가 묻어 황갈색이 도는 것으로 보아 이 집의 주인이 이 구역에서 옛날부터 살아왔다는 것을 추측하게 했다.

연대기 작가로 불리는 사람들을 처음으로 직접 본 것이 이교도의 도시 크멜슨에서 만난 디아나였기 때문에 훨씬 어수선한 방을 상상했으나, 그 방은 뜻밖에도 깨끗하게 정리돼 있었다.

벽을 따라 설치된 선반에는 책만 빽빽이 들어차 있는 게 아니라 인형이며 자수도 걸려 있었다. 조금 아름다운 선반에는 여자들도 쉽사리 들 수 있을 만한 크기의 돌로 된 성모상이 있었으나 그 바로 옆에는 또 마늘이며 양파가 걸려 있기도 했다. 여기가 연대기 작가의 집이라는 것을 알 수 있는 것이라면 정돈된 깃털 펜과 잉크 병, 그리고 잉크를 말리는 데 쓰는 모래가 들어 있을 작은 궤짝 정도. 연대기 작가라고 하면 딱 떠오르는 양피지나 종이 다발 같은 것은 눈에 띄지 않는 곳에 잘 감춰져 있었다.

호로도 같은 인상을 받았는지 조금 의외라는 듯이 방 안을 둘러보고 있다.

하기야, 평범한 집에 지금 당장이라도 전도 여행을 떠날 것 같은 차림의 수도녀가 있을 리 없다.

성모상이나 다리 셋 달린 닭을 상징한 부조(浮彫)는 금전적으로 다소 여유가 있는 신심 깊은 집안이라면 있을지 모르겠지만.

"오래 기다리셨습니다."

에이브에게서 들은 바로는 리골로는 상당히 까다로운 인물인 것 같아 애를 먹이며 오래 기다리게 할 것을 각오했건만, 의외로 쉽사리 만나 줄 모양이다.

뭉근히 끓인 스프 같은 몸가짐에 온화한 미소를 가진 수도녀의 안내로 로렌스와 호로는 거실 복도를 따라 안쪽 방으로 걸어 들어갔다.

호로도 겉보기엔 수도녀처럼 보이기도 하지만 역시 진짜 수도녀의 청초한 몸가짐은 근본부터 다르다. 이런 생각을 하는 걸 들켰다간 호로가 화를 내겠지— 하고 생각한 순간, 뒤에 있던 호로에게 살짝 걷어차였다.

아마도 대충 적당한 때를 봐서 그런 거겠지만, 로렌스의 입장에서는 '등에 달린 단추를 풀고 마음속을 들여다보기라도 한 거 아냐?' 하는 생각을 하고 싶어진다.

"리골로 씨, 들어가겠습니다."

똑똑 하고 문을 두드리는 소리도 마치 계란을 능숙하게 깨는 것만 같다.

하지만 그 계란 속에서 무슨 빛깔의 알맹이가 나올지는 알 수 없다.

로렌스는 이내 생각을 접고 문 너머에서 먹먹한 대답 소리가 들린 후 문이 열리자 방 안으로 들어섰다.

그러자마자 "호오." 하고 탄성을 지른 것은 호로였다.

로렌스는 너무 놀라 소리도 나오지 않았다.

"어어, 이것 참 반가운 반응이군. 메르타, 봤지? 깜짝 놀라잖아?"

탄력 있는 싱싱한 목소리가 방 안을 울리자, 메르타라 불린 수도녀는 방울이 구르는 듯한 소리로 웃었다.

문을 지나 들어선 방 안은 역시 디아나의 방처럼 난잡하게 어질러져 있었다.

하지만 그것은 계산된 난잡함이라고 해야 할까. 동굴 속에서 빛이 보이는 출구를 향하는 것처럼 문에서 보아 정면을 향해 책과 서류들이 쌓여 있고, 천장에 매달린 나무로 만든 새의 모형 뒤쪽에는 벽 한 면에 온통 붙은 유리창과 눈부시게 쏟아지는 햇빛에 비친 푸르른 정원이 있었다.

"하하하, 굉장하죠? 갖은 노력을 다하면 일 년 내내 푸른 경치를 볼 수 있지요."

그러면서 자랑스럽게 웃는 것은, 깃이 달린 깔끔한 셔츠에 귀족처럼 주름 하나 없는 바지를 입고 있는 밤색 머리카락의 청년이었다.

"프룰에게서 들었습니다. 저한테 묘한 부탁을 하고 싶어 하는 분이 계시다고."

"…아, 예. 로렌스— 아니, 그래프트 로렌스입니다."

그제야 정신이 든 로렌스는 평소의 자세로 돌아가 리골로가 내민 손을 잡았으나, 눈은 자꾸만 훌륭한 정원 쪽으로 쏠리고 만다.

길에서는 절대 보이지 않는, 건물로 둘러싸인 비밀의 화원.

그런 진부한 표현이 머릿속에 달라붙어 떠날 줄을 몰랐다.

"나는 리골로 데를리입니다. 만나서 반갑습니다."

"예, 잘 부탁드리겠습니다."

그리고 리골로의 시선이 호로에게 향했다.

"아, 이쪽은 함께 여행을 하는 중인…."

"호로라고 합니다."

처음 대면하는 상대에게도 결코 기죽지 않는 호로였지만, 그뿐 아니라 어떤 식으로 행동을 해야 상대가 기뻐할지도 순식간에 간파하는 모양이다.

묘하게 으스대는 듯한 자기소개를 받고도 리골로는 화를 내기는커녕 손뼉을 치며 기뻐하면서 악수를 청했다.

"그럼 자기소개도 끝났고, 자랑거리인 정원을 칭찬받은 것만으로도 나는 만족이에요. 답례로 내가 뭘 해드려야 기뻐하실지?"

때때로 상인들 중에는 무서우리만치 겉과 속의 성격이 다른 자가 있기도 하지만, 리골로는 그런 부류로는 보이지 않았다.

로렌스 일행에게 마음을 쓰며 작은 의자를 가져다 준 메르타가 그런 리골로를 보고 조그맣게 웃은 걸 보면 아마도 늘 이런 식인가 보다. 살짝 고개를 끄덕이듯이 머리를 숙인 채 방을 나간 메르타가 거짓말쟁이가 아니라는 전제 하의 얘기지만.

"에이브 볼란 씨께 들었으리라고 생각합니다만, 이곳에 남아 있는 오랜 전승 기록을 좀 볼 수 없을까 해서요."

"호오, 그 얘기가 사실이었나…. 프룰… 아아, 상인들에게는 에이브였지요? 에이브는 장난기가 많아서 친해지면 금세 남에게 엉터리 같은 얘기를 한다니까요."

로렌스는 역시나 하며 웃었다.

"리골로 씨가 얼굴에 온통 긴 수염이 뒤덮인 무뚝뚝한 은둔 수사가 아닌 것은 그런 까닭에서입니까?"

"하하하. 또 자기 멋대로 말을 했나 보군. 하지만 은둔 수사라는 것은 전혀 틀린 말은 아닙니다. 최근에는 사람을 만나는 것을 극단적으로 피하고 있었으니까요. 그야말로 인간혐오증의 까다로운 인물처럼."

문득 목소리가 낮아지는가 싶더니 웃음 뒤로 언뜻 차가운 얼굴이 엿보였다.

이 도시에서 공을 쌓아 이름을 날린 이들이 모이는 50인 회의에서 서기를 맡고 있는 것이다. 그런 일면이 있다 해도 놀라울 건 없다.

"저도 외지에서 온 상인인데, 이렇게 만나도 괜찮으시겠습니까?"

"아, 마침 때가 딱 맞았어요. 신의 인도하심 어쩌고 하는 얘기일지도 모르겠지만. 이 옷을 좀 보세요. 마치 장례식 행렬을 선도하는 어린애 같은 차림이지요? 방금 전까지 회의가 있었는데 드디어 결론이 나서 일찍 폐회를 했거든요."

그것이 사실이라면 그야말로 신의 인도하심이겠지만, 회의의 결론이 어째 상당히 빨리 났다 싶었다.

아롤드의 계산으로는 봄까지 질질 끌지도 모른다고 했는데.

누군가가 강경하게 밀어붙이기라도 했나?

"흐음, 과연 그 고집불통 아가씨가 소개한 상인다우시네. 빈틈이 없으시군요?"

이쪽의 생각을 꿰뚫어 보았나 싶어 허겁지겁 둘러대는 것은 삼

류다.

로렌스에게는 정말로 사람의 마음을 꿰뚫어 본다고 여겨지는 호로가 있다.

슬쩍 떠보려는 것인지 아닌지 정도는 바로 안다.

"예?"

그래서 로렌스는 아무것도 모르는 척 시치미를 뚝 뗐는데, 리골로는 여전히 웃고 있었다.

"피차 허허실실한 말만 주고받다 보면 영문을 알 수 없게 되지요. 뒷면의 뒷면이 앞면인 것처럼."

떠보려는 것을 간파하고 시치미를 뗀 것이 들통 났나?

로렌스는 간파당하지 않았다고 자신 있게 생각했는데, 리골로의 눈이 여전히 웃고 있으면서도 예리해졌다.

"나는 50인 회의에서 서기를 맡고 있으니까요. 한 번에 여러 사람의 표정 변화를 알 수 있지요. 로렌스 씨의 얼굴만 봤다면 몰라도, 저 뒤에 계신 분의 표정과 같이 생각해 보면 답이 저절로 나옵니다."

로렌스의 입이 저절로 웃고 만다. 이름 난 상인이 아니더라도 세상에는 이런 인물이 있는 것이다.

"하하하. 잠시 여흥 같은 것이었습니다. 제가 악의 있는 인간이라면 속을 털어놓진 않겠지요. 그리고 상대방의 진의를 꿰뚫어 보았다 해도 나는 자신의 요구를 상대방에게 제대로 전달할 재간이 없습니다. 이래서는 상인 실격이지요?"

"…유감스럽게도."

"그래서 여성 분들에게도 통 인기가 없다니까요."

확실히 이런 달변은 상인과는 다른 느낌이라, 로렌스는 웃으며 어깨를 으쓱했다.

궁정에 출입하는 시인처럼 수다를 늘어놓던 리골로는 입을 움직이면서 손도 움직여 책상 서랍 속에서 놋쇠로 만든 열쇠를 꺼내 들었다.

"옛날 책은 전부 지하에 있습니다."

그리고 가볍게 열쇠를 흔들며 따라오라는 몸짓을 하더니 안쪽 방으로 들어갔다.

로렌스는 그런 리골로를 따라 들어가기 전에 곁에 선 호로를 쳐다보았다.

"뒷면의 뒷면은 앞면이라네?"

"내 표정까지 봤을 줄이야…."

"그런 재주는 나도 처음 봐."

저마다 자기주장을 떠들어대는 회의에서 정확하게 모든 발언을 기록하려는 사이에 몸에 밴 특기인지도 모른다.

누가 무슨 말을 하는지 파악하기 위해서는 상대방의 표정을 파악하는 것이 제일이기 때문이다.

"뭐, 악의가 없는 건 사실일 거야. 어린애 같은 녀석이야. 그나저나 저런 특기를 갖고 있는 게 옆에 있다면 마음고생도 없이 정말 편한 나날을 보낼 수 있을 것 같지?"

호로가 장난스런 눈으로 쳐다본다.

종종 마음이 엇갈리고 차가을 일으켜 호로와 싸움을 해 온 처지로서는 그 시선이 찌르는 것처럼 따갑다.

"넌 늘 악의로 가득하지."

로렌스가 그렇게 말하자 호로는 대꾸도 않은 채 리골로의 뒤를 따라갔다.


1층은 바닥과 벽 모두 목조였는데 지하창고만은 모두 석조였다.

테레오 마을에서도 지하에 있던 굴은 석조였다. 귀중한 책은 역시 돌로 보호해 두고 싶어지는가 보다.

하지만 숨기기 위해 만든 굴과 보관하기 위해 만든 창고는 큰 차이가 있다.

천장은 로렌스가 가볍게 손을 뻗으면 닿을 만하고, 바닥에서 천장 높이까지 책장이 주르륵 늘어서 있다.

게다가 책장에는 연대별, 내용별로 표가 붙어 있고 번호까지 매겨져 있다.

장정은 테레오 마을에서 본 것과는 비교할 것이 못될 만큼 빈약했으나, 관리의 손길은 훨씬 많이 닿아 있는 듯하다.

"이곳도 화재가 자주 납니까?"

"종종 나지요. 보시다시피 조상님들께서는 불이 날까 두려워 이런 곳에 보관하셨지요."

정원이 보이는 방에서 나가고 없었는데, 이야기를 들었는지 메르타가 한 발 먼저 지하실 입구에서 작은 촛대를 든 채 기다리고 있었다.

호로는 메르타의 안내로 목적했던 책을 찾고 있다.

동물기름을 태우는 등잔은 냄새와 그을음에 책이 망가지게 되므로 값비싼 밀랍 등불이다.

달콤한 빛이 책장의 그늘 속에서 언뜻언뜻 보인다.

"그런데."

남자 둘이 무료하게 서 있다가 리골로가 먼저 말문을 열었다.

"제가 인내심이 없어서 물어봅니다만, 대체 왜 몇 백 년도 더 된 옛 기록을 찾으시는지?"

호로와의 관계를 묻지 않는 점에서 리골로라는 사람의 흥미가 어디에 있는지 잘 알겠다.

"제 일행이 자신의 기원을 찾고 있거든요."

"기원?"

통찰력에 관한 한 희대의 대상인 저리 가라일 정도라도, 막상 자신의 일에는 영 아니올시다─ 인 모양이다. 화들짝 놀라며 팔짱을 풀었다.

"사정이 있어서 제 일행이 고향으로 돌아가기 위한 길 안내를 하고 있는데, 그것 때문입니다."

사실을 약간 생략해서 전해 두면 상대가 부족한 부분을 멋대로 상상한다.

그렇게 되면 거짓말을 하지 않은 채 상대의 눈이 진실에서 멀어지게 할 수 있다.

리골로도 걸려든 모양이다.

"그렇군요…. 그럼 북쪽으로?"

"예에. 아직 정확한 위치를 몰라서 일행이 알고 있는 옛이야기를 바탕으로 찾아보려는 단계입니다."

리골로는 심각한 표정으로 고개를 끄덕였다.

호로를 북쪽 땅에서 잡혀 남쪽으로 팔려나간 노예 같은 것으로 해석한 것이리라. 북쪽 지방의 아이들은 남쪽에 비해 무척 튼튼하고 순진하다는 말이 있다. 자식이 없거나 유일한 후계자가 병약한 귀족이 유산을 친척들에게 빼앗길 바에야, 하며 양자로 사 가는 경우도 많다.

"이곳에도 가끔 북쪽에서 온 아이들이 머물곤 하지요. 무사히 고향으로 돌아갈 수 있다면 그보다 좋은 일이 또 어디 있겠습니까."

그 말에는 의심 없이 동의하며 말없이 고개를 끄덕였다.

잠시 후 당사자인 호로가 대충 책을 찾았는지 다섯 권 정도를 안고 책장 그늘에서 나타났다.

"또 있는 대로 욕심을 부렸군?"

로렌스가 어이없어 하며 말하자 호로 대신에 메르타가 웃는 얼굴로 대답했다.

"이게 전부라서 한 번에 가져가시는 게 좋을 것 같아서요."

"그렇군요. 어이, 몇 권 이리 줘. 떨어뜨렸다가는 앞으로 사흘간 밥 없어."

그 말에는 리골로가 웃는다. 결국 로렌스는 호로가 꺼내온 책을 혼자서 전부 들고 1층으로 되돌아갔다.

"사실은 여기서 읽으면 좋겠다고 말씀드리고 싶습니다만."

메르타가 정성껏 싸 준 책 뭉치를 보면서 리골로가 말했다.

"나는 프룰을 신용하니까 프룰이 신용한 로렌스 씨도 신용합니다. 하지만 주변이 그렇지가 않으니…."

"예에, 물론 그건 그렇죠."

"단, 떨어뜨리거나 불에 태우거나 내다 팔았다가는 앞으로 사흘간 밤 없습니다."

농담으로도 웃을 수가 없다. 매사를 돈으로 환산하는 로렌스이긴 해도, 이 책의 가치가 돈으로 환산되지 않는다는 것 정도는 잘 안다.

고개를 끄덕인 뒤 책 뭉치에 손을 얹었다.

"상인으로서의 명운을 건 상품처럼 다루겠습니다."

"예."

리골로의 웃는 얼굴은 소년 같다.

에이브는 이런 점에서 마음을 열었던 것일까.

"그럼 다 읽고 나면 가져다 주십시오. 제가 없어도 메르타는 있을 테니까요."

"알겠습니다. 그럼 잠시 빌려가겠습니다."

로렌스의 목례에 리골로는 웃음으로 답한 뒤, 호로에게는 살랑살랑 손을 흔들었다.

이런 면에서 리골로는 상인이 아니라 궁정시인 같은 느낌이 드는지도 모르겠다.

호로도 만족스런 표정으로 손을 흔들어 답했다.

"짐을 안 들고 있으니까 정말 손 흔들기 쉽겠다?"

길 안내에서 짐꾼까지. 그야말로 하인 역을 떠맡기고 있으니 이정도 비꼬는 건 용납하겠지.

그것은 로렌스의 생각일 뿐, 호로는 이렇게 되받아쳤다.

"딩신한테도 흔들지 잃도록 입 조심해야지?"

그 말만 남겨 놓고 혼자서 휘적휘적 앞으로 가 버리는 호로가 얄밉지 않은 것은 아니다.

하지만 이런 대화도 정말 사이가 나쁘면 못한다는 것쯤은 알고도 남는다.

문제는 호로가 로렌스의 체면을 조금도 세워 주지 않는다는 것이다.

"돼지는 치켜세우면 나무도 타지만, 수컷은 치켜세워 봐야 건방만 떨 뿐이거든."

항의는 가볍게 봉쇄되고 말았다.

완전히 부정할 수 없는 것이 문제인지 모르겠지만.

"설 자리가 없는데 뱃속만 부글대는군."

로렌스가 그렇게 말하자 호로는 보란 듯이 손을 딱 때리더니 깔깔대며 웃었다.


책을 숙소에 갖다 놓은 뒤 약속대로 저녁밥은 호로가 좋아하는 것으로 사 주기로 했다. 적당히 골라 들어간 술집에서 호로가 시킨 것은 새끼돼지 통구이였다.

입에서 항문까지 쇠꼬챙이로 꿰어 빙글빙글 계속 돌려가면서 직화로 굽다가 중간 중간 나무열매에서 짠 기름을 발라 다시 굽는 것을 반복하는, 손이 많이 가는 일품요리다.

알맞게 잘 구워졌으면 새끼돼지 입에 허브를 끼워 넣은 뒤 큼지막한 접시에 잘 얹는다. 새끼돼지의 오른쪽 귀를 칼로 잘라놓은 것은 행운이 깃들기를 비는 주문이다.

보통은 대여섯 사람이 뭔가 축하를 할 일이 있을 때 주문하는 것으로, 로렌스가 통구이를 갖다 달라고 하자 일단은 주문을 받으러 온 여종업원이 놀랐고, 다 구워진 통구이가 나왔을 때는 술집 안의 남자들이 "우와―."하며 감탄과 선망, 질투가 뒤섞인 탄성을 올렸다.

그리고 통구이에 제일 먼저 덤벼든 것이 호로인 것을 보고는 "아…."하는 동정 어린 한숨소리 같은 것도 들려왔다.

아름다운 아가씨를 데리고 다니면 적의가 담긴 시선을 보내오는 경우도 적지 않지만, 그 아가씨가 돈이 억수로 드는 존재라는 것을 알고 나면 다들 기분이 후련해지는 모양이다.

로렌스는 호로가 고기를 바를 줄 모른다고 해서 하는 수 없이 도와주긴 했으나, 정작 자신의 접시에는 고기를 나눠 담을 기력도 없어서 그냥 알맞게 구워진 바삭바삭한 껍데기만 잘라 먹었다. 나무열매 기름의 향이 진해서 맛있었는데, 그마저 오독오독 씹는 맛이 뛰어난 왼쪽 귀는 호로에게 빼앗겼다. 고기에 어울리는 것은 역시 맥주보다는 포도주. 그쪽의 소비량도 만만치 않았다.

호로는 말 그대로 게걸스럽게 달라붙어, 후드 틈새로 아름다운 황갈색 머리카락이 흘러내려 새끼돼지 기름이 묻는데도 전혀 신경 쓰지 않는다. 저런 모습은 영락없는 늑대의 식사다.

결국 오랜 시간도 걸리지 않아 새끼돼지 한 마리를 게 눈 감추듯 먹어치웠다.

호로가 마지막 하나 남은 갈비뼈를 빨고 나자, 가게 안에서 박수가 터져 나왔다.

하지만 호로는 그런 떠들썩한 반응에는 일절 아랑곳하지 않고 손가락에 묻은 기름을 핥으며 포도주를 마신 뒤 성대하게 끄윽 트림까지 한다. 묘하게 관록 있어 보이는 그 모습에 가게 안의 술꾼

들은 감탄의 한숨을 지었다.

그런 것에는 여전히 무관심한 채 호로는 비참한 모습으로 변한 새끼돼지를 사이에 두고 그제야 비로소 로렌스와 눈을 맞추면서 로렌스에게만 보이게 살짝 웃었다.

배불리 먹은 것인지, 새끼돼지를 홀랑 다 먹어치우고 나니까 사냥할 생각은 없는가 보다.

아니, 다음에 배가 고플 때를 대비한 비상식량인지도 모른다.

머리에 쥐가 날 듯한 음식 값도 저런 웃음 하나로 아무럼 어떠랴 싶어지니, 호로의 송곳니에서 벗어날 궁리를 하는 것은 포기했다. 모쪼록 비상식량으로 묻어 놓은 채 까맣게 잊어버리지 않기만을 바랄 뿐이다.

그리고 한동안 휴식을 취한 뒤 열흘은 충분히 먹고 살 정도의 돈을 지불한 뒤 술집에서 나왔다.

모피 유통이 많은 탓에 동물기름을 구하기가 쉬운지, 돌아가는 밤길을 부옇게 밝히는 램프의 수가 다른 도시보다 많은 것 같았다.

낮과는 달리 다들 얼굴을 맞대다시피 하여 소곤거리며 부옇게 흔들리는 등불이 꺼지지 않도록 조용히 걷는다.

호로는 새끼돼지를 먹은 것이 어지간히 만족스러웠는지 꿈을 꾸며 웃는 듯한 얼굴로 천천히 길을 걷고 있었다.

물론, 길을 잃으면 안 된다며 로렌스의 손을 잡고서.

"……."

"응?"

호로가 무슨 말을 한 것 같아 로렌스가 되묻자 호로는 가만히 머리를 저었다.

"좋은 밤이네— 라고 했어."

멍하니 지면을 바라보며 호로는 말했다. 로렌스도 물론 그 말에 찬성이다.

"하지만 이런 밤만 계속되면… 엉망이 될 것 같다."

이런 식으로 일주일이 지나면 지갑 속은 텅 비고, 머릿속도 물컹하게 녹아 버릴 것이다.

호로도 동감한 듯했다.

목을 울리며 조그맣게 웃었다.

"소금물이니까."

"──?"

"달콤한, 소금물이야…."

취해 있는 것인지, 그게 아니면 뭔가 낚으려던 말이었는지 다시 물어볼까 했으나, 떠드는 것조차 멋대가리 없게 느껴지는 온화한 분위기였다. 결국 로렌스는 아무것도 묻지 않은 채 숙소로 돌아갔다.

도시에 사는 사람들은 아무리 취했어도 이리저리 계속 걷다 보면 결국 집에 도착한다 하지만 나그네인 경우는 약간 다르다. 아무리 다리가 휘청거려도 숙소까지는 열심히 간다.

호로는 여관 현관문을 열자마자 무릎 아래쪽이 사라진 모양이었다.

아니지, 하고 로렌스는 생각했다.

이건 자는 척하는 것이리라.

"이런, 다른 여관 같으면 주인장이 얼굴을 찌푸렸을걸?"

로렌스와 호로가 여관으로 들어서자 아롤드와 함께 불을 쬐고 있던 에이브가 여전히 두건으로 얼굴을 감춘 채 잠긴 목소리로 즐거운 듯이 한마디 던졌다.

　"첫날이야 그렇겠지요. 매일 밤 이러면 비웃을 겁니다."

　"헤에, 잘 마시나 봐?"

　"그거야말로 보시다시피."

　에이브는 소리 없이 웃고는 술을 마셨다.

　로렌스가 호로를 껴안다시피 하며 두 사람의 옆을 지나려는 순간, 의자에 앉아 내내 눈을 감은 채 자는 듯하고 있던 아롤드가 문득 입을 열었다.

　"북쪽에서 온 모피상이었던가? 얘기해 두었네. 역시 올해는 눈이 적어서 북쪽으로 가기에는 딱 좋다더군."

　"신경 써 주셔서 감사합니다."

　"자세히 듣고 싶으면… 이름을 묻는 것을 또 깜박했군."

　"코르카 쿠스."

　에이브가 보충하자 아롤드는 "그런 이름이었던가."하며 중얼거린다.

　이렇게 느긋한 공기 또한 한없이 머물고 싶어지는 분위기다.

　"쿠스인지 뭔지 하는 사람은 4층에 묵고 있네. 밤에는 대개 한가하다고 했으니 자세히 묻고 싶으면 한번 찾아가 봐."

　만사가 순조롭다.

　하지만 호로가 재촉하듯이 로렌스의 옷자락을 잡은 손에 힘을 주었기 때문에 아롤드에게 감사의 표시를 하고 가볍게 인사를 한 뒤 계단을 올라갔다. 자리를 떠날 때 에이브가 바로 내려오라는 듯이 컵을 치켜드는 것이 보였다.

한 걸음 한 걸음 계단을 올라가 마침내 방에 도착해 문을 연다.

이런 식으로 호로를 안고 방으로 들어온 것이 몇 번째인가.

호로와 만나기 전에는 아무리 심하게 취하고, 아무리 즐거운 일이 있었어도 홀로 숙소로 돌아오고 나면 취기도, 들뜬 기분도 단숨에 날아가 버릴 것 같은 두려움이 있었다.

그럼 지금은 전혀 두렵지 않은가 하면— 그렇지는 않다.

이제는 그 대신, 앞으로 몇 번이나 이런 일을 더 할 수 있을 것인가 하는 두려움이 있었다.

생각해 봐야 소용없는 줄은 알면서도 앞으로도 쭉 함께 여행을 하자고 말하고 싶은 마음이 없는 것은 아니다. 쭉 함께 있을 수만 있다면, 형태야 어찌 됐건 그것이 가장 바람직하다는 생각이 현재로서는 든다.

로렌스는 그런 생각에 쓴웃음을 지으며 침대의 모포를 벗기고 호로를 일단 앉혔다. 연기가 아니라 정말로 졸고 있다는 것도 알 수 있게 되었다.

케이프를 풀고 로브를 벗기고, 겹겹이 껴입은 상의와 신발을 차례로 벗겨낸 뒤 허리띠도 풀어 준다. 서글프리만큼 익숙한 동작으로 호로의 몸을 편안하게 해준 뒤에 그대로 침대에 눕혀 주었다.

이대로 덮쳐도 전혀 모를 만큼 푹 잠들어 있었다.

"……."

술기운 탓인지 그런 생각이 불쑥 고개를 쳐들었다. 그러나 평소 호로의 유들유들함이 떠오르자, 혹시나가 아니라 정말로 끝까지 눈치 채지 않을 것 같다는 생각이 든다.

그토록 공허한 일이 또 있으랴.

그런 생각이 들자 거품이 터지는 것보다도 더 빨리 시들고 말았다.

"얄미운 녀석."

로렌스는 생각은 자신이 제멋대로 해놓고 마치 호로의 탓인 양 그렇게 중얼거리며 웃다가 순간 놀라서 몸을 약간 뒤로 뺐다.

호로가 눈을 뜨더니 천천히 이쪽으로 초점을 맞췄던 것이다.

"왜?"

이상하게도 당황스럽지 않은 것은 혹시 어디 아픈가 하는 생각이 이내 머릿속에 떠올랐기 때문이다.

그러나 아무래도 그런 것은 아닌 듯싶다.

호로는 모포 밑에서 천천히 손을 내밀었다.

얼결에 잡고 말 만큼 연약해 보였다.

"…워."

"뭐?"

"무서워."

그러면서 호로는 눈을 감는다.

나쁜 꿈에서 덜 깨었던 것이었나 싶었다. 잠시 후 다시금 눈을 떴을 때 호로의 얼굴에 약간 부끄러운 기색이 남아 있었기 때문이다.

자신도 모르게 말이 입에서 튀어나온 느낌이었다.

"너한테 무서운 게 다 있어?"

그래서 한층 밝게 대꾸해 주었더니, 한순간 고맙다는 듯이 웃은 것 같았다.

"현재로서는 모든 것이 순조롭잖아? 책은 손에 넣었고 아무 사건에도 휘말리지 않았고. 북쪽으로 가는 길도 올해는 양호한 모양이야. 그리고—."

잡고 있는 호로의 손을 잠깐 들었다가 다시 내려놓는다.

"아직 싸우지도 않았고."

이건 효과가 있었던가 보다.

호로는 웃더니 다시금 눈을 감고 조그맣게 한숨을 쉬었다.

"멍청이…."

그런 뒤 손을 놓고 모포 속으로 파고들어가 버렸다.

호로가 무서워하는 것은 정해져 있다.

그것은 외로움이다.

여행이 끝나는 것이 무서운 것일까. 그건 로렌스도 무섭다. 만약 그런 거라면 너무 순조로운 여행도 되레 무섭게 느껴질 수 있다.

하지만 그런 것치고는 호로의 모습이 영 석연치 않았다.

호로는 오래도록 눈을 뜨지 않았다. 그대로 잠이 든 건가 하는 생각이 든 것과, 호로가 뭔가를 기다리듯이 늑대의 귀를 쫑긋거리며 턱을 살짝 쳐든 것은 동시의 일이었다.

"…내가 무서운 건…."

호로는 그러면서 만족스러운 듯이 목을 움츠렸다.

로렌스의 손이 뭔가에 이끌리기라도 한 것처럼 호로의 머리를 쓰다듬고 있었던 것이다.

"내가 무서운 건, 바로 이런 거."

"뭐?"

"모르겠어?"

호로는 눈을 뜬 뒤 로렌스를 쳐다보았다.

나무라는 것도, 화를 내는 것도, 어이없어 하는 것도 아닌— 어딘지 모르게 겁을 먹은 듯한 느낌이었다.

정말로 무서워하고 있는 것인지도 모른다.

하지만 역시 로렌스로서는 무엇이 무서운 것인지 알 수가 없었다.

"모르겠어. 혹시… 여행이 끝날까 봐서?"

약간 용기가 필요했지만 로렌스가 그렇게 묻자, 호로는 어찌된 영문인지 안심한 것처럼 표정을 풀었다.

"그것도 물론… 무서워. 오랜만에, 정말로 오랜만에 보내는 즐거운 시간이니까…. 하지만 그것보다 더 무서운 게 있어…."

호로의 존재가 한순간 멀어졌다.

"모르겠으면 됐어. 아니."

그러면서 다시금 모포 속에서 손을 내미는가 싶더니 자신의 머리 위에 있는 로렌스의 손을 잡았다가 놓았다.

"당신까지 그것에 눈을 뜨면 조금 곤란할지도 몰라."

그런 뒤 키득대며 웃고는 모포 속으로 손과 함께 얼굴을 묻어버렸다.

이상하게도 거절당한 느낌은 들지 않았다.

굳이 따지자면 그 반대다.

역시 잠이 오는지 호로는 모포 속에서 둥글게 몸을 말아간다.

그러다 문득 뭔가를 떠올린 듯이 다시금 모포 밖으로 얼굴을 내밀었다.

"밑에 내려가는 건 상관없지만, 내가 질투하지 않을 정도로만
해."

에이브의 몸짓을 본 것인지, 아니면 그냥 한 번 떠보는 것인지.

양쪽 다 정답이므로 로렌스는 호로의 머리를 가볍게 쥐어박은
뒤 대답했다.

"나는 독점욕과 자기혐오에 빠져 있는 아가씨가 취향인 것 같
아."

호로는 송곳니를 내보이며 웃었다.

"먼저 잘래."

그러면서 모포 속으로 파고들었다.

호로가 무엇을 무서워하고 있는 것인지 모르겠다.

하지만 가능하면 그것을 없애 주고 싶다는 생각이 들었다.

호로의 머리를 쓰다듬던 감각이 아직 남아 있는 손바닥을 들여
다보다가, 그런 감각이 사라지는 것을 막으려는 듯이 가볍게 쥔
다.

가능하면 이대로 계속 곁에 있고 싶었으나, 에이브에게 리골로
를 소개해 준 인사를 해야 한다.

경우에 따라서는 내일 당장이라도 이곳을 떠날 수 있는 상인이
기도 하고, 감사의 인사를 하는 것보다 같이 다니는 여자와 노닥
거리는 것을 더 중요시하는 남자로 여겨지는 것도 매우 바람직하
지 못하다.

호로가 깨어 있으면 또 쉽사리 걸려들 것 같은 기분이었으나,
이것만큼은 어쩔 도리가 없다.

로렌스도 인생의 절반 가까운 세월을 상인으로서 살아왔으니

까.

"그럼 시키는 대로 내려갔다 올게."

그럼에도 나직하게 그렇게 중얼거린 것은 그냥 변명 삼아.

술집 아가씨에게 했던, 지갑 끈은 안 잡혔으나 고삐는 저쪽에서 단단히 쥐고 있다는 얘기는 정말 맞는 말인 것 같다. 분하긴 해도 그런 점은 호로의 입장에서 보면 일목요연한 것이리라.

"……."

역시 로렌스가 무서운 것은 여행이 끝나는 일뿐이다.

호로는 무엇을 무서워하고 있는 것일까.

로렌스는 소년처럼 머리를 갸웃댔다.


2층에서는 세 명 정도의 손님이 조용히 술을 마시고 있는 것이 보였다. 한 사람은 상인인 듯하고, 나머지 두 사람은 편력직인(遍歷職人)인 것 같았다. 세 명 다 상인이라면 저 정도로 조용히 술을 마실 리가 없을 테니, 아마도 예상은 빗나갈 리 없으리라.

1층으로 내려가자 좀 전과 변함없이 아롤드와 에이브가 있었다.

시간이 멈춘 게 아닌지 착각이 일어날 만큼 똑같은 자세로, 둘 다 잠자코 다른 쪽을 바라보고 있었다.

"마녀가 재채기라도 했습니까?"

그러면 시간이 멈춘다고 하는 미신의 일종이다.

아롤드는 묻힐 듯한 눈꺼풀 밑으로 슬쩍 시선을 돌렸을 뿐.

에이브가 웃어 주지 않았더라면 자신이 실언을 했나 싶었으리라.

"나는 상인이지만 영감님은 상인이 아니니까. 이야기가 활기를 못 띠지."

의자의 상태가 영 신통치 않았는지 에이브는 빈 나무상자를 가리켰다.

"덕분에 리골로 씨와 무사히 만났습니다. 음울한 얼굴을 한 분이더군요."

로렌스가 자리에 앉자 금지옥엽 사랑하는 딸내미가 왔다 해도 마중을 나가지 않을 듯한 아롤드가 데운 포도주를 따른 컵을 건네 주었다.

"하하, 그렇지? 그렇게 음침한 남자도 또 없을 거야."

"그 특기는 부러웠습니다만."

에이브는 '봤느냐?'는 듯이 즐거운 표정을 지었다.

"당신, 리골로의 마음에 들었군. 그 친구와 편을 먹고 장사를 하면 대부분의 상인들은 알몸이나 진배없을 것 같지 않아?"

"유감스럽게도 그럴 마음은 없나 보더군요."

그런 사람을 '욕심이 없는 인간'이라고 하는지도 모르겠다.

"리골로는 인생의 즐거움이 그 추레한 집 안에 완성돼 있거든. 정원을 봤지?"

"참 멋지더군요. 그렇게 큰 유리창은 흔히 볼 수 있는 게 아니지요."

일부러 상인다운 답을 내놓으니 에이브는 약간 숙이고 있던 얼굴을 들어 입가의 미소를 내보이듯이 웃었다.

"난 도저히 못 참겠던데. 돌아 버릴 것만 같아."

그 정도까지는 아니지만 로렌스도 이해가 가지 않는 것은 아니었다.

상인이 돈벌이를 생각하는 것은 숨을 쉬는 것이나 거의 다름없는 행위다.

"그런데, 회의 이야기는 들었나?"

에이브가 두건 끝에 살짝 가려 있던 눈을 내보인다. 아롤드는 노골적으로 언짢은 시선을 에이브에게 던지고는 얼굴을 외면했다.

로렌스는 대화를 즐기는 웃음을 얼굴을 딱 내붙인 채, 그 밑으로 상인의 얼굴을 준비했다.

리골로를 만나게 해준 것은 처음부터 이것이 목적이었을지도 모른다는 생각도 든다.

"회의에서는 결론이 났다고 합니다."

물론 에이브의 입장에서 보면 그것이 정말로 리골로가 한 말인지 어떤지 진위는 반반일 것이다.

하지만 그것도 사전정보가 없을 때의 얘기다. 사전에 손에 넣은 정보와 대조하면 윤곽이 잡히는 바가 많을 것이 틀림없다.

"내용은?"

"유감스럽게도 거기까지는."

모래시계에서 모래가 떨어지기를 가만히 기다리는 어린애처럼 에이브는 두건 밑으로 로렌스를 빤히 바라보았으나, 이윽고 더 기다려 봐야 얻을 게 없다는 것을 깨달은 모양이었다.

얼굴을 돌리더니 술을 입으로 가져갔다.

공수(攻守)를 전환한다.

"에이브 씨는 들으셨습니까?"

"내가? 하하, 나는 그 친구에게 경계를 당하고 있거든. 그렇군. 진위는 별개라 해도 리골로의 입에서 그 말이 나왔다는 것은…."

만약 정말로 결론이 나왔다면 가만있지 못하고 떠들어대는 놈들이 그밖에도 또 있을 테고, 떠들어댄다 해도 외지상인에게는 이득이 되지 않을 결론이라면 곤란할 사람은 아무도 없다.

원래 공적인 회의라는 것은 내용이 새어나가는 것을 전제로 소집되는 법이다.

"다만 마음에 걸리는 것은."

"응?"

에이브가 다리를 바꿔 꼬며 얼굴을 이쪽으로 돌렸다.

"에이브 씨가 어떤 목적으로 이 이야기를 쫓고 있는 것인가 하는 점입니다."

아롤드가 웃은 것 같은 느낌이 들었다.

상인들끼리 나누는 대화 속에서는 이해득실의 화살 방향이 어디로 쏠릴지가 불투명하다.

"단도직입적이로군. 자잘한 장사만 해온 게 아니라서 그런 건지, 아니면 제대로 된 교섭을 해본 적이 없는 건지."

여자라고는 생각되지 않을 만큼 배짱이 두둑한 목소리.

아니, 여자 상인이라서 더 배짱이 두둑한지도 모른다.

"나도 다른 사람들과 똑같아. 어떻게든 여기서 한몫을 잡을 순 없을까 온통 그 생각뿐이지. 그것 말고 또 뭐가 있겠어?"

"큰 손실을 피하는 것."

교회도시 뤼빈하이겐에서의 일을 떠올린다.

머리로는 이해해도 직접 경험해 보지 않으면 이런 발상은 떠오르지 않는다.

"사람은 눈이 두 개 있지만 동시에 두 가지를 보기는 힘들지. 물론, 큰 손실을 피한다는 것은 어떤 의미에서는 옳은 말이야."

"그러시다면?"

로렌스가 묻자 에이브는 가볍게 머리를 긁었다.

아롤드가 그것을 보자 수염 속으로 웃는다. 두 사람은 마음이 잘 맞는 단짝인 것 같다.

"나는 석상을 취급하는데."

"성모상 같은?"

리골로의 집에 있던 석상이 순간적으로 떠올랐다.

"아아, 리골로의 집에 있던 것을 봤나? 그걸 서쪽 바닷가에 있는 케르베라는 항구도시, 아나? 그곳을 경유해서 이곳 교회에 파는 그런 장사를 하고 있었지. 돌을 가져와 팔기만 하는 장사라 별로 크게 남는 것은 없지만, 교회가 거기에 축성을 한 순간 고가에 팔리거든. 이 근방은 이교도의 세력이 더 강해. 매년 대원정도 있는 덕분에 고맙게도 석상을 사는 사람들이 굉장히 많았지."

교회의 연금술. 크멜슨에서 사람들의 관심과 열광적인 반응으로 황철석 가격이 치솟았던 것처럼 신앙은 쉽사리 돈으로 바뀐다.

한몫 끼고 싶을 정도다.

"유감스럽게도 나는 그 이윤의 혜택은 못 보지만, 대신에 꽤 많은 양을 거래했었지. 그러던 것이 올해는 대원정이 중단되는 바람에 완전히 날아갔어. 교회만큼 잽싸게 손바닥을 뒤집는 데도 없다는 것을 뼈저리게 실감하게 됐고."

육중하면서도 부피가 큰 석상을 재고로 껴안고 있는 것만큼 비극적인 일도 또 없으리라.

수송비가 드는 데다 팔 수 있는 곳은 제한되어 있다. 신용을 이용해 거래액을 늘려나갔다면 단숨에 숨통이 끊어지고 말 것이다.

에이브만한 상인이 위험을 한 곳에 집중시켰을 것 같지는 않으니 당장에 파산을 할 리는 없겠으나, 막대한 손해를 입었을 것은 확실할 터.

홧김에 투기로 눈을 돌리게 된 것도 충분히 있을 수 있는 일이다.

"요즘은 남쪽에서도 교회의 권위가 실추되기 시작한 모양이라, 나도 가라앉는 진흙선에 짐을 맡기는 건 이제 슬슬 그만두어야겠다 싶은 거지. 그런 점에서 마지막으로 한몫 잡아 자리를 좀 바꿔 볼까 하고."

그 얘기는, 한몫 잡지 못하면 자리도 바꾸지 못한다는 뜻일 수도 있다.

"그러니까 모처럼 한몫 잡게 되면 남쪽으로 가 볼까 하는 얘기를 하고 있던 참이야."

누구와? 라는 것은 굳이 물을 것도 없다.

옆에 있는 아롤드가 중얼거렸다.

"순례여행을 떠나기에는 딱 좋을 때일지도 모르지."

그것은 거의 뼈를 묻을 장소를 찾아 가는 것이나 마찬가지리라.

로렌스가 이 여관에 묵을 때마다 들었던 그 소리가 별안간 현실성을 띠는 것 같다.

"그래서 말인데."

그렇게 운을 떼며 에이브는 로렌스의 시선을 당겼다.

"당신, 나한테 돈 좀 빌려주지 않겠어?"

뜬금없는 한마디.

하지만 별로 놀라지 않은 것은 어느 정도 예감 같은 것이 있었기 때문인지도 모르겠다.

"나는 회의 내용에 대해 정확도가 높은 정보를 갖고 있지. 물밑교섭도 가능해. 남은 건 돈만 있으면 돼."

두 눈을 내보이며 로렌스를 똑바로 쳐다본다. 굳이 말하자면 노려보는 것에 가까웠으나, 일종의 연기라는 것을 로렌스는 안다.

"출자의 내용을 살펴보고 위험과 이익이 균형이 맞을 것 같으면 기꺼이."

"모피 매매. 이익은 대충 출자한 금액의 두 배."

그 말만 듣고 "좋소. 합시다."하는 상인이 있다면 한번 보고 싶다. 물론 에이브도 그 점은 아는 모양이다.

목소리를 낮추고, 더 이상은 연기를 하지 않겠다는 듯이 침착한 표정을 지었다.

"50인 회의는 조건부로 외지상인들에게 모피를 팔기로 결정했다."

"정보의 출처는?"

물어봐야 소용없으리라. 술집에서 여자의 나이를 묻는 것과 같은 것이다.

그래도 에이브가 어떤 대답을 하느냐는 중요한 정보가 된다.

"교회."

"손바닥을 뒤집었는데도?"

로렌스가 되받아치자 에이브는 어깨를 으쓱하며 웃었다.

"설령 싸우고 헤어졌더라도 내부에 협력자를 남겨 두는 것이 정석이지."

물론 신용할 수는 없지만 거짓말을 하고 있는 것처럼도 보이지 않는다. 리골로에게서 들었다는 뻔한 대답보다는 어느 정도 신용할 수 있을 것 같았다.

"내용은?"

"외지상인은 모피를 구입할 때 현금으로 구입하는 것만 인정하기로 한다."

레노스의 모피 유통을 독점 당하느냐 마느냐의 갈림길에서 그런 결단을 내렸는가 싶었는데, 그 결정안의 영리함에 로렌스는 자기도 모르게 말이 튀어나왔다.

"팔지 않는다고는 하지 않는다. 그렇다고 멀리서 온 상인들이 짤랑짤랑 현금을 지고 왔을 리는 없지."

"그렇지. 하지만 그 사람들도 빈손으로 돌아갈 수는 없을 테니 어떻게든 있는 돈 없는 돈 다 긁어서 모피를 사 가겠지."

그렇다면 현금만 있으면 레노스의 질 좋은 모피를 매입해 다른 곳으로 가져가는 게 가능하다.

단, 마음에 걸리는 점이 있었다.

그런 얘기를 로렌스에게 떠들면, 로렌스가 에이브를 빼놓고 혼자서 거래를 할지도 모르는 것이다.

"그런 이야기를 제게 해도 되겠습니까?"

"당신이 푼돈 정도나 벌 생각이라면 혼자 거래를 해도 상관없어."

두건에 가려 에이브의 표정이 읽히지 않는다.

이것은 로렌스를 얕잡아보고 있는 것인지, 아니면 혼자서는 거래를 할 수 없는 무슨 이유가 있는 것인지.

섣부른 태도와 말은 삼가야 한다고 판단한 로렌스는 에이브의 대답을 기다렸다.

"사실 당신이 갖고 있는 현금이라 해봐야 얼마 되지 않지?"

"부정하지는 않겠습니다."

"그렇다면 천재일우의 기회를 놓칠 수는 없겠지. 당신은 리골로의 존재조차 몰랐어. 이곳에 돈을 빌려줄 만한 지인도 없지?"

그 말은 지극히 옳다.

하지만 로렌스는 아주 약간 등줄기가 서늘한 것을 느꼈다.

어쩌면 에이브는 처음부터 로렌스를 출자자로 보고 접근해 왔을 수도 있다. 그렇게 되면 정보와 사고의 양에서 압도적인 차이가 나게 된다.

로렌스는 에이브에 대해서 전혀 아는 바가 없다.

"하지만 일단 다른 곳으로 물러나서 그곳에서 현금을 준비하는 것도 가능합니다. 애초에 그럴 목적으로 제게 출자 이야기를 꺼내신 게 아닙니까?"

로렌스가 현금을 별로 갖고 있지 않을뿐더러 이곳에서 돈을 빌릴 만한 데가 없다면 그 방법 외에는 없다.

그러나 에이브는 그 말에 머리를 가로저었다.

"물론 당신과 일행의 행동거지며 숙박비를 호탕하게 지불하는 점 등을 고려할 때, 전력을 다하면 트레니 은화 1천 냥은 모을 수 있겠지. 하지만 그러는 사이에 모피는 모두 매점되고 말 거야."

뒷면의 뒷면은 앞면.

에이브의 술수에 빠져들지 않도록 주의하면 할수록 다리가 얽혀드는 것만 같다.

원래 회의에서 결정한 사항은 모피의 매점을 막기 위한 것이 아니었던가.

그리고 언뜻 생각할 때는 현금 거래만 허용한다는 것이 묘안으로 여겨졌다.

"당신, 이 도시 바깥에 있는 상인들이 각자의 판단 하에 모여 있다고 생각하는 건 아니겠지?"

"어느 부자가 더 큰 돈벌이를 위해 조종을 하고 있겠지요."

"그렇지. 이건 상전(商戰)이야."

"상… 전."

로렌스는 처음 듣는 말이었으나, 상인의 입장에서 그것은 뭔가 엄청나게 전율스러운 말이었다.

"바다 쪽은 잘 모르나? 항구도시에서는 상인들이 술과 함께 입만 벌렸다 하면 바로 이 소리가 튀어나올 정도로 유행하는 말인데. 아무튼 그런 상전인 거야. 당연한 얘기지만 이런 일이 어느 날 갑자기 일어날 리가 없지. 산도적도 아니고 하니. 공격하는 측은 진작 물밑교섭에 들어간 상태지."

그럴 만도 하다. 매입할 상품을 꼼꼼히 조사하지 않는 상인이 어디 있겠는가.

"아마도 성 밖에 모여 있는 상인들은 회의의 결론을 몇 가지로 예측하여 대책을 세워 놓고 있을 거야. 예를 들어 이 도시 내에 돈을 갖고 있는 인물이 얼마만큼 있는지 아나?"

그걸 알 리가 없다. 하지만 로렌스도 상인이다.

도시의 규모에 비추어 어림짐작으로 산출해 본다.

"상회의 간판이 걸려 있는 곳이… 크고 작은 상회를 포함해 스무 곳 남짓. 특정 상품만 취급하는 곳이 2백에서 3백 여 곳. 그리고 부유한 직인들도 그 정도쯤."

"대충 그 정도겠지. 그 중 몇 사람이 시의 이익보다 자신의 이익을 우선시할 것이냐가 관건인데."

이 질문에는 대답할 수가 없다.

그것은 로렌스가 이곳의 사정을 잘 몰라서가 아니라, 사람이란 늘 사리사욕을 감춘 채 욕심을 채우려 들기 때문이다.

"나름대로 규모가 있는 상회가 하나라도 배신을 하면 그것만으로도 모피는 은밀히 빼돌려질 거야. 다른 도시에 지점을 차릴 수 있게 해주는 조건이라도 내걸면 바로 눈이 어두워질걸?"

상인이라는 패거리는 여러 모로 무리를 짓고 싶어 하기 때문에 오랜 세월 장사를 해온 곳을 대뜸 배신할 리도 없지만, 그렇다고 이익을 눈앞에 두고도 영원히 의리나 지키고 있을 인간들도 아니다.

"물론 규모가 큰 상회가 배신할 리는 없겠지. 지금쯤 장부 조사가 끝나 보유한 화폐량이 완전히 파악됐을 테니까. 외지상인에게 은밀히 돈을 건넸다가는 꼬리가 밟혀."

로렌스도 이내 납득이 되었다.

"장부에 기재되어 있지 않은 뒷돈이 있었다 해도 회의의 결론에 한 줄만 더히면 그만이야. 현금은 출처를 확인하기로 한다— 라고."

레노스에 들어왔을 때 나눠준 '외지상인 증명패' 라는 나무패의 당초 목적은 외지상인이 의외의 곳에서 꼼수를 부리지 못하도록 경계하기 위한 것이었을 텐데, 그것이 효력을 발휘하게 된다.

그러고 보니 묘하게 신체검사가 꼼꼼했던 것이 생각났다. 바깥에서 들어온 상인이 대량의 현금을 갖고 있지 않은 것을 확인하는 절차였던가 보다.

그 시점에서 이미 회의의 결론이 나 있었던 것이리라.

"하지만 상회 외에도 돈을 갖고 있는 놈들은 무수히 많아. 특히 모피를 가공하는 직인장들, 가공에 필요한 물자를 매매하는 패들 중에는 이곳의 모피산업은 이제 끝났다고 비관적으로 보는 놈들도 있겠지. 그런 놈들이 새로운 생활을 시작하기 위한 자금을 확보하기 위해 이 도시의 모피산업을 위협하는 원흉들에게 꼬리를 흔드는 것도 충분히 생각할 수 있어. 50인 회의의 결론은 확실히 최선의 선택이긴 하지만, 그런 방법으로 매점을 막을 수 있을지는 다소 걱정이 되는 놈들이 적지 않을 거야. 한마디만 더 하지."

에이브는 싸늘한 목소리로 말했다.

"이 도시의 모피는 눈 깜짝할 새에 매점될 거야."

그 틈에 자신들도 모피를 매입하려는 것이리라.

이쪽이 레노스의 모피 독점을 꾀하고 있는 상인집단들보다 나은 점이 있다면, 이쪽은 도시 안에 저쪽은 도시 바깥에 있다는 것이다.

저들은 자신들이 도시 안에 있어서 암약을 하면 회의의 결론이 한없이 나지 않을 뿐더러, 과잉방어행동을 취할 것이라는 점을 알고 있으니까 바깥에서 야영을 하고 있는 것이리라.

그렇다면 회의의 결론이 났다는 정보를 입수하더라도 당장 도시 내로 들어오지는 않을 터. 일단은 50인 회의가 결론을 공포하여 뒤집을 수 없게 될 때를 기다릴 것이다.

로렌스 일행이 모피를 매입할 수 있는 가능성이 없으란 법도 없다.

"제가 다른 곳에서 느긋하게 돈을 모아올 틈이 없다는 말씀은 이해가 됐습니다. 하지만 그렇다면 지금의 저로서는 거액의 현금 같은 것은 준비할 수가 없는데요? 아시다시피 이곳에 아는 사람도 없으니까요."

이 점이 가장 알 수 없는 부분이다.

에이브는 무엇을 획책하고 있는 것인가.

두건 밑으로 푸른 눈이 엿보였다.

"큰 재산이 있잖아?"

로렌스는 당장 자신이 갖고 있는 것을 되짚어 본다.

하지만 어느 것 하나 큰 재산이라 부를 만한 것은 아니다.

무엇보다 에이브가 그렇게 파악하고 있다는 것은 곁에서 봐서 이내 알 수 있다는 얘기다.

그렇다면 짐마차 정도밖에 없는데.

로렌스는 그렇게 생각한 직후, '설마?' 하고 에이브를 쳐다보았다.

"맞아. 아리따운 일행이 있잖아?"

"…말도 안 돼."

그것은 거짓 없는 본심.

다만, 호로를 파는 짓을 어떻게 하느냐는 의미가 아니라, 호로를 팔아 봐야 돈이 되겠느냐는 뜻에서다.

호로는 확실히 열에 열 사람이 모두 돌아볼 만한 용모이긴 하지만, 그것이 당장 은화 1천 냥으로 바뀌리라는 생각은 도저히 들지 않는다. 만약 그렇다면 아름다운 아가씨들은 죄다 유괴당하고 말리라.

혹시 호로가 사람이 아닌 것을 꿰뚫어 봤나? 하는 생각도 들었으나, 그렇다고 해도 상황은 별로 달라질 것이 없을 듯싶다.

"말도 안 된다고 생각하겠지. 하지만 바로 그 점이 당신을 선택한 이유야."

그러면서 어렴풋이 짓는 웃음이 잘 이해되지 않는다.

자신감의 표현인지, 또는 자신의 계획에 취해 있는 것인지. 그게 아니면.

에이브는 두건을 벗어 아름다운 짧은 금발과 푸른 두 눈을 드러내며 이렇게 말했다.

"당신의 일행을 귀족가의 딸이라고 해서 팔면 돼."

"예?!"

"불가능할 것 같아?"

에이브는 오른쪽 송곳니를 내보이며 웃었다.

저것은 자조의 웃음이다.

"내 이름은 프룰 볼란. 정식으로는 프룰 폰 이타젠텔 볼란. 윈필 왕국의 국왕에게 충성을 서약한 볼란 가의 제11대 당주. 어엿한 작위를 가진 귀족이지."

뚱딴지같은 농담에는 웃음조차 안 나오게 되나 보다.

로렌스는 대뜸 그렇게 생각했으나, 실제로는 다른 점도 느꼈다.

상인으로서의 눈과 귀는 에이브의 얼굴과 말에 거짓이 없다고 말했던 것이다.

"당연히 먹고 살기도 곤란한 몰락한 귀족이지만, 이름 하나는 훌륭하잖아? 빵 한 조각 살 돈이 없을 만큼 궁한 나머지, 한 번은 졸부상인에게 팔려가기도 했던 몸이지."

그거야 몰락한 귀족이 걷게 되는 정석의 길일 테지만, 에이브의 자조적인 웃음의 원인은 바로 이것이다.

몰락하긴 했어도 긍지 높은 귀족이 졸부상인에게 그 이름과 몸이 팔린다.

그것이 사실이라면 어딘지 모르게 연륜 있는 상인 같은 에이브의 분위기도 이해가 될 듯하다.

"그런 여자니까 제 집안의 이름을 씌워 아가씨를 값비싸게 파는 짓쯤은 얼마든지 할 수 있지. 자, 어떤가?"

이것은 처음 발을 들여놓는 장사의 영역이다.

상인이 돈을 번 뒤 제일 먼저 하는 일은 자신의 이름에 관록을 붙이는 것이다. 큰 상회를 구축한 대부호가 원래는 쓰레기나 줍던 고아였다는 얘기도 드물지 않다. 돈만 있으면 살 수 있는 귀족가의 이름도 존재한다고 들었다. 로렌스는 말만 들었을 뿐 실제로 본 적은 없다.

눈앞의 에이브는 그런 경우에서 '팔려간 쪽'이었던 것이다.

"당신 일행은 귀족의 딸이라 해도 충분히 통해. 귀족인 내가 단언하지."

하며 웃었다.

에이브의 쉰 목소리는 자신의 몸을 저주한 나머지 쉬어 버렸는지도 모른다.

"물론 정말로 파는 것이 목적은 아니야. 아까도 말했듯이 모피를 매점하는 것을 막기 위해 현금으로만 매입을 허용하겠다는데, 상회가 외지상인에게 현금을 건네는 것은 불가능하잖아? 하지만 상회도 여러 가지가 있지. 주변이 납득할 만한 이유를 댈 수만 있다면 얼마간의 이익과 바꿔 현금을 융자해 줄 곳이 있고, 나는 그런 곳을 알거든. 귀족의 딸을 판다는 건 그러기 위한 방편이야. 상회 측도 그 점은 알고 있어. 하지만 만의 하나 우리가 하는 장사가 실패로 돌아갔을 때를 대비해 담보로서 기능할 필요가 있지. 그래서 내가 보증을 서는 것이고."

거기까지 다 계획을 짜 놓았나 싶어 로렌스는 거의 감탄하고 말았는데, 그래도 호로를 일방적으로 전당품으로 내놓는 건 너무 위험해서 할 수가 없다. 호로 자신의 신변 안전은 둘째 치고, 자칫했다가는 상인으로서 로렌스의 생명이 끝장난다.

"나는— 아니, 우리는 당신에게 소중한 일행을 공짜로 내놓으라는 게 아니야."

"우리?"

로렌스가 의문부호를 찍어 되묻자, 내내 잠자코 있는 아롤드에게 에이브가 시선을 던졌다.

"나는 순례여행을 떠날 걸세."

느닷없이 입을 연 아롤드.

그것은 로렌스가 이 여관에 묵을 때마다 들은 아롤드의 입버릇이다.

하지만 에이브는 '우리' 라고 말했다. 그것은 에이브가 아롤드와 손을 잡았다는 뜻이고, 아롤드가 순례여행을 떠난다는 것은 아롤

166

드가 에이브에게 자금과 여행의 편의를 맡긴다는 얘기다.

그리고, 순례여행은 한 번 나가면 몇 년 또는 몇 십 년 이상 돌아오지 못하는 여행이 된다. 아롤드의 나이로 그런 여행을 떠난다는 것은 이제 다시는 레노스 땅을 밟지 않겠다는 뜻.

그렇다면.

"이번이 여행을 떠나는 절호의 기회일 게야. 물론 지금까지도 여행을 떠나려고만 들면 자금을 마련할 길은 있었지. 하지만 결심이 서지 않았어…"

위가 따끔따끔할 정도의 기대감.

아롤드는 조금 피곤한 듯이 웃더니 에이브를 쳐다보았다.

아마도 에이브의 맹렬한 설득을 받았을 게 틀림없다.

그런 뒤, 주름투성이의 눈꺼풀 밑으로 푸른 눈을 이쪽으로 돌렸다.

"이 여관을, 내놓기로 하지."

로렌스는 숨을 삼켰다.

"행상인의 꿈이란 건 늘 똑같지?"

그 말을 했을 때만 에이브는 명랑한 귀족의 딸 같았다.

 제 3 막

**자**고 일어나면 흥분이 다소 진정된다.

그렇게 기대하고 모포 속으로 기어들어갔으나 에이브와 아롤드의 말은 졸음을 쫓는 술이나 다름없었다.

"받아들일지 말지는 내일 밤에."

그 말이 만취했을 때처럼 머릿속에서 수없이, 수도 없이 울려댔다.

호로를 볼란 가의 외동딸이라는 전당물로 내세워 트레니 은화 2천 냥, 가능하면 2천5백 냥을 끌어내어 그것으로 모피를 매입한 뒤 배로 롬 강을 따라 내려가 그 누구보다 빨리 팔아넘긴다.

레노스로 모이는 모피라면 관세를 빼고도 원가의 세 배에 가까운 가격으로는 팔릴 것이라 한다.

이거야말로 너구리를 잡기도 전에 가죽 값부터 따지는 격이지만, 그래도 자꾸만 계산을 하게 된다.

은화 2천 냥 어치를 매입할 수 있다고 치고, 그것이 세 배가 되면 4천 냥의 이윤이 남게 된다. 에이브는 아롤드와 합해 이윤의 8할을 요구했다. 그 외에 물밑교섭을 위해 필요한 돈과 정보료가 들어갈 테고, 아롤드가 담보로 내놓을 여관 건물은 로렌스의 몫으로 해도 된다고 했다.

건물은 고작해야 1천 5백 냥쯤일 테니, 8할은 너무 많은 것 아니냐고 항의하려다가 로렌스는 입을 다물기로 했다.

아롤드가 여관 건물에 더해, 모든 것이 무사히 잘 풀리면 경영권까지 양도할 수 있다고 했기 때문이다.

그 가치를 모를 상인은 없다.

건물만 있으면 언제라도 개업을 할 수 있다. 게다가 안정된 수입을 노릴 수 있는 여관은 기존의 여관들이 기득권을 지키기 위해 신규참여를 맹렬히 반대한다. 만약 외지인이 경영권을 돈을 주고 사려고 든다면 얼마를 내야 할지 상상할 수도 없다.

또한, 만약 레노스에서 여관을 운영하게 된다면 이곳에서 온천도시 뇨히라는 그리 멀지 않으니 거기에서 얼마 안 되는 요이츠를 찾기 위한 거점도 된다.

이러니 아무 생각 없이 냉정할 수 있다면 그것이 더 이상할 것이다.

하지만 에이브의 설명은 왠지 너무 잘 짜인 것 같다. 언뜻 생각하면 논리적으로 수립된 듯해도 어딘지 모르게 야릇한 느낌이 든다.

눈앞에 있는 이윤이 너무도 막대해서 그런 건가 하는 생각도 든다.

또는, 이 계획의 핵심이 로렌스의 자금 조달이고, 그 조달법이라는 것이 일시적이나마 호로를 내다파는 일이라서 그런 걸까.

파치오에서 호로는 로렌스를 대신하여 추격자에게 잡혔었다.

그때는 어쩔 수 없이 최선의 방편으로 호로가 스스로 제안한 것이었다.

이번에는 로렌스가 자신의 돈벌이를 위해 호로를 판다.

상인이 교회에서 멸시당하고 공격을 받는 이유가 이제야 이해될 것 같다.

로렌스는 짙은 어둠속에서 호로가 귀족으로 행동해도 문제는 없을 거라는 생각을 한다.

잠 못 이루는 밤이 영원히 계속된다.

그런 생각을 한 직후였다.

"이봐."

로렌스는 호로의 목소리에 눈을 떴다.

"…으…. 아침이야?"

언제까지나 밝지 않을 밤처럼 느껴진 것은 꿈이었던가. 로렌스가 눈을 뜨자 창밖에서 햇살이 들어오고, 도시가 이미 움직이기 시작하고 있는 것을 나타내는 떠들썩한 소리도 들려왔다.

흥분의 열기에 들떠 이런저런 생각을 하고 있었던 줄 알았는데 어느 틈에 잠이 들었던 모양이다.

침대 옆에 선 호로에게 한 번 눈길을 던진 뒤 몸을 일으키려다 밤새 진땀을 몹시 흘린 것을 알게 됐다.

홀로 독립한 뒤로 처음으로 큰 돈벌이 건수를 제안 받았을 때의 일이 떠오른다. 그때는 자면서 오줌을 쌌나 싶을 만큼 땀을 흘렸었다. 물론, 그것은 결국 사기였다.

"대체 어젯밤에 뭘 한 거야?"

어딘지 모르게 언짢은 듯하면서도 놀리지 않는 느낌인 것은 걱정을 해주고 있어서인지 모른다. 목덜미에 손을 대자 땀으로 끈적거린다. 호로가 이런 진땀을 흘리며 잤다면 로렌스도 역시 걱정이 되었으리라.

"아주… 자극적인 꿈을 꿨거든."

모포 밖으로 나온 순간 아침의 냉한 공기에 닿자 땀이 얼음처럼 차가워진다.

호로가 자신의 침대에 걸터앉아 수건을 던져 주기에 로렌스는 고맙게 받아들었다. 그리고 땀을 닦으려다가 알아차렸다.

"친절… 을 베푼 것으로 받아들여도 되는 거지?"

"내 냄새를 묻혀 둬야지."

호로에게서 받아든 수건에는 무슨 새로운 털 손질법이라도 시험했는지 온통 털이 묻어 있었다.

이런 것으로 땀을 닦았다가는 큰일이다.

"걱정했어."

"미안해."

로렌스가 걱정할 때는 어처구니없을 만큼 지독한 농담거리로 삼으면서 자신이 같은 일을 당하는 것은 참을 수가 없는 모양이었다.

"상상하기 힘들 만큼 엄청난 돈벌이 건수를 제안 받았어."

"그 여우한테?"

로렌스는 늑대라고 생각했는데 진짜 늑대인 호로에게는 여우로 보였나 보다.

"그래. 정확하게는 에이브, 그 여상인과 이 여관의 경영주인 아롤드에게서."

"흐…응."

대답이야 '아, 그래?' 하는 투였지만 무관심해서 그럴 리는 없다.

꼬리가 약간 부풀이 있었다.

"아직 말만 들었을 뿐이지 확인해 본 것은 아니고, 물론 대답도 하지 않았어. 다만…."

부풀기 시작한 꼬리를 쓰윽 쓰다듬며, 순간적으로 가늘어진 꼬리 같은 눈초리를 하고 호로는 되물었다.

"다만?"

"이익이…."

"내 기분보다?"

말을 가로막히자 로렌스는 벌리려던 입을 닫고, 재차 벌리려다가는 또 닫았다.

호로는 큰 돈벌이 앞에는 위험 또한 크다고 말하고 싶은 것이리라.

벽난로의 불에 한 번 덴 개는 다시는 벽난로에 다가가지 않는다.

거듭해서 큰 화상을 입는 것은 벽난로 속에 든 밤을 주우려는 인간뿐이다.

군밤은, 달다.

그래서 로렌스는 타오르는 불에 손을 내밀었다.

"커."

호로의 붉은 기가 감도는 호박색 눈이 서서히 가늘어져간다. 꼬리를 만지작대는 것을 멈추더니 귀가 붙은 부분을 긁적긁적 소리를 내며 긁었다. 그럼에도 로렌스는 에이브와 한 이야기를 깨끗이 포기할 수가 없다. 스승에게 처음으로 말대답을 했을 때를 떠올렸다.

"이익은 이 여관 자체— 또는 그 이상."

그것이 무엇을 뜻하는지 모를 호로가 아닐 터.

로렌스는 그런 기대감을 안고 짤막하게 말했다.

한동안 침묵이 이어진다.

그래도 견디기 힘들지 않았던 것은, 붉은 기가 도는 호박색의 눈망울이 보름달까지는 아니어도 그에 가까운 형태가 되어 갔기 때문이다.

"그건… 당신의 꿈과 가까운 거 아냐?"

"맞아."

로렌스가 의욕에 차서 대답하자, 호로는 방금 전까지의 칼날 같던 분위기는 거짓말이었던 것처럼 멍한 표정으로 왼쪽 귀를 순간 푹 꺼뜨렸다.

"그런데 왜 고민해?"

그런 말까지 했다.

"당신의 꿈은 가게를 차리는 것으로 기억하는데? 그럼 내가 끼어들 여지는 없는 거 아냐?"

그렇게 말하고는 꼬리를 끌어당기더니 털 손질을 시작하고 만다.

오히려 어딘지 모르게 어이없어 하는 것도 같다.

로렌스는 예상치 못했던 호로의 반응에 대처하지 못한 채 멍하니 서 있을 뿐이었다.

경우에 따라서는 다짜고짜 반대하는 것조차 감수할 마음이었고, 또는 그런 유혹은 위험하다고 호로가 말해 주면 에이브의 말이 사실인지 거짓인지를 간파하는 데에 의미 있는 의견이 될 것이라고 생각했다.

물론 천재일우의 좋은 기회이긴 할 테지만, 위험이 너무 클 것 같으면 그냥 흘려보내자는 생각도 했다.

돈은 또 벌면 된다.

하지만 호로와는 다시 만날 수 있는 게 아니다.

"표정이 왜 그래? 어떻게 좀 해주길 원하는 강아지처럼?"

반사적으로 턱수염을 만진 것은 왠지 정곡을 찔린 것 같아서였을 수도 있다.

"내가 반대하는 게 그렇게 좋아?"

호로의 꼬리는 짙은 갈색이지만 그것은 겉만 그렇고, 속털은 눈처럼 희다.

호로는 그것을 조물대어 흰 털 뭉치를 만들고 있었다.

"네가 반대하고, 아무래도 돌아가는 형국이 수상한 것 같으면 물러날 작정이었어."

로렌스가 그렇게까지 정직하게 말하자 호로는 기가 막힌다는 식으로 웃었다.

"그건 내 명석한 두뇌와 선견지명을 기대하고 하는 말이야?"

"일부는."

"나머지는?"

숨겨도 소용없고, 숨겨 봤자 들춰내 놀려댄다.

하지만 한 남자로서 바로 대답하기는 꺼려졌다.

"네가 싫은 표정을 지을 텐데?"

호로는 메마른 웃음소리를 올리며 "멍청이."라고 짤막하게 말했다.

"그럼 반대로 묻겠는데, 왜 갑자기 태도를 바꾼 거야? 내가 이런 일에 끼어드는 걸 그토록 싫어했으면서."

"흥."

꼬리의 솜털이 코에 들어가서 그런 건지, 아니면 로렌스의 말이 그 정도밖에 안 되는 것이었는지.

필시 후자이겠지만 그다지 언짢은 것 같진 않았다.

"당신은 정말…. 아니, 됐어. 당신이 멍청한 건 알고 있는 바니까. 보기엔 이래도 당신한테 이러쿵저러쿵 하는 게 나도 괴로워."

설마— 하는 표정이 겉으로 드러났는지 호로는 정말로 물어뜯을 듯이 험악하게 노려보았다.

"하여간…. 결국 나는 입도 머리도 나를 위해서밖에 안 써. 예를 들면 나는 당신과 설렁설렁 노닥거릴 수 있으면 그게 제일이라고 생각해. 마치 세상의 진리를 설명하듯이 당신한테 내가 충고를 하는 건 결국은 그걸 실현시키기 위해서인 거야. 그건 솔직히, 굉장히 괴로워."

손으로 조몰락거리던 새하얀 털 뭉치를 훅 불어 날린 뒤, 그제야 언짢은 표정으로 꼬리를 내려다보았다.

언짢다기보다는 좀 더 구체적으로 바보 같다는 얼굴이었다.

"당신이 얻게 될 이익과 혹시 모를 위험부담을 잘 저울질해서 균형이 맞겠다 싶으면 해보면 돼. 가게를 갖는 것은 당신의 꿈이었잖아? 난 그걸 방해하고 싶지 않아."

"방해는 무슨…."

"애초에, 내가 없었다면 당신은 거절할 생각 같은 건 처음부터 하지 않고 일단은 받아들인 후, 상대방이 속이려 드는 것 같으면 뒤를 쳐서 한몫 잡을 것을 꾀한다— 그 정도의 패기와 저돌성을 갖고 있지 않았어? 그런 건 다 어디다 두고 온 거야?"

호로에게 지적을 받자, 로렌스는 아주 오랜 옛 기억이 되살아난 듯한 기분이 들었다.

하긴, 파치오에서 은화를 둘러싼 거래에 끼어들었을 때는 그 정도의 배포가 있었다. 돈을 벌 기회를 잡고 싶은 마음이 굴뚝같아, 다소의 위험은 아무도 신용하지 않는 자세로 어떻게든 해보려 했다.

도저히 불과 몇 개월 전의 일로 여겨지지 않는다. 반년도 안 됐건만, 그런 자신은 아득한 기억 속의 존재인 것만 같다.

호로는 모포 위에서 부스럭부스럭 몸을 둥글게 웅크리더니 얼굴은 로렌스를 향한 채 꼬리를 턱 앞까지 잡아당겼다.

"인간 수컷만큼 둥지를 지키고 싶어 하는 것도 없지."

로렌스는 그 말에 "으." 하고 나직하게 신음했다.

듣고 보니 비로소 깨닫게 된다. 어느 틈엔가 자신 속에 싹튼 보수적인 요새는, 평생 자신과는 인연이 없을 줄 알았던 방어에 들어가기 위한 요새였던 것이다.

"물론 그것이 나쁘다는 건 아니고, 당신이 나를… 아니, 내 안색을 힐끔힐끔 살피는 것도 그건 그것대로 귀엽다고 생각해."

농담 같은 끝말이 오히려 호로의 기분을 뚜렷하게 한다.

물론 그것이 호로의 책략일 수도 있지만.

"나는 당신한테 어지간히 제멋대로 굴었지. 가끔은 당신이 나한테 그렇게 해봐. 그러다 당신이 날 잊어버릴 것 같으면…."

로렌스는 이내 그럴 리는 없다고 말하려 하다가 호로가 하고 싶은 말이 무엇인지를 깨닫고 말을 도로 삼켰다.

"뒤에서 확 물어뜯어줄 테니까. 안심하고 등을 내보이도록 해."

송곳니를 내보이며 웃는 호로.

호로만큼 성실한 녀석이 또 있을까. 빚을 지고 갚는 것을 늘 염

두에 두는 상인이라도 저 정도는 아닐지 모른다.

가정을 이룬 뒤 끈기가 강해지긴 했어도 결코 공격적이지 않게 된 상인들을 로렌스는 수없이 알고 있다.

자신이 평생 검소하게 살 행상인이라면 그래도 상관없다.

그러나 정말 그래도 괜찮겠는가 하고 스스로에게 물었을 때, 고개를 끄덕일 만큼 로렌스는 메말라 있지 않았다.

호로를 고향에 바래다주고 난 뒤 다시 행상으로 돌아가면 머지않은 장래에 가게를 차릴 만한 자금은 손에 넣을지도 모른다.

하지만, 여관 경영권을 포함한 건물에 비하면 그런 꿈은 서글프리만큼 보잘 것 없게 여겨진다. 여관과 경영권. 거기에다 마음대로 할 수 있는 재산이 있다면 얼마만한 일을 할 수 있을 것인지, 생각만 해도 오싹하다.

도전할 수 있다면 하고 싶다는 기분이 당연히 든다.

"하지만 제안 받은 계획에는 나 자신이 주저되는 점이 있어."

"호오?"

호로가 흥미진진한 듯이 얼굴을 든다.

로렌스는 가볍게 머리를 긁적인 뒤 배에 힘을 넣고 말했다.

"거래에 필요한 돈을 조달하기 위해 널 이용해야만 돼."

표정에 전혀 변화가 없는 것은 계속 애기해 보라는 뜻이리라.

"널 귀족의 딸이라고 해서 상회에 전당물로 넘기는 거야."

호로는 그 말을 듣자 코웃음을 쳤다.

"설마, 그게 당신이 밤새 진땀을 흘린 이유라는 건 아니겠지?"

"…화 안 내?"

"화낼 줄 알았다면 화나."

언젠가 들은 적 있는 말이다.

하지만 로렌스는 그 까닭을 알 수가 없다.

"설마 모르는 거야…?"

간단한 질문에도 대답을 못하는 상회의 애송이 녀석이 된 기분이다.

"정말 당신이란 사람은…. 난 당신의 단짝이잖아? 그게 아니면 애완용 계집이었던 거야?"

거기까지 말하자 그제야 깨닫는다.

"난 이래봬도 당찬 데가 있거든? 당신이 장사하는 데 도움이 되는 거라면 기꺼이 이 한몸을 바치지."

그것은 절대 사실이 아니겠지만, 일정한 요건만 갖춰진다면 다소 무모한 부탁이라도 승낙해 줄 정도로는 호로가 로렌스를 신뢰하고 있다는 뜻이다.

그런데도 로렌스가 그 신뢰를 알아주지 않으면 호로가 화를 내는 것은 당연하리라.

또한, 그 요건이라는 것은 다소의 무모함은 들어줄 것이라는 단짝으로서의 신뢰, 그리고 웬만해서는 궁지에 빠지지 않으리라는 현랑으로서의 신뢰.

마지막으로, 상대를 동등한 입장에서 존경하는 마음.

그것만 잊지 않으면 부탁을 받는 입장의 호로도 로렌스가 자신을 이용하려 한다고는 절대 생각지 않을 것이다.

"네 협력이 꼭 필요해."

"흥. 난 당신을 대신한 적이 이미 한 번 있었는데? 그건 당신이 나한테 잘해 준 데 대한 인사였지. 하지만 이번엔 그런 게 아니야."

인사도 아니고, 빚도 아니다.

그렇다면 무엇인가.

돈도, 은혜도 아니다.

지금까지 로렌스가 쌓아온 타인과의 관계는, 빼고 더하면 반드시 제로가 되는 관계였다. 빌려주었으면 받고, 빌렸으면 이쪽에서 갚는— 친구관계조차 신용이라는 이름으로 바꾸어 주고받았다.

호로와는 그런 것과는 다르다. 전혀 새로운 관계.

하지만 로렌스가 그것을 가리키는 가장 적절한 말을 깨달은 순간, 호로는 전부 다 말하지 말라는 듯이 얼굴을 찌푸렸다.

"달리 신경 쓰이는 건 없어?"

"물론 함정이 아닐까 하는 게 걱정이지."

호로는 "쿠후." 하며 웃었다.

"상대가 뭔가 속셈이 있는 것 같으면 뒤를 치면 된다. 그 속셈이 크면 클수록?"

로렌스가 호로와 만난 지 얼마 안 됐을 무렵, 수상한 거래를 제안해 온 신출내기 상인과 만나 본 뒤 호로에게 의기양양하게 했던 말이다.

"속셈이 크면 클수록 뒤집혔을 때 생기는 이익이 커지지."

호로가 꼬리를 쓰다듬은 뒤 고개를 끄덕였다.

"나는 현랑 호로. 내 단짝이 시시한 상인이어서야 곤란하지."

그렇고 보니 이런 말을 주고받았었지, 하며 로렌스는 피식 웃었다.

시간은 확실히 흘러가고, 사람 또한 확실히 변하는 모양이다.

그것이 좋은 것인지 나쁜 것인지는 알 수 없다.

하지만 그 변화를 공유할 수 있는 상대가 있는 것은 참으로 즐거운 일이다.

"그럼, 당신."

"으응."

그리고 로렌스의 혼에는 호로의 이름이 단단히 새겨져 있는 모양이다.

호로가 생각하고 있는 바가 너무 선명하게 이해된다.

로렌스는 웃은 뒤 이렇게 말했다.

"아침밥이지?"


일단 해야 할 일은 장애물을 치우는 것이다.

에이브라는 상인이 정말로 석상을 취급하고 있고, 그 납입처가 교회이며, 정말로 그곳과 싸워서 결별하게 됐는지를 조사해 보는 것만으로도 대충 눈에 보이게 될 것이다.

호로는 리골로에게 빌려온 책을 읽을 거라면서 여관에 남아 있을 모양이었다.

시내를 실컷 돌아다니도록 해, 하는 말에 순간 고맙다고 인사를 할 뻔했다.

하지만 인사를 하는 것은 이상하니까 "책 읽으면서 울지 마."라고만 해 두었다.

침대에 엎드려 책장을 넘기고 있던 호로는 알았다는 듯이 꼬리만 흔들며 대답. 귀가 살짝 쫑긋한 것을 보면 약간 잔소리처럼 들렸는지도 모르겠다.

하룻밤 새에 묘해진 기분이 들었으나, 아롤드에게 가볍게 인사를 한 뒤 로렌스는 밖으로 나왔다.

아침의 찬 공기도 도시의 활기와 태양의 햇살만 있으면 그다지 괴롭지 않다.

이 도시에는 아는 사람이 없는 로렌스에게 쓸 만한 정보원은 '짐승과 물고기꼬리'의 아가씨 정도인데, 이맘때쯤은 포도주업자나 푸줏간에서 납품을 할 시간이라 바쁘겠지 싶어 먼저 교회를 살펴보기로 했다.

레노스는 한정된 넓이에 길도 복잡하게 짜여 있기 때문에 로렌스는 아직 교회를 본 적이 없으나, 이 도시 내에서 교회의 입지가 나름대로 강하다는 인상은 받았다.

레노스 근방까지 오면 이교도도 더 이상은 그다지 드문 존재가 아니고, 당연한 듯이 이웃해 사는 식이다.

그렇게 되면 필연적으로 교회의 권위는 낮아지지만 반대로 정교도들의 사기는 올라간다.

괴로운 일이 생기면 그것을 신이 내리신 시련으로 여기는 이들이니 당연한 일인지도 모른다. 아롤드가 남쪽으로 순례여행을 가는 것을 꿈꾸는 것도 이곳에서는 오히려 일반적일 수 있다.

과격하고 열광적인 신도라는 것은 언제나 교회의 힘이 약한 곳에서 나온다.

그 정도 각오로 신앙을 품고 있지 않으면 이교도의 폭풍이 휘몰아치는 와중에서 쉽사리 불이 꺼져 버리기 때문일 것이다. 또는, 장작불에 풀무질을 하는 것과 같은 것이리라.

그런 점에서는 에이브가 이 마을에 석상을 수입하고 있다는 이야기에 이상한 점이 없다. 필시 수요도 있을 것이다.

그러나 마음에 걸리는 점이 없지 않았다.

오는 도중에 빵가게에서 갓 구운 호밀빵을 사면서 길을 물어 도착한 교회를 본 순간 직감적으로 든 느낌을 로렌스는 솔직히 말로 바꾸어 보았다.

"금고 같군."

교회라기보다는 온통 돌로 만들어진 신전.

모양새는 평범해도 분위기 자체가 다르다.

활짝 열려 있는 문을 지나 몇 명이나 되는 사람들이 아침 예배를 드리러 왔다.

돈 많은 교회는 입구를 보면 안다.

오래되지 않은 교회만큼 거룩함이 없는 것도 없으니, 건물 자체는 그리 쉽사리 새로 고치지 않지만 입구의 계단은 다르다.

사람들이 다녀 패이고 뒤틀린 계단을 돈 있는 교회라면 알아서 수리한다.

부자의 허영이란 그런 것이다.

그리고 지금 눈앞에 있는 교회의 입구는 사람들의 출입에 비해 깨끗한 돌로 쌓은 훌륭한 계단이었다.

레노스 교회에는 돈이 쌓여 있다는 것을 알았다.

그렇다면 지출은 어떠할까.

로렌스는 주위를 잠시 둘러본 뒤 적당한 장소를 발견했다.

교회에서 세 번째 건물 옆에 있는 안쪽으로 깊숙하게 이어지는 골목길. 거기에 있는 것은— 바깥 길에서 아주 약간 벗어났을 뿐이건만 거리의 소음이나 햇살과는 바로 인연이 끊어진 공간에서 사는 이들.

로렌스가 발을 들여놓아도 그들은 눈길조차 주지 않는다.

그들을 잠에서 깨우려면 짤막한 주문이 필요했다.

"신의 가호가 있으시길."

그렇게 말한 순간, 죽었는지 살았는지조차 분명치 않았던 얼굴에 털이 가득한 남자가 눈을 번쩍 떴다.

"어…어? 뭐야, 적선이 아니었나?"

로렌스를 머리 위에서 발끝까지 훑어보더니 아무리 봐도 교회 측 사람으로는 여겨지지 않았는지 기대 반 낙담 반으로 그런 말을 했다.

로렌스는 아직 따뜻한 호밀빵을 내밀며 영업용 웃음을 싱긋 지었다.

"적선은 아닙니다. 잠시 물어보고 싶은 것이 있어서."

빵을 보고 남자의 안색이 변한다. 사소한 일 따윈 아무래도 좋은 듯했다.

"뭐든지 물어보시게."

빨리 먹는 호로에게 익숙한 로렌스조차 깜짝 놀랄 만큼 놀라운 속도로 빵을 먹어치운 남자는 씨익 이를 내보이며 웃었다.

"교회에 관한 것입니다만."

"뭘 알고 싶은데? 주교님의 애인 수? 아니면 얼마 전 수도녀가 낳은 아이의 아비?"

"참으로 흥미진진한 이야기이긴 합니다만, 그런 건 아닙니다. 이곳 교회는 보통 어느 정도의 빵을 굽는가 해서요."

물론 교회는 빵을 굽지 않으니, 가난한 이들에게 어느 정도 빵을 나눠 주느냐는 뜻이다. 재정이 기울 만큼 적선을 하다 결국 해체에 이르는 교회나 수도원도 없지는 않으나, 대개는 주머니 상태를 봐가면서 신중하게 적선할 양을 정하기 마련이다.

그리고, 그 적선에 기대어 사는 걸인들은 자연히 교회의 부엌사정에 통달하게 된다.

"헤헤, 오랜만에 그런 질문을 받네."

"그런가요?"

"옛날에는 당신 같은 상인들이 꽤 자주 물으러 왔었지. 이 도시의 세력이 궁금한 거지? 최근에는 교회에 아첨하려는 놈들은 별로 없는 것 같아. 신께서도 선전이 부족하신 거 아냐?"

거래상담의 기술 중에 '발밑을 본다'는 것이 있다. 상대방의 약점을 파고든다기보다 상대방의 상황을 잘 파악한다는 의미로 매우 중요한 사항이다.

그런 점에서 허구한 날 땅바닥에서 뒹굴며 사람들의 발밑만 보고 있는 걸인들만큼 사람들이 서 있는 토대의 변천을 지켜보고 있는 이들도 없을 것이다.

때때로 걸인들이 도시에서 일제 소탕되는 것은 도시의 유력자들이 자신들의 뒷사정이 너무 알려질까 봐 두려워서 벌어지는 일이기도 하다.

"나는 여러 도시를 전전했는데, 여기 교회가 이 근방에서는 최고야. 빵도 그렇고, 콩도 그렇고. 양은 그다지 많지 않아도 꽤 괜찮은 것으로다 시원시원하게 뿌려 주거든. 다만…."

"다만?"

로렌스가 재차 묻자 남자는 입을 다물고 뺨을 긁었다.

걸인들 중에도 서열이 있어서 적선을 받기가 좀 더 쉬운 교회 입구 근처에 진을 친 자들은 역시 나름대로 이해력이 있다.

로렌스는 품속에서 가장 가치가 떨어지는 동화(銅貨) 두 냥을 꺼내 남자에게 건넸다.

"헤헤헤. 다만, 여기 주교님은 우리들한테 빵을 뿌려 주시는 이상으로 여기저기에 돈을 뿌리시고 있지."

"어떻게 그런 걸?"

"그거야 간단하지. 우리를 개처럼 몰아붙이는 호위병을 줄줄이 거느린, 돈푼깨나 바른 마차가 자주 대어져 있거든. 그 다음엔 떠도는 소문에 귀 기울여 보면 누군지 알 수 있고, 교회 안에서 어떤 만찬이 벌어졌는지는 쓰레기를 보면 알고. 또, 장안에서 거들먹거리고 있는 놈들이 몇이나 그 만찬에 얼굴을 내밀었는지를 보면 얼마만큼 대단한 손님인지도 알 수 있지. 헷헤헤, 어떤가?"

단순한 허영에서라도 아무 목적도 없이 유력자들을 만찬에 초대하지는 않는다. 에이브에게서 석상을 매입해 축성한 뒤에 고가로 파는 장사를 하고 있는 듯하니, 거기에는 틀림없이 어떤 정치적 목적이 있다. 완벽한 투자행위다.

무엇을 노리는 것인지 거기까지는 아직 모르겠지만, 이렇게 되면 50인 회의에서 주도권을 쥔 것은 교회였을 수도 있다.

그나저나, 하고 로렌스는 걸인을 쳐다보며 생각한다.

도시에 전쟁 상황이 벌어지면 제일 먼저 죽임을 당하는 것이 걸인이라는 것도 수긍이 갈 만하다.

이래서야 모두가 밀정으로 보이게 될 테니.

"그런 능력을 살리면 다르게 살 수도 있지 않습니까?"

로렌스가 자기도 모르게 그렇게 묻자 남자는 고개를 가로로 흔들며 "뭘 모르는군." 하고 말했다.

"가난한 자가 행복하다고 신께서도 말씀하셨지. 당신, 검은 빵과 낡아빠진 동화 두 냥을 주워 놓고 뱃속이 따끈따끈해질 만큼 기뻐할 수 있어?"

남자의 눈이 찌를 듯하다.

"나는 기쁘거든."

현자가 늘 모피 외투를 입고 있으란 법은 없다.

교회 안에서 날마다 기도를 올리는 이들보다 이 남자가 훨씬 신의 가르침을 몸으로 실천하고 있는 것 같았다.

"어쨌든, 그러니까 무슨 꿍꿍이인지는 모르겠지만 여기 교회에 아부를 해봐야 오히려 착취를 당할 뿐이야. 우리가 아는 한 여기 교회랑 오랫동안 사이좋게 지낸 건 딱 한 사람뿐이거든. 그나마도 일전에 쉰 목소리로 대판 싸우더구먼."

상인 하나가 바로 머리에 떠오른다.

"석상을 취급하는?"

"석상? 아아, 그런 것도 취급했나? 당신이랑 아는 사람인가?"

"아니요. 그냥…. 그것 말고도 취급하는 게 또 있던가요?"

그런 얘기는 전혀 나오지 않았었지만 화물 틈새에 다른 것을 싣는 것은 흔한 일이다.

로렌스는 그렇게 생각했다가 남자의 말에 눈이 휘둥그레졌다.

"난 그 사람이 소금장수인 줄로만 알았는데, 아닌가?"

무역에서 짐 부피가 크고 무거운 것 세 개를 들어 보라는 질문을 받는다면 로렌스는 즉시 열거할 수 있다. 건축자재용 돌, 염색용 명반, 보존용 소금이다.

모두 다 곁다리로 취급하기엔 적합하지 않은 대표적인 상품이라 할 수 있다.

로렌스는 다그치듯 물었다.

"어떻게 소금장수인 줄 안 겁니까?"

"어허, 이거. 분위기 엄청 험악하네. 장사판의 적수인가? 묻는 대로 대답했다가 괜히 원한을 사게 되는 건 사양인데."

남자가 몸을 빼며 곤란한 표정을 짓는 것에 정신이 들었다.

"실례했습니다. 적수가 아니라 앞으로 동업을 할까 하는 상대입니다."

"…상대가 어떤 인물인지 알아보려는 건가? 뭐, 당신은 사람이 좋아 보이니 대놓고 거짓말을 하진 않겠지. 좋아, 가르쳐 주지."

사람이 좋아 보인다는 말에 기뻐해야 할지 말지 상인만큼 고민하는 이도 없으리라.

상대가 그런 점에 방심해 주면 다행이지만, 그렇지 않다면 얕보인 것밖에 되지 않는다.

"헷헤헤헤. 우리 같은 것들을 이용하는 상인은 많이 있지만 경멸하지 않는 인간은 별로 없거든. 더욱이 내 말에 감탄해 주는 놈은 거의 없지. 그렇단 얘기야."

칭찬해 봐야 더 이상은 아무것도 못 준다고 말해야 할지 고민이 될 만큼 낯간지러운 얘기다.

"여하튼 단순한 얘기지만, 그 상인이 교회로 싣고 오는 화물 틈에서 가끔 소금이 떨어지거든. 고기나 생선을 절인 소금이라면 냄새로 알 수 있고, 술안주로도 쓸 만한데. 별로 맛이 없는 소금이야. 그래서 소금장수인 줄 알았지."

내륙으로 들어가면 들어갈수록 소금은 보석에 가까워진다.

에이브는 석상을 서쪽 바다에 면한 항구도시에서 실어온다고 했다.

제염된 것이라면 석상을 넣는 상자 안에 넣어 별 문제 없이 실어올 수 있으리라.

또는, 몰래 숨겨서 밀수입을 했었는지도 모른다.

긴 세월 교회와 거래를 해왔으면 화물 검사도 느슨할 것이다. 그런 편의가 있게 마련이다.

"그렇다는 것이야. 또 뭔가 알고 싶은 게 있나?"

여러 가지로 가르쳐줘서가 아니라, 벌렁 드러눕는 남루한 옷차림에도 일종의 관록이 느껴졌다.

하지만 궁금했던 것은 이제 대충 다 알았다.

"인생을 즐기는 비결도 가르쳐 주셨으니 충분합니다."

금덩어리는 정말로 길가에 굴러다니고 있는 모양이다.


에이브가 교회와 거래를 한 것은 사실인 듯하다.

또한, 교회의 수장인 주교가 어떤 정치적 목적으로 돈을 여기저기 뿌리고 있다는 것도 알았다.

그런 짓을 하고 있다면 다소의 비난은 각오한 상태에서 돈벌이에 힘을 쓰는 것도 당연하다. 석상을 싼값에 사들여 축성을 한 뒤 값비싸게 파는 것은 그래도 귀여운 편일 수도 있다.

하지만 이상한 점도 있다.

안정된 자금 공급원인 석상 거래를 단 한 번의 실패로 날려 버릴 수 있는 건가? 에이브가 얕보인 것인지, 그게 아니면 눈앞에서 석상 조달까지 가능한 새로운 유통경로를 개척한 것인지.

에이브도 이 도시를 깨끗이 접고 떠날 결심을 굳힌 듯하지만, 내년에 다시 거래를 재개해 줄 가능성도 완전히 없지는 않으니, 아무래도 단념이 너무 빠른 느낌이다.

더욱이 걸인의 말에 따르면 에이브가 바깥에 들릴 만큼 화를 내며 싸웠다고 한다. 하지만 그 정도로 심하게 다투고 결별할 만한 이유가 전혀 없는 것 같다. 장사를 하다 보면 불량 재고를 껴안게 되기도 하고, 상대가 자기 이익을 우선시하여 손바닥을 뒤집는 일도 드물지 않다.

물론 화가 날 테고, 믿는 사이였다면 배신을 당했다는 마음이 앞서는 것도 당연하겠지만, 그렇다고 소리를 질러 어떻게든 되리라고 생각할 만큼 에이브가 상인으로서 미성숙하지는 않을 것이다.

또한, 교회도 에이브가 몰락하기는 했어도 귀족이라는 것을 알고 있지 않았을까?

에이브는 이 도시에 자신이 귀족이라는 것을 아는 상회가 있다고 했다.

정보수집 능력에 있어서는 상회 저리 가라로 음험한 교회가 그 점을 몰랐을 리가 없다.

각지의 유력귀족을 만찬에 초대하는 주교가 귀족인 에이브를 깨끗이 버렸다는 것도 이해가 되지 않는다.

이용가치는 많이 있을 것이다.

그게 아니면, 이용가치가 없어진 것인가?

그래서 에이브는 로렌스라는, 정말로 어쩌다 만난 행상인에게 은화 수천 냥이라는 믿기지 않는 거액의 거래를 제안했던 것일까.

자포자기의 심정으로? 아니면 재기를 노리고? 설마 수고에 대한 품삯? 그건 아니겠지. 그런 것 치고는 액수가 너무 크다.

뭔가 돈벌이 이외의 목적이 있는 것이 아닌지 의심하는 것은 지나친 생각일까.

에이브가 로렌스를 함정에 빠뜨리려고 생각했다 해도 고려할 수 있는 가능성은 많지 않다.

로렌스에게 돈만 내놓게 하고 상품을 가로채 도망친다거나, 모피 수송 도중에라도 로렌스를 죽인다거나, 혹은 상회와 뒷거래를 해서 호로를 있는 대로 팔아치우고 시치미를 뚝 뗀다거나.

그러나 죄다 억지스런 생각이다.

에이브가 제안한 계획은 호로를 자신의 가문의 피를 잇는 자라고 증명하는 것 외에는 모두 거래에 있어 정당성이 있는 것들이기 때문이다. 거래내용을 공증인 앞에서 선언하고, 로렌스가 그 사본을 레노스에서 다른 도시의 상관으로 보내기라도 하면 상대는 섣부른 짓을 할 수가 없게 된다. 로렌스의 행동을 낱낱이 증명하는 문서를 제3자의 손에 넘기면 이런 종류의 계획은 어느 것 하나 실행이 어려워지게 된다.

그리고 이런 단순한 수법으로 함정에 빠뜨리려 할 만큼 에이브가 자신을 얕잡아보고 있을 리는 없다고, 로렌스는 기대 섞인 생각을 한다.

역시 별다른 다른 속셈은 없는 것이 아닐까.

거래는 언제나 의심과 신용의 틈새를 오간다.

신중을 기하는 것보다 더 좋을 것은 없지만, 한없이 조사만 하고 있어서는 언제까지라도 거래가 성립되지 못한다.

어딘가에서 결단을 내릴 필요가 있다.

로렌스는 그런 생각을 하면서 발길을 '짐승과 물고기꼬리'로 옮겼다.

50인 회의의 결론이 나와 있다면 새로운 정보가 공공연한 비밀로서 떠돌고 있을지 모른다는 생각에서다.

"어머나, 이 시간에 또 웬일로."

로렌스가 술집으로 갔더니 텅 빈 실내에 인기척이 없기에 옆 골목을 따라 뒤로 돌아들어가 보니, 지난번의 그 아가씨가 포도주를 담기 위한 것으로 보이는 통을 씻고 있었다.

"조금 찡그린 표정인 것은 통을 씻는 물이 차가워서 그런 건가요?"

"그러네요. 그래서 조금 쌀쌀맞은지도 모르죠."

웃으면서 아가씨는 통을 닦는 데 쓰는, 삼베를 둥글게 만 청소도구를 내려놓았다.

"부랴부랴 저를 찾아오신 손님. 이로써 몇 번째인 줄 아세요?"

다들 자신의 이익을 위해 필사적인 것이다.

그 중 몇 명이 이 도시의 모피산업을 가로채려는 자인지는 알 수 없건만, 에이브는 그 중에서 자신들이 이익을 손에 넣을 수 있다고 믿고 있는 듯하다. 정말로 그게 가능할까.

그런 점에서도 로렌스는 약간 걱정이 된다.

"그건 '아가씨의 아름다움을 노리고'라고 생각해도 되는 게 아닐까요?"

"후후. 웃음은 금이요, 말은 은이라. 느닷없이 동전을 내미는 멋대가리 없는 치들이 얼마나 됐을 것 같아요?"

그렇게 많을 것 같진 않으나 적지도 않으리라.

"저도 멋대가리 없는 것을 물으러 왔는데요."

"알고 있어요. 상인 분들에게 베풀어 두면 두고두고 이득이니까. 그래서 뭘 묻고 싶으신데요?"

둥글게 만 삼베를 내려놓은 것은 로렌스를 위해 청소를 중단한 게 아니라, 통 속의 물을 버리기 위해서였나 보다. 옆에 놓인, 호로라면 거뜬히 들어갈 정도의 통을 조금 기울여 속에 든 물을 비웠다.

"50인 회의에 대해—."

이것이 유혹의 문구라면 다리를 걷어차여도 할 수 없을 만큼 따분한 한마디.

그래도 아가씨는 어깨를 으쓱한 뒤 대답해 주었다.

"결론은 난 것 같아요. 모피는 결국 팔기로 했다던가? 외상은 통하지 않지만."

에이브에게서 들은 이야기와 똑같다.

그것을 어떻게 평가해야 할지 로렌스가 생각하고 있으려니, 포도 찌꺼기를 발로 밀어 구석 쪽으로 치우고 있던 아가씨가 이렇게 덧붙였다.

"어젯밤부터 그 질문을 하러 온 분이 엄청 많았거든요. 참 나, 한두 명쯤은 연애편지를 가져와도 되는데."

헤에, 하고 생각하며 로렌스는 능란하게 받아넘긴다.

"상인의 연애편지는 증서이니까요."

"하긴, 서로 사랑하고 사랑받는다 해서 배가 부른 건 아니죠."

그런 뒤 아가씨는 "응?" 하더니 "여자는 그렇지도 않은가?" 하며 호쾌하게 웃었다.

로렌스도 쓴웃음이 나왔으나, 그 말에 곧이곧대로 대응해서는 단순히 술에 취한 무리들과 다를 바가 없다.

"곁에서 보는 만큼은 배가 불러지지요. 잘 먹었습니다 하는 소리를 절로 하고 싶어질 정도니까."

아가씨는 멍한 표정을 짓더니 이윽고 물일을 해서 새빨갛게 된 손으로 로렌스를 탁 쳤다.

"손님, 약았네! 맞아요. 나도 다음부터는 그렇게 말해야겠다."

로렌스는 웃었다. 하지만 머릿속은 핑핑 돌고 있었다.

어젯밤부터 이 아가씨에게 정보를 확인하러 온 상인들이 많다는 것은 왠지 묘하다. 만약 아는 사람들끼리 연줄을 타고 정보가 새고 있는 것이라면, 일부러 그 정보를 확인하기 위해 이 아가씨를 이용할 필요가 없다.

무엇보다 술집 아가씨가 누군가에게 최신 정보를 말로 직접 들었을 리가 있겠는가.

그 지식이란 것의 대부분은 상인들이 아가씨에게 질문을 하는 중에 자기도 모르게 흘린 정보를 재구축해서 얻어진 것이리라.

"그런데, 그 이야기를 물으러 온 사람들은 역시 자주 보는 얼굴들입니까?"

"예? 얼굴이오?"

삼베를 짜며 냉기와 추위에 손이 아려서 그런지 얼굴을 찡그리며 한숨을 푹 쉬자 흰 숨이 확 피어올랐다.

"단골손님들과 그렇지 않은 사람들이 반반쯤이려나. 다만."

"다만?"

아가씨는 주위를 두리번거리더니 목소리를 낮춰 이렇게 말했다.

"최근 외지에서 온 사람들 중에는 얼뜬 사람들이 많다니까요. 제대로 질문을 하는 사람은 그쪽 분 정도예요."

"에이, 또 그러신다."

로렌스가 영업용 웃음으로 대응하자 순간 아가씨의 표정이 풀어졌다.

"그렇게 하셔도 속은 안 내어드려요. 외지 분들은 귀는 밝아도 입은 가볍죠. 모피를 돈으로밖에 살 수 없다는 얘기를 들었는데 그게 진짜냐며 물으러 오는 사람이 있다니까요? 정말 바보 같기는."

"그건 상인 실격이로군요."

웃으면서 그렇게 맞장구를 치긴 했지만, 로렌스의 가슴속은 평온하지 못했다.

그렇게 얼뜬 상인만 있다면 장사가 한결 손쉬울 텐데.

게다가 외지상인들만 그런 실수를 할 리가 없다. 도시 내에 사는 사람들은 자기네 도시를 출입하는 이들이 최고라고 생각하기 십상이지만 그건 환상이고, 어디나 다 엇비슷하다.

그렇다면 뭔가 목적이 있을 것이다.

회의의 내용을 일부러 퍼뜨려 외지상인들에게 그 내용이 고스란히 새어나갔다는 것을 알림으로써 시내 상인들을 동요시키기 위한 것인가. 혹은 현금으로밖에 사지 못하게 되면 일시적으로 화폐 가치가 상승하니, 그것을 노린 환전상이나 고리대금업자들의 짓인가.

하지만 외지상인이 가짜 정보를 흘려서 얻을 이익은 전혀 없으므로 에이브가 말한 회의의 결론은 필시 진실이리라.

만약 성 밖에 있는 무리들이 각자 따로따로 이익을 좇고 있는 자들이라면 다른 사람을 떨어내기 위해 혼란을 일으키는 수단으로 생각해 볼 수도 있으나, 그렇다면 좀 더 다양한 종류의 회의 내용이 나돌 것이다.

또한 이곳의 중심인물이나 그 주변 인물들은 회의의 올바른 결론을 알고 있으니, 도시의 교란을 노렸다고 보기도 어렵다.

에이브는 정보를 교회 내부의 협력자에게서 들었다고 했다.

그것의 진위 여부는 둘째 치고, 판단의 단서로 삼을 수 있는 것은 이쯤일까.

"그런데."

"예?"

"이 마을의 교회에 대해 묻고 싶은데요."

로렌스가 그렇게 말한 순간이었다.

"저기, 큰 소리 내지 말아 주실래요?"

아가씨가 별안간 긴장된 표정으로 로렌스의 팔을 잡더니, 살짝 열려 있던 뒷문을 열고 안으로 밀어 넣었다.

그런 뒤 문 틈새로 바깥을 내다보며 아무도 없는지 확인한다.

대체 왜 그러느냐고 물어볼 새도 없이 아가씨가 빙그르 돌아섰다.

"교회에 대해 묻는 걸 보면 무슨 소리를 들으신 거죠?"

"예? 예에, 뭐."

"나쁜 얘기는 안 하겠어요. 괜히 건드리지 않는 것이 좋아요."

차분히 가라앉은 손님 없는 술집의 뒷문, 그것도 좁은 복도에 끼어 이 술집의 간판급 아가씨가 진지한 얼굴로 그런 말을 해 오는 상황. 예전 같으면 내용 여하를 불문하고 상인의 가면이 벗겨졌을 것 같다. 하지만 로렌스는 즉시 되물었다.

"역시 권력투쟁이 있는 겁니까?"

아가씨가 호로와 비슷한 연기력을 갖고 있는 게 아니라면 정확하게 짚은 것이리라.

"이 가게는 진귀한 음식을 팔고 있으니까요. 교회가 만찬 음식을 주문하는 곳 중 하나이지 않습니까?"

걸인의 이야기를 응용한다. 또한, 이곳은 교회가 당당히 주문할 수 있는 몇 안 되는 고기요리 전문점.

아가씨는 얼굴을 긁적거리고는 심기가 편치 않은 듯이 한숨을 지었다.

"나도 어려운 건 잘 모르겠지만, 여기저기에서 높으신 분들을 초청하는 것 같아요. 일전에는 먼 나라 교회의 높으신 분이 와서 이틀 밤을 꼬박 세워가며 요리를 만들기도 했다니까요."

먼 나라 교회의 높으신 분.

그리고 권력투쟁이라면, 무엇을 하려는 것인지는 불을 보듯 뻔하다.

이야기가 묘한 방향으로 움직이기 시작했다.

"그런 식으로 교회가 기반을 착착 다지고 있는 겁니까?"

"그렇죠. 찰흙이 굳기 전까지는 아무도 손을 못 대게 하는 것과 마찬가지로 평판에 굉장히 신경을 쓰고 있거든요. 가난한 사람들한테도 퍽퍽 퍼주는데, 그러면서도 그 돈이 대체 어디서 나오는지 알 수 없으니 점점 더 수상하다니까요. 그러니, 섣불리 허튼소리를 했다가는 무슨 일을 당할지 모르는 거죠. 교회에 찍혔다가는 이곳에서 떠야 하는 것도 시간문제라는 것이 이 바닥의 공통 견해예요."

"그게 사실이라면 그런 말을 제게 해도 괜찮겠습니까?"

아가씨의 입에서 나온 말이 뜻밖에도 무거워서 로렌스는 반쯤 움츠러들며 그렇게 물었다.

"그러니까 내가 이런 얘기를 해드리는 것도 아주 특별한 거예요."

로렌스가 상인의 가면을 쓰고 있듯이, 이 아가씨도 술집 아가씨의 가면을 쓰고 있을 터.

뒷면의 뒷면은 앞면이라는데― 그렇다면 이것은 대체 어느 쪽인가.

"나중을 위해 그 까닭을 물어도 되겠습니까?"

"으음―, 굳이 말을 하자면…."

하며 문득 장난스럽게 웃더니 얼굴을 가까이 가져왔다.

"다른 여자의 냄새가 나서 그런가."

로렌스는 바로 뒤가 벽이라 몸을 꼼짝하지도 못한 채, 표정만은 무너뜨리지 않으려 노력하며 아가씨를 똑바로 쳐다보았다.

"술집 아가씨의 긍지를 걸고?"

"후후. 그런 점도 있긴 하지만, 조금 자신만만한 여자라면 한번 찔러 보고 싶은 느낌이 들거든요. 그런 소리 안 들어요?"

유감이지만 여관 여종업원에게 냉대를 당한 적밖에 없다.

이 부분에서는 정말로 솔직하게 고개를 가로저을 수가 있었다.

"그럼 대답은 하나. 당신 곁에 있는 여자 분과는 최근에 만났죠?"

방심할 수가 없다. 여자의 예리한 직감이라는 것인가?

"당신은 아주 착한 사람일 것 같거든요. 혼자 다녔을 때는 아무도 상대를 해주지 않았겠지만, 곁에 누가 있다는 걸 알고 나면 여자들 눈에는 별안간 신경이 쓰이는 법이에요. 양이 한 마리만 딱 있으면 사냥하는 것도 귀찮게 여겨지지만, 늑대가 곁에 있으면 그렇게 맛있는 사냥감인가 해서 가로채고 싶어지잖아요?"

스스로 양에 비유 당해 기분 좋을 남자는 많지 않겠지만, 곁에 있는 것이 진짜 늑대이니 기가 막히다.

이 아가씨, 정말 사람 맞나?

"그러니까 나는 당신의 그 일행 분을 이 술집에 한번 초대하고 싶어요."

돈에도 명예에도 흥미가 없다면, 따분한 일상생활에 맛을 더하는 것은 이런 향신료가 안성맞춤이리라.

뜻밖에 사실대로 솔직히 말한 보답으로 가르쳐 준 것인지도 모른다.

"초대장은 이미 받았습니다."

그래서 로렌스가 그렇게 말하자, 아가씨는 분한 듯이 웃으며 로렌스의 가슴을 탁 쳤다.

"그 여유 만만한 얼굴. 정말 열 받네."

"양이라서 감정이 부족한 거죠."

그러면서 로렌스는 뒷문에 손을 댄다.

그리고 아가씨를 돌아보았다.

"지금 한 얘기는 물론 아무에게도 말하지 않겠습니다."

"당신 곁에 있는 분에 대한 얘기요?"

그만 웃고 만다.

어쩌면 자신은 얌전한 아가씨들보다는 이런 쪽이 취향인지도 모르겠다고 로렌스는 생각했던 것이었다.


"그런데 당신은 그 얘기를 나한테 고스란히 전한 거라고?"

"하나도 남김없이."

로렌스가 방에서 나갔을 때와 같은 자세로 책을 읽고 있던 호로는 꼬리를 흔들거리다가 탁 내렸다.

"그 계집애한테는 구역에 관해서 한번 단단히 가르쳐 줘야 할 필요가 있겠는데…."

호로의 시선이 로렌스를 향한다. 얼굴이 약간 기뻐 보였다.

"당신도 이젠 세상사 돌아가는 이치를 좀 알게 된 모양이야?"

"말은 고삐를 잡혀 있긴 해도, 자유롭게 움직이기 위해서는 고삐를 쥐고 있는 마부의 심중을 헤아리는 것이 제일이거든."

호로는 만족스럽게 웃고는 "그래서." 하며 몸을 일으켰다.

"당신 생각은 어떤 건데?"

에이브가 교회를 상대로 석상을 도매했던 것은 사실인 듯하고,

싸우고 결별한 것도 진실이라고 봐도 될 것이다.

또한, 에이브가 로렌스에게 이야기한 회의의 결론 내용도 거의 틀림없다고 봐도 좋을 것이다.

마음에 걸리는 점은 교회가 이곳에서 권력 구축을 획책하고 있는 것으로, 그 목적은 틀림없이 이 도시에 주교좌(主敎座)를 두는 것이리라. 교회조직의 중심으로 기능하는 주교좌는 교구 내 영토의 권력자나 교회 권력자의 추천을 받으면 설치할 수 있다는데, 통상적으로는 영주가 교회 진출을 거부하거나 새로운 세력의 대두를 꺼리는 기존의 교회권력자들의 방해가 심하다.

하기야 그것도 돈과 인맥에 달렸다는 소리를 흔히 듣는다.

주교좌가 설치되면 이곳 교회의 주교는 주교로 임명받는 측에서 주교를 임명하는 측으로 입장이 바뀌게 된다. 교구 산하의 교회에 모이는 기부금의 일정액을 징수할 권리도 획득하고, 세속권력자들에게 권위를 부여하는 대관(戴冠)을 행할 권리도 얻게 된다.

종교적인 재판권도 한 손에 쥐게 되므로, 극단적인 예를 들자면 교회의 권력을 남용하여 마음에 들지 않는 자들을 모조리 이단으로 몰아붙여서 화형에 처할 수도 있다. 대부분의 이권은 재판을 통해 벌금을 징수할 수 있는 것과 얽혀 있는 데다, 무엇보다 재판권만큼 권위를 드높여 주는 것도 없다.

그런 가능성을 내다봤기 때문에 술십 아가씨는 그토록 교회 이야기가 나오는 것을 두려워했던 것이리라.

그런 곳과 싸우고 결별한 에이브가 이 도시에서 물러나고 싶어 하는 것이 이해가 되고, 또한 내년에는 거래를 재개할 수 있지 않을까 하고 느긋한 소리나 하고 있을 때가 아니란 것도 납득이 간다.

이해가 되지 않는 것은 그 교회와 싸우고 결별을 하게 된 원인이다.

로렌스라면 진흙을 삼켜서라도 참는다. 그 정도 고생은 감수할 만하다.

그 점이 납득된다면 한 번 도박을 해보는 것도 나쁘지 않을 수 있다.

교회의 권력이 강해지고 있는 점에서 보아, 50인 회의에 결론을 내놓은 것은 주교의 판단일 테고, 교회는 당연히 이 도시의 경제 보호를 우선시키기 위해 그런 결론을 내놓았을 것이니— 에이브의 계획은 주교의 뜻에 반하는 행위가 된다.

어쩌면 이곳에서 목숨의 위협을 받았을지도 모른다는 생각도 든다. 그럴 가능성도 충분히 있을 것이다.

외지상인이 정당한 거래를 해 놓고도 그 직후에 알 수 없는 죽음을 당하거나 행방불명이 된다면 가장 먼저 의심이 되는 것은 이해관계에 있는 해당 지역의 권력자들이다. 로렌스는 어쨌거나 로엔 상업조합의 일원이니, 그 점을 제시하면 주교좌 유치를 노리는 주교가 그런 막무가내의 행동을 취할 것으로는 여겨지지 않는다.

게다가 에이브가 기대하는 거래 금액은 로렌스처럼 혼자 움직이는 상인이 보면 어마어마한 액수라도, 도시 전체의 모피 거래량에 비춰 보면 양귀비씨만큼은 아니어도 그리 큰돈은 아닐 것이다. 그런 작은 돈에 눈을 부라리지는 않을 테고, 죽이느니 마느니 하는 식으로 나오지도 않을 것이다. 물론 은화 수천 냥이면 아무개에게는 목숨이 왔다 갔다 하는 것이지만.

로렌스는 그런 점들을 호로에게 설명했다.

호로는 한동안은 열심히 듣고 있더니 점점 자세가 무너지면서 끝에 가서는 침대 위에 누워 뒹굴고 있었다.

하지만 로렌스도 화는 나지 않는다.

그것은 호로에게 '반론을 펼 이유'가 보이지 않는다는 뜻일 테니까.

"어떻게 생각해?"

마지막으로 로렌스가 그렇게 묻자 호로는 늘어지게 하품을 한 뒤 꼬리로 눈가의 눈물을 닦았다.

"당신의 설명 자체에 이상한 점은 없다고 생각해. 왠지 그렇게 들리네."

그것은 손을 대도 괜찮을 것 같다는 뜻이냐고 물으려 하다가 말았다.

그것을 판단하는 것은 상인인 로렌스다.

"영차. 난 현랑이지 신은 아니야. 당신이 신탁을 기대하게 되면 난 당신 앞에서 모습을 감출 거야."

"큰 거래를 앞두면 뭐라도 좋으니 다른 사람의 말을 듣고 싶어지게 마련이라고."

"쿠쿠. 어차피 결론은 자신의 마음속에서 이미 내렸을 거면서? 그럼 내가 울며 부탁하면 다시 생각해 줄 거야?"

호로는 생글생글 웃고 있다.

그러나 이 부분에서 어떻게 대답해야 할 것인지는 로렌스도 안다.

"설령 그것을 뿌리친다 해도 넌 틀림없이 숙소에 남아 있어 줄 거야. 난 장사를 성공시킨 뒤 돌아올 거고. 그뿐이야."

호로는 깔깔대며 웃더니 간지러워 죽겠다는 듯이 목덜미를 긁었다.

"그런 말을 얼굴이 빨개지지 않고 할 수 있게 된다면 다 큰 거지."

호로가 놀려대는 것에도 대강 익숙해졌다.

인사 같은 것으로 받아들이고 어깨를 으쓱해 보인다.

"아까 한창 설명을 할 때의 당신 얼굴은 정말 생기가 넘쳤어. 물론."

로렌스가 뭐라 말을 하려는 것을 제지한 뒤 호로는 뒤를 이었다.

"그게 나쁘다고는 안 해. 역시 수컷은 먹이를 쫓을 때의 모습이 제일이야."

이번에는 로렌스가 간지러워서 콧등을 긁고 마는데, 이 부분에서 말대꾸를 했다가는 호로는 반드시 화를 낸다.

일부러 보란 듯이 한숨을 푹 쉰 뒤, 지금 이건 농담을 상대해 주고 있는 거라고 스스로에게 다짐을 하면서 이렇게 말했다.

"다만, 가끔은 자신을 돌아봐 주면 좋겠다?"

"합격."

호로는 그런 뒤 즐거운 듯이 웃었다.

"그런데 당신이 만약 거래에서 실패를 하게 되면 난 어떻게 되는 거야?"

"명색이 전당물이니 돈을 못 갚으면 어디론가 팔려가게 되겠지."

"호오…."

침대에 엎드린 호로는 자신의 팔을 베개 삼아 얼굴을 올려놓고 꼬리와 함께 다리를 흔들었다.

"그래서 당신이 신음을 할 만큼 고민을 했던 거야?"

"…그런 점도 있고."

만약 거래에 실패하여 돈을 갚을 수 없게 되면 호로의 신병은 당연히 전당을 잡은 쪽 상회의 것이 된다.

하지만 호로가 팔리는 대로 얌전히 있을 리는 없다.

그 점은 안심이 되지만, 밧줄을 물어 끊고 도망친 호로가 자신의 곁으로 돌아와 주리라고 생각할 만큼 로렌스는 낙관적이지 않다.

"그렇게 되면… 다음번 길동무는 좀 더 똑똑했으면 좋겠네."

가느다랗게 뜬 눈꺼풀 사이로 장난스러운 호박색 눈동자가 이쪽을 힐끗 쳐다본다.

"그래. 빚을 못 갚을 만큼 멍청한 놈에게는 뒷발질로 모래를 뿌려 주면 돼."

호로의 가벼운 도발에 야무지게 대꾸해 준다.

현랑은 그것이 마음에 들지 않았나 보다.

"흥. 내가 가려고 하니까 울상이 돼서 매달린 애송이가 말은 잘 하네."

호두알을 껍질째 삼킨 듯한 얼굴이었겠지.

호로는 만족스레 송곳니를 내보이며 파닥파닥 꼬리를 쳤다.

그러다 문득 표정이 변했다. 꼬리도 내려져 있다.

"하지만 내가 당신을 믿으니까 협력할게."

진지한 웃음이라는 것은 존재한다.

로렌스는 뺨을 긁은 뒤 턱수염을 쓰다듬었다.

"물론이지."


해질 무렵.

붉은 빛의 태양이 서서히 가라앉으면서 군데군데 햇빛 조각이 떨어진 듯이 등불이 켜진다. 날이 저물면 추위는 단숨에 심해지니, 사람들은 목도리 속에 얼굴을 묻어가며 귀갓길을 재촉하고 있었다.

로렌스는 그런 거리의 한때를 한동안 바라보다가 해가 완전히 저물어 인적이 드물어지자 나무창을 닫았다. 방 안에서는 등불을 의지해 호로가 책장을 넘기고 있었다.

책은 연대순으로 정리돼 있는 듯한데, 가까운 시대의 것부터 차례대로 읽고 있다.

호로가 파슬로에 마을에 머물던 시간을 생각하면 옛날 것부터 읽어야 빨리 찾아낼 수 있을 것 같은데, 그렇게 하지 않는 것은 호로의 마음에 어느 정도 여유가 있기 때문이리라.

그래 봐야 이제 두 권 남았으니 슬슬 찾고 있는 대목에 다가가고 있을 가능성이 높다. 그러니 역시 다음이 궁금한지 어두워진 뒤에도 책을 읽고 싶다고 했다. 그래서 그을음, 특히 절대 불에 책이 닿지 않게 조심하겠다는 조건 하에 동물기름 등불을 쓰는 것을 허락했다.

하지만 호로가 침대 위에서 뒹굴며 책을 읽는 모습은 평소의 느긋한 차림이 아니라 그대로 밖으로 나가도 괜찮을 외출복 차림.

추워서가 아니라 잠시 후에 에이브와 교섭을 하러 가기 위해서다.

"자, 이제 그만 갈까?"

명확하게 교섭 시간을 정한 것은 아니라도 '밤에 만나자'고 상인끼리 약속을 했다면 어느 정도는 압축시킬 수 있다. 하지만 로렌스가 서둘러 해가 지자마자 밑으로 내려가 호로와 둘이서 기다린다면 돈 벌 생각에 안달이 난 소인배로 취급 받을 수 있다.

그렇다고 대폭 늦어서는 그건 그것대로 실례가 된다.

요컨대 이것은 에이브의 간단한 시험일 것이다.

해질녘이라고 하지 않은 것은— 상인들의 거래는 등잔을 쓰지 않고 글자를 읽을 수 있는 해질녘까지는 끝내는 것이 보통이고, 숙소에 그들이 돌아오는 것은 그보다 약간 뒤이기 때문이다.

그렇다면 여관으로 돌아오는 이들의 물결이 일단락 된 뒤에 오라는 뜻일 터.

여관 안은 귀를 기울이면 어느 방으로 누가 돌아왔는지 정도는 로렌스도 알 수 있다.

그것과 방의 수를 따져 본 뒤 로렌스는 이제 슬슬 내려가야 할 때라고 판단한 것이다.

"상인이란 꽤나 번거로운 생물이야."

책을 탁 덮고 침대에서 몸을 일으킨 호로는 기지개를 한 번 켠 뒤 웃었다.

가장 적당한 때가 언제인가 하여 안절부절못하고 있었던 것은 보통 아가씨라도 알아차렸을 것이다.

"여관방 안에서까지 허세를 부리면 나는 언제쯤에나 긴장을 풀려나?"

농담조로 말해 주었다.

침대에서 내려온 호로는 로브 밑의 귀와 꼬리를 조정하면서 뭔가를 생각하는 눈치였다.

"만난 뒤로 한동안은… 아니, 바로 얼마 전까지는 어딘지 모르게 내 앞에서는 긴장한 듯이 보였는데?"

"여자랑 단둘이 여행을 하는 건 처음이었으니까. 이젠 그것도 어느 정도 익숙해졌지."

게다가 다소 칠칠치 못한 모습을 보이는 것도 무슨 상관이냐는 생각이 든다.

이 정도로 허물 없는 상대는 거의 처음이라 해도 좋을 정도다.

"만난 지 얼마 안 됐을 무렵에는 나를 데리고 걷기만 해도 콧구멍이 커지더니만."

"지금은 내가 다른 여자랑 있으면 네가 꼬리를 부풀리지."

조금 세게 받아치자, 호로는 배짱 한번 좋다는 투로 턱을 쳐들며 웃었다.

"하지만 수컷은 그런 식으로 둔감했던 거죽이 점점 벗겨지다가 결국은 몰라볼 꼴로 전락하고 말지."

"상대가 누구건 친해지면 약간은 그렇게 되기 마련 아냐?"

"멍청하긴. 인간들이 하는 말 중에 이런 거 있더라? 잡힌 물고기에게는 먹이를 주지 않는다."

"네 경우는 잡힌 물고기가 아니라 멋대로 내 짐마차에 숨어든

거니까 해당사항 없잖아? 먹이는 고사하고 마차 삯을 받아내고 싶을 정도다."

그러나 로렌스는 그렇게 말을 해 놓고 주춤했다.

농담으로 여겨지지 않는 날카로운 호로의 눈동자가 동물기름 등불에 둔탁한 금빛으로 번쩍였던 것이다.

어디쯤에선가 대응을 잘못했나? 그게 아니면 안절부절못하는 모습이 그렇게 꼴사나웠나? 또는 대꾸를 하는 게 마음에 안 들었나?

로렌스가 잠시 난감해 하고 있으려니, 호로는 문득 정신을 차린 것처럼 살짝 고개를 외면했다.

"음…. 요는, 초심을 잃지 말라는 얘기야."

원인이 무엇인지는 모르겠지만 순순히 고개를 끄덕여 둔다.

묘한 부분에서 어린애 같은 호로이니 어쩌면 자신의 생각대로 로렌스가 당황하기는커녕 때때로 반격까지 하는 게 재미없어졌을 수도 있다.

별안간 싸움을 중단한 것도 자신이 불리하다고 생각했기 때문이겠지.

하여간, 하며 로렌스는 얼핏 웃다가 한숨을 쉬었다.

"어째 열 받은 분위기네?"

"네가 그냥 그렇게 느껴지는 거겠지. …아니, 맞아."

로렌스는 헛기침을 한 뒤 호로를 새삼스럽게 쳐다보았다.

"너, 내 속이 다 들여다보여?"

만난 지 얼마 안 된 무렵에 정색을 하고 물어봤던 질문을 해보았다.

호로가 생긋 웃더니 머리를 갸웃하며 가까이 다가온다.

"멍청이."

"윽!"

정강이를 냅다 걷어차였다.

그래 놓고도 호로는 여전히 웃음을 지으며 우아하게 로렌스의 옆을 지나 문에 손을 댔다.

"뭐 해? 안 갈 거야?"

그러는 너야말로 처음 만났을 때는 나를 놀리기는 했어도 이런 난폭한 짓은 하지 않았다는 말은 꾹 집어삼킨 채, 먼저 방을 나선 호로의 뒤를 쫓아간다.

초심을 잃지 말라고 해도 사실상 그건 무리한 이야기다.

그 말이 몹시 함축적으로 무겁게 들리는 것은— 시간은 결코 되돌릴 수 없으며, 또한 절대 변하지 않는 인간은 없다는 것을 다들 알기 때문일 것이다.

로렌스의 생각이 그러하니 호로도 당연히 알고 있으리라.

"물론 함께 여행을 해 왔으니까 이렇게 당신의 손을 허물없이 잡을 수 있기도 해. 하지만."

그렇게 말을 해 놓고는 갑자기 쓸쓸한 표정을 지었다.

"언제까지나 처음 만났을 때 그대로 있고 싶다고 시인들도 노래하잖아?"

또 놀리는 건가, 하는 생각은 한순간도 지나지 않아 사그라졌다.

여행의 끝을 분명히 의식하는 듯한, 시간을 되돌릴 수 있으면 좋겠다는 듯한 호로의 그 말에 로렌스는 놀라고 말았다.

호로는 모든 것에 달관한 것처럼 보이지만 사실은 그렇지 않다.

그래도 몇 백 년도 넘게 머물렀던 마을의 맨 처음 즐거웠던 그 시절로 돌아갔으면 좋겠다거나, 여행을 떠나기 전에 고향에 있던 시절로 돌아갔으면 좋겠다고 하지 않은 것이 참 기뻤다.

그래서 로렌스는 호로가 먼저 잡아 온 왼손을 조금 움직여, 부끄럽기는 하지만 깍지를 끼었다. 당연히 입으로는 이렇게 말해 준다.

"넌 좋을지 모르겠지만 처음 만났을 때의 상태로 계속 지내다간 난 마음고생이 심해서 쓰러질 거야."

계단을 내려가면서 호로는 살짝 몸을 기대 왔다.

"말년엔 병구완을 해줄 테니 안심해."

장난스런 웃음과 함께 던진 그 말에 쓴웃음밖에 안 나온다.

하지만 1층으로 내려가는 도중에 로렌스는 그 말이 전혀 농담만은 아니라는 것을 깨달았다.

설령 호로가 고향으로 돌아가는 것을 미룰 수 있다고 나온다 해도, 로렌스는 호로보다 반드시 먼저 죽는다. 호로의 여행은 끝나지 않아도 둘의 여행은 반드시 끝이 찾아온다.

레노스로 오기 전에 들렀던 테레오 마을에서, 고향에 도착한 후에는 어떻게 할 것인지 호로가 결론을 내리지 못한 이유를 알 것 같았다.

그런 생각을 하고 있노라니, 1층으로 내려가는 계단이 끝나기 직전에 호로가 먼저 손을 놓았다. 여자와 손을 잡은 채 남들 앞에 나서는 것은 상대가 호로라 해도 로렌스의 입장에서는 곤란하면서도 먼저 풀기가 좀 그랬는데, 이런 마음 씀씀이가 너무도 고맙다.

이런 식으로 배려를 해주는 호로인 것이다.

고향에 도착한 다음에 어떻게 할 것인지에 대한 답은 이미 나와 있는 것이나 다름없다.

"기다리시게 해서 미안합니다."

그런 까닭에 로렌스는 이미 대기하고 있던 아롤드와 에이브를 앞에 두고도 침착하게, 평소보다 더 진중하게 인사를 할 수가 있었다.

"그럼 시작할까?"

에이브가 쉰 목소리로 말문을 열었다.


"그래서, 조사를 해본 결론은?"

호로를 소개하라는 요구조차 하지 않는다.

후드 아래에 있는 얼굴과 의자에 앉는 동작을 본 것만으로 충분하다는 식이다.

하기야 이건 딱히 호로를 파는 것이 주된 목적인 것은 아니니 당연히 그렇기도 하겠지만, 에이브의 그런 즉물적인 태도에는 일종의 수전노 같은 인상조차 느껴졌다.

"에이브 씨가 교회를 상대로 석상을 도매하고 있었고, 또한 그곳과 싸우고 결별했다는 것, 모피 매입은 현금으로만 가능하다는 정보가 나돌고 있는 것을 알았습니다."

말을 던져 상대의 반응을 살피는 것은 기초 중의 기초.

하지만 에이브는 그런 점에서 표정을 감추는 것이 너무 능란해 로렌스의 눈으로는 파악이 불가능하니, 이것으로 뭔가를 파악할 수 있으리라고는 생각지 않는다. 이를테면 운동 전의 몸 풀기 같은 것이다.

"저는 상인으로서의 경험과 느낌으로 에이브 씨의 이야기가 사실이라고 생각합니다."

"호오."

흥미진진한 듯한 쉰 목소리.

"다만, 한 가지 마음에 걸리는 것이 있습니다."

"어떤?"

"에이브 씨가 교회와 싸우고 결별한 그 이유 말입니다."

그것을 본인에게 묻는 것만큼 무모한 짓도 없겠지만, 로렌스는 에이브 본인의 대답과 자신이 모은 정보가 앞뒤가 맞지 않는다면 그것으로 에이브가 거짓말을 하고 있는 것으로 판단하자고 마음먹고 있었다.

곁에 있는 호로는 그 진위여부를 판단할 수 있겠지만, 그에 의지하는 것은 결국 호로에게 신탁을 내려주길 바라는 것이나 진배없다. 자신이 생각해서 합치되지 않는다면 이 제안은 거절하는 것이 상책이다.

이번 일은 로렌스의 판단으로 호로의 신병을 다른 사람에게 넘기게 되는 것이니, 모든 판단은 스스로 내리는 것이 행동에 책임지는 것이라고 생각한 것이다.

"싸우고 결별한 이유라. 하긴 신경이 쓰이긴 하겠지."

지극히 당연하다는 듯이 말한 뒤 에이브는 나직하게 중얼거렸다.

에이브도 필사적으로 머리를 굴리고 있는 것이다.

뭔가 좋지 않은 일을 꾸미고 있건 어쨌건, 로렌스를 이 거래에 끌어들이지 않고서는 그 계획은 실패하는 것이다.

로렌스가 오늘 하루 종일 시내에서 무엇을 보고 들었는지 생각하고 있을 터였다.

에이브가 거짓말을 하고 있다면 이제부터 하는 말과 로렌스가 얻은 정보를 서로 합치시키는 것은 거의 불가능에 가깝다.

"이곳 교회의 주교는 왕년의 잘나가던 교회 시대를 잊지 못하는 과거의 인물이거든."

그렇게 말문을 열었다.

"젊은 시절에는 이 근방에 포교활동을 하느라 지옥 같은 나날을 보냈다고 하는데, 그런 생활을 견딜 수 있었던 것도 언젠가는 자신도 출세해서 거들먹거릴 날이 올 거라는 권력지향형 인간이었기 때문이지. 이 인간은 이곳 교회에 주교좌를 설치하고 싶어 해. 요컨대 대주교 자리를 노리고 있는 것이지."

"대주교."

권력의 대명사와도 같은 단어다.

에이브는 고개를 끄덕인 뒤 말을 이었다.

"나는 지난번에도 말했다시피 몰락하긴 했어도 귀족 출신이야. 이 부근에 짭짤한 장사가 없을까 하고 찾아다닐 때였어. 모양새 좋지 않은 짓으로 돈을 벌고 있는 주교가 있다는 얘기를 들었지. 그게 바로 이 교회의 주교였던 거야. 당시에는 옛날부터 키워온 작은 상회와 기부금을 이용해 모피 매매에 손을 대고 있었는데, 그래 봐야 교회 안에 틀어박혀 장부나 들여다보니 적자의 연속이

216

었어. 그런 참에 내가 일석이조의 방법을 제안했던 거지."

"그것이 석상 매매."

"그렇지. 그것도 그냥 석상을 팔기만 하는 게 아니야. 나는 윈필 왕국의 귀족이니까 권력자들에게 말을 전하는 것 정도는 가능하거든. 확고한 권력기반을 구축하고 있는 저쪽의 대주교에게 다리를 놓아 주었지."

"오호라."하고 로렌스는 자기도 모르게 중얼거리고 말았다.

그렇다면 석상의 가공은 대주교가 총괄하고 있는 대성당을 정비, 보수하기 위해 고용된 편력석공들이 맡았으리라. 성당의 복잡한 장식을 복구할 때만 임시로 고용하는 그들은 복구가 끝나면 다른 도시로 옮겨가거나, 또는 그 도시에 남아 날품을 파는 것이 일반적이다.

하지만 평소 한 도시 내에서 나오는 일거리는 한정돼 있으니, 떠나지 않고 지역에 남는 자가 생기면 당연히 해당 지역 석공조합과의 알력이 발생하는 원인이 된다. 게다가 얄궂게도 각지를 전전하며 솜씨를 갈고닦아온 편력석공들이 압도적으로 실력이 뛰어난 경우가 많고, 복잡한 성당의 장식을 보수할 수 있는 것은 편력석공들뿐인 때도 있다.

그러니 대성당이 있는 도시에서는 성당의 보수작업이 이루어질 때마다 지역의 석공들은 일거리를 빼앗기지나 않을까 전전긍긍하면서 불필요한 긴장감을 초래하기도 한다.

그런 점에서 에이브가 석재 가공을 부탁하는 것은 그런 긴장을 완화시키는 방편을 제공하는 셈이다. 편력석공들을 필요한 때에만 고용하고 싶은 대성당에게도, 해당 지역에게도, 당사자인 편력석공들에게도 구원의 손길이다. 에이브는 그에 대한 인사치레로 레노스의 주교가 안면을 트고 싶어 한다면서 대성당의 대주교에게 말을 전하고, 자신은 가공된 석상을 레노스의 교회에 파는 것으로 이익을 취한다.

모든 이가 득을 보는, 이상적인 장사의 형태다.

"설명하는 수고를 줄여 줘서 고맙군. 뭐, 알아본 대로야. 당연히 내가 이윤이 얼마 안 되는 석상 매매를 감수한 것은 여기 주교가 대주교가 되는 데에 도박을 걸었기 때문이지. 그랬는데—."

목소리가 딱딱하게 느껴진 것은 연기인 것인지, 아니면 화를 억누르다 보니 그렇게 된 것인지 판단이 서지 않는다.

하지만 모든 것은 앞뒤가 맞아 있고, 여기까지는 너무 충분하다 싶을 만큼 설득력이 있다고 로렌스는 판단했다.

"나와 거래를 하면서 자금을 모으고 기반이 단단해지기 시작하자 당연히 주교의 앞날이 밝다는 것을 주위 놈들도 알아채기 시작했고, 주교는 주교대로 방해물을 치우려 들게 됐다. 그 인간은 이번 건이 좋은 기회다 싶었는지 날 잘라냈어. 특히 나한테는 빚이 있으니까. 그런 나를 한없이 곁에 두었다가는 이런 저런 성가신 요구를 해올지 모른다고 생각했겠지. 물론 나도 그럴 작정이긴 했지. 그 정도 권리는 있다고 생각했다. 하지만 주교의 입장에서는 나 같은 일개 상인이 커지기를 기다리기보다, 이미 큰 상회를 상대하는 게 훨씬 써먹기 좋지. 그러고 싶은 거야 나도 알겠어. 하지만 받아들일 수는 없는 거지."

사람의 분노라는 것은 불처럼 눈에 보이는 것일지도 모른다는 생각이 들었다.

"그래서 대판 싸우고 갈라서게 된 거야."

호로는 옆자리에서 혹시 자고 있는 게 아닐까 의심이 될 만큼 조용히 듣고 있었다.

로렌스는 다시 한 번 에이브의 말을 머릿속에서 곱씹어 본다.

역시 에이브의 말은 전혀 결함이 없는 것처럼 느껴졌다.

기분 나쁠 만큼 앞뒤가 딱딱 들어맞는다.

만약 이것이 거짓말이라면 로렌스는 에이브의 밑에서 일을 해도 좋다는 생각이 들 정도다.

"그렇군요. 그렇다면 재고가 된 석상도 돈으로 바꾸기는 어려울 테고, 내년의 대원정까지 기다리면 된다고 느긋해 할 수 없다는 것도 이해가 됩니다."

에이브는 방금 전까지의 달변이 마치 거짓말이었던 것처럼 맞장구도 치지 않은 채 침묵을 고수하고 있다.

로렌스는 천천히, 조용히 숨을 깊이 들이마신다.

그리고 다 들이마신 순간 숨을 멈춘 뒤 눈도 감았다.

이만큼 앞뒤가 들어맞는 상황을 제시했는데도 더 의심을 한다면, 그 어떤 거래도 할 수가 없으리라.

혹은, 이런 계략이라면 빠져도 좋다.

서로 농간질을 부리는 이 바닥에서만 얻게 되는 상인 특유의 감각.

"알겠습니다."

들이마신 숨을 내뿜는 것과 동시에 그렇게 말했다.

그 순간, 에이브의 어깨가 아주 약간 움찔한 것이 느껴졌다.

그것은 절대로 연기가 아니라고 단언할 자신이 있다.

이런 순간에 무표정을 유지할 수 있는 상인이 어디 있겠는가.

"계획의 세부 사항을 얘기해 보기로 할까요?"

"…그러지."

두건 그늘 속에서 에이브의 입이 웃음을 지은 것 같았다.

손을 먼저 내민 것은 에이브였다.

로렌스가 그 손을 잡자, 약간 떨리고 있었다.


그 후 로렌스와 에이브 그리고 호로, 세 사람은 시내로 나섰다.

계약이 성립된 것을 축하하기 위해서— 는 아니다. 상인은 이익을 손에 넣는 그 순간까지는 축배를 들지 않는다.

50인 회의의 결론이 언제 공식화되고, 다른 상인들에게 모피를 독점 당할지 모르므로 한시라도 빨리 현금을 마련해 둘 필요가 있다.

호로의 신병을 저당 잡히고 돈을 빌릴 상회를 찾아간 것이다.

상회의 이름은 '데링크 상회'라고 했다.

항구가 바라보이는 상당히 좋은 입지에 있으면서도 하역장도 없이 건물은 비좁고 작다.

상회를 나타내는 깃발도 조그맣고 소극적으로 문에 걸려 있을 뿐이었다.

하지만 건물 벽은 머리카락 한 올 비집고 들어갈 틈이 없을 만큼 돌로 촘촘히 쌓여 있고, 5층 건물이면서도 인접한 건물에 기대듯 서 있는 것처럼도 보이지 않는다.

부연 기름 등불에 의지해 유심히 살펴보니, 작은 깃발도 자수가 곱게 놓인 일급품이다. 어제오늘 장사를 시작한 게 아니라는 것을 나타내듯이 거무스름한 벽돌의 빛깔과 어우러져 작은 거인과 같은 관록을 내보이고 있었다.

다른 상회와는 '선전'이라는 행위에 대한 자세부터가 다른 것이리라.

"데링크 상회의 대표를 맡고 있는, 루즈 엘리긴입니다."

취급하는 상품이 다르면 상인의 관록 또한 크게 달라진다.

로렌스 일행을 맞아준 데링크 상회 측 사람은 네 명으로, 네 명 모두 각각 상회를 대표할 만큼 훌륭한 분위기에 몸가짐도 누가 제일 낫다고 결정할 수가 없었다.

사람을 취급하는 곳에서는 상품 감정을 늘 여러 명이 한다고 들은 적이 있다. 아마도 이 상회의 경영자들은 이 네 사람일 것이다.

"그래프트 로렌스입니다."

로렌스는 엘리긴과 악수를 나눈다.

묘하게 부드러운 손이었다. 얼굴에는 무엇을 생각하고 있는지 전혀 알 수 없는 웃음이 착 달라붙어 있다. 양을 몰기 위해서는 개 짖는 소리가 쓸모 있지만, 사람을 다루려면 이런 웃음이 유용할지도 모르겠다. 호로와도 한 박자 늦게 악수를 나누었는데, 그때 호로를 보는 눈은 뱀이나 도마뱀의 눈과 다름없었다.

에이브는 두건을 벗었을 뿐 딱히 별다른 인사도 하지 않았다. 필시 에이브가 졸부상인에게 팔려간 거래에 이 상회도 한몫했으리라.

"앉으시지요."

엘레긴의 말대로 로렌스 일행은 나사*를 씌운 의자에 앉았다. 속에는 솜이 들어 있는 고급품이다.

"자세한 말씀은 사전에 볼란 가의 당주님에게서 들었습니다."

그러니 불필요한 시간낭비는 하지 말자는 뜻이리라.

로렌스도 가격 흥정을 할 생각은 없다. 귀족을 딸을 파는 거래는 시세를 전혀 모른다.

"다만, 한 가지 여쭙고 싶습니다. 로렌스 씨는 로엔 상업조합의 일원이시라고요?"

엘리긴의 뒤에는 세 남자가 꼼짝도 않고 서서 이쪽을 뚫어져라 쳐다보고 있다.

한 사람 한 사람은 이렇다 할 표정을 짓고 있는 것도 아니건만, 전체적인 분위기의 인상이 너무도 으스스하다.

교섭에 익숙한 몸인데도 압박감이 느껴진다.

달랑 몸뚱이 하나로 팔려온 사람들이 저들 앞에서 거짓말을 하기란 거의 불가능하리라.

"예."

로렌스가 짤막하게 대답하자마자 뒤에 선 세 사람의 으스스한 분위기가 사라졌다.

역시 로렌스의 입에서 진실이 나오게 하려는 술책이었던 모양이다.

"로엔이라면 골덴스 경(卿)과 몇 번인가 거래를 한 적이 있습니다. 혜안을 가졌다는 것은 바로 그런 분을 말하는 것이겠지요."

조합의 중심인물 중 한 사람의 이름이 나오자 로렌스는 아무래

---

※나사 : 두꺼운 바탕에 보풀을 세운 모직물.

도 긴장을 하고 만다.

이로써 도망칠 생각은 버리라고 하는 수작이라는 것을 알지만.

"그쪽에 소속하신 데다 점잖으신 행동거지. 또한 일행 분은 참으로 귀족다운 아가씨라 하니. 저희 넷이서 사전에 협의한 결과를 이 자리에서 말씀드리려고 합니다."

에이브는 2천 5백 냥은 바란다고 했었다.

뜸을 들이는 척하며 엘리긴이 한층 웃음을 짓는다.

어느 세상이건 돈을 내는 쪽이 강자다.

"트레니 은화로 2천 냥."

목표에는 못 미쳤으나 2천 냥이나 되는 군자금을 끌어낼 수 있다면 만만세다.

로렌스는 무의식중에 긴장했던 몸에서 힘이 빠지는 것을 눈치채이지 않으려고 기를 썼는데, 그것은 에이브도 마찬가지였던 모양이다.

옆얼굴이 부자연스러운 무표정 상태다.

"에이브 씨는 2천 5백 냥을 타진해 오셨습니다만 독자적인 상인분을 상대로 그만큼의 거래를 하기에는 지나치게 무리가 있다는 판단 하에. 이건 그… 모피를 둘러싼 거래의 일환이지요? 그러나 그 대신에 수수료는 떼지 않겠습니다. 전액을 빌려드리지요. 단, 그렇게 많은 은화를 비축해 두고 있진 못하니, 지불은 뤼미오네 금화 60냥으로 드리면 어떨까요?"

뤼미오네 금화 1냥이면 트레니 은화가 34냥 선후. 레노스에서 거래되는 자세한 시세는 모르겠지만 화폐는 화폐와의 교환보다 그 이외의 것과 교환될 때 보다 큰 위력을 발휘한다.

경우에 따라서는 트레니 은화 2천 냥을 대폭 상회하는 금액만큼 의 모피를 매입할 수 있을 수도 있다.

그보다 놀란 것은 전액 융자를 해주겠다는 것이었다.

고가의 화폐는 존재 자체가 귀중하다. 때에 따라서는 녹이면 당 장에 만능의 재산으로 바뀌는 금과 은으로 된 화폐는 당연히 문서 상의 돈과는 상대가 안 된다.

종이에 이름을 쓰고 화폐로서의 돈을 빌려줄 때 수수료 명목으로 일정 금액을 떼는 것은 당연한 일.

그러나 그것을 하지 않겠다고 한다.

"인심이 좋군."

그렇게 중얼거린 것은 에이브.

"투자를 하는 겁니다."

엘리긴은 짙은 웃음을 지으며 그렇게 말했다.

"당신은 현명한 분이지요. 이 도시의 상황과 인간관계에서 이익을 끌어내는 기술을 알고 있어요. 틀림없이 이번 일의 성공을 발판 삼아 더욱 도약하겠지요. 우리도 닮고 싶습니다. 그리고—."

로렌스 쪽으로 시선을 돌린다.

"당신은 행운이 넘치는 분입니다. 두 분이 이 도시에서 만나게 된 것은 행운이 아닐 수 없습니다. 또한, 이만큼 큰 거래를 앞에 두고도 차분하기만 하지요. 그것은 당신이 행운에 익숙해 있기 때 문이라고 판단합니다. 우리가 하는 장사는 운이 큰 작용을 하지요. 행운에 익숙한 분이 아니면 금세 발이 걸려 넘어집니다. 우리는 그런 점에서 당신을 신용합니다."

이렇게 평가하는 방법도 있나 싶어 감탄을 하면서, 하기는 자신이 칭찬받을 점이라고는 운이 강한 것 정도밖에 없다는 생각이 든다.

그렇게 자학이라고 하기도 감동이라고 하기도 어려운 생각을 하고 있노라니, 곁에서 호로가 조그맣게 웃은 것만 같았다.

"우리가 하는 장사는 금광을 캐는 것과 같은 것이라 협력자를 얻기 위해서라면 다소의 투자는 아끼지 않습니다."

"그건 그렇다 치고, 허다한 인간들을 입 닥치게 할 그 현금은 어떻게 받으면 되는데?"

에이브의 말에 엘리긴은 비로소 진짜 웃음을 지었다.

"모피의 매입처는 아키에 상회였지요? 정말 보는 눈이 있으십니다. 꼭 좀 그 방법을 가르쳐 주십사 하고―."

"나는 목소리가 쉬어서 말을 많이 하는 게 힘들거든."

농담으로는 들리지 않는다. 에이브의 딱딱한 말투와, 듣기에 따라서는 협박을 하고 있는 것처럼 느껴지는 뱀처럼 음습한 엘리긴의 말투.

로렌스가 경험해 온 것과는 또 다른, 이질적인 대화.

물론 거래 상담을 하는 자들의 사이가 꼭 좋을 필요는 없지만, 두 사람의 대화에는 대체로 인간미가 느껴지지 않는다.

돈만 벌 수 있다면 상대의 태도 따위는 아무래도 상관없다.

그런 분위기가 공기처럼 당연했다.

"수령 방법 말씀이시지요? 그것은 원하시는 대로."

"어떻게 할까?"

에이브는 그제야 비로소 곁에 있는 로렌스를 쳐다보았다.

사전 회의를 해 놓은 것도 아니므로 로렌스는 자신이 생각하고 있던 바를 그대로 말했다.

"번쩍번쩍한 금화가 가까이 있어서는 밤새 눈이 부셔서 잠을 못 잘 테니."

살짝 등줄기를 펴고 얼굴에 희미한 웃음을 지을 수 있었던 것은 곁에 호로가 있는 덕분인지도 모른다.

엘리긴은 "오."하는 표정이 되더니 어깨를 들썩이며 웃었다.

"그야말로 눈이 번쩍 뜨이는 대답이십니다. 취급하는 돈의 액수가 커지게 되면 아무래도 그와 더불어 자부심이 커지게 돼서 말이지요. 그러다 보면 상담중의 마음의 여유라는 것이 고작해야 얼마만큼 심하게 비꼬아 말할까만 궁리하기 십상이지요. 겸손함을 느끼게 하면서도 예리함을 잃지 않는 말이야말로 참된 마음의 여유. 배워야겠습니다."

평소부터 어마어마한 금액을 당연한 듯이 거래하고 있는 것이리라. 은화 2천 냥을 빌려줄 때의 수수료라면 상당한 액수인데 그것을 깨끗이 무료로 해주겠다고 하니.

상인이 위를 향해 올라가고 또 올라간 끝에는 이런 세계가 기다리고 있는 것이리라.

"그럼 모피 매입 직전에 양도하는 것으로 하면 되겠습니까?"

에이브에게 뭔가 생각이 있지 않을까 하여 로렌스는 에이브가 한마디 끼어들 수 있도록 일부러 뜸을 들였으나 끝내 아무 말도 없기에 이렇게 대답했다.

"그렇게 해주십시오."

그러자 엘리긴은 악수를 하기 위해 손을 내밀어왔다.

로렌스는 그것을 받아들여 아까보다는 약간 더 힘찬 악수를 나누었다.

이번에는 호로 대신에 에이브에게 손을 내밀자 에이브도 그에 응한다. 그토록 날카로운 대화를 나누었으면서도 작은 응어리 하나 남지 않은 듯이 보였다.

"일이 잘 풀리시길 빕니다."

신을 전혀 믿을 것 같지 않은 엘리긴은 그렇게 말한 뒤 눈을 감았다.

그런 모습은 신을 밟고 서서라도 돈을 벌고야 말겠다는 기개가 가득한, 어딘지 모르게 숭고함마저 느껴지게 하는 것이었다.


"불쾌한 남자야."

갖가지 서류를 작성한 후 상회를 나오자마자 에이브는 중얼거렸다.

너무도 감정에 찬 말투라 의외로 생각되었다.

"저런 분위기를 가진 분은 처음 상대해 봤습니다. 자신이 얼마나 보잘 것 없는 행상인인지 실감했어요."

솔직한 감상을 말하자 에이브는 두건 밑의 시선을 로렌스 쪽으로 돌리고는 잠시 말이 없었다.

"…정말 그렇게 생각해?"

그러더니 그렇게 물었다.

"예에. 적어도 은화 백 냥 내지는 2백 냥을 짤랑대며 장사를 하고 있는 몸으로서는 처음 보는 느낌이었지요."

"그런 데 비해서는 말만 잘하던걸?"

"금화 얘기 말입니까?"

에이브는 고개를 끄덕이더니 천천히 걷기 시작했다.

로렌스는 호로의 손을 잡고 그 뒤를 천천히 따라간다. 호로는 맡은 바 역할을 완전히 이해했는지 내내 말없이 얌전히 있었는데, 손을 잡자 약간 뜨거웠다.

틀림없이 엘리긴의 눈초리가 마음에 들지 않았던 것이리라.

"우리들이 보기엔 당신의 대답이 훨씬 신선했어. 엘리긴이 당황하던걸? 시정 행상인도 무시 못 하겠군."

"그건 영광입니다."

로렌스가 대답하자 에이브의 짧은 기침 같은 웃음소리가 들렸다.

"당신, 실은 엄청 큰 상회의 후계자인 거 아냐?"

"그런 생각을 품는 날 밤도 확실히 있긴 합니다."

못 당하겠네, 하며 에이브는 중얼거리듯 말한 뒤 웬일로 두건 아래로 날카롭지 않은 눈길을 보내오며 이렇게 말했다.

"떠들었더니 목이 마른 것 같지 않아?"

거래의 모든 절차가 끝난 것은 아니지만 관문 하나는 넘었다.

그에 찬동하지 않을 만큼 로렌스도 빡빡하진 않다.

항구 근처에는 밤이 되었어도 술을 파는 노점이 얼마든지 있다.

로렌스는 포도주 세 잔을 주문하여 근처에 방치돼 있는 빈 나무 상자에 앉았다.

"거래의 성공을 기원하며."

그런 건배의 말을 한 것은 에이브.

세 사람은 군데군데 이가 빠진 토기 잔을 맞부딪히는 시늉만 한 뒤 포도주를 마셨다.

"이제 와서 묻는 말이지만."

"뭡니까?"

"당신, 일행은 어디서 거뒀어?"

"예?"

놀라움을 감추지 않은 것은 교섭을 한 뒤라 마음이 풀어져서 그런 것이 아니다.

에이브가 그런 것을 신경 쓰리라고는 생각지 못했기 때문이다.

"그렇게 의외인가?"

에이브는 입으로만 쓴웃음을 지었다. 다행히 호로는 포도주가 담긴 토기를 양손으로 감싸듯 들고 묵묵히 있었다.

"살피려 들지 않겠다고 하긴 했지만, 아무래도 궁금하잖아?"

"에에… 아니, 그런 질문 자주 듣습니다."

"그래서 어디서 거뒀는데? 농민 봉기에 몰락한 영주의 외동딸이라 해도 나는 놀라지 않겠지만."

몰락귀족이라는 에이브다운 농담이지만, 진실을 말하면 아무리 에이브라도 놀랄 것이다. 호로의 등 쪽에서 화륵 하고 작은 소리가 나는 듯해 로렌스는 은근슬쩍 호로의 발을 가볍게 밟았다.

"북쪽 태생이라는데, 이곳에서 남쪽에 있는 보리의 대산지에서 장기간 지냈다고 합니다."

"오호."

"그 마을과는 몇 번인가 거래를 하기도 했고 아는 사람도 있고 해서 행상을 하는 도중에 들렀는데, 그때 자기 멋대로 짐칸 속에 숨어들었던 거지요."

그러고 보니 호로가 숨어들었던 게 모피 속이었던 것이 떠올랐다.

호로는 꼬리가 달려 있을 정도이니 모피와 무슨 인연이 있는지도 모르겠다.

"고향으로 돌아가고 싶다고 해서, 우여곡절은 있었습니다만 결국 길 안내를 하고 있는 중입니다."

거짓말은 아니니 참으로 말하기 편하다. 호로도 고개를 끄덕이고 에이브는 술을 한 모금 마셨다.

"싸구려 시인의 노래 같은 만남이로군."

로렌스는 피식 웃고 만다.

정말 그렇기 때문이다.

하지만 그 후로 이어진 일들은 돈으로 환산할 수 있는 것이 아니다.

어이가 없으면서도 즐거워서, 가능한 평생 계속되었으면 싶을 정도의.

"무엇보다 그 우여곡절이란 게 궁금한데, 그건 신부 앞에서조차 말 못하겠다는 건가?"

"신부님에게야말로 말 못한다는 것이 바르겠지요."

그것은 사실이지만, 로렌스가 하는 말의 의미와 에이브가 받아들인 의미는 전혀 다를 것이다.

에이브가 소리를 내며 웃는다. 그렇다고 누가 쳐다볼 만큼 항구가 조용하지는 않다.

"뭐, 이렇게 좋은 옷을 입힌 것을 보면 좋은 만남이었으리라는 것은 알겠어."

"방심한 틈에 제멋대로 산 겁니다."

"그렇겠지. 똑똑할 것 같은 분위기야."

아마도 후드 밑으로 의기양양한 웃음을 짓고 있으리라.

"사이가 좋아 보였거든. 하지만 여관에서는 조금 목소리를 낮추기를 권하겠어."

포도주를 입에 대려다가 멈칫하고 만다. 설마 숙소에서 주거니 받거니 한 말을 고스란히 들었나 하는 생각과, 이것이 한번 떠보는 말이라는 것을 알아차린 것은 거의 동시였다.

저런 거에 걸려들지 말라는 듯이 호로가 발을 밟았다.

"잘해 줘. 만남은 돈으로 살 수 있지만, 그 좋고 나쁨까지 결정할 수 있는 건 아니야."

하지만, 그 말에 시선이 에이브의 두건 밑으로 쏠린다.

에이브는 푸른 눈을 내놓고 있었다.

그 눈의 푸른빛은 고귀해 보이는 파랑.

"나를 산 졸부는 그야말로 지독한 인간이었거든."

그런 뒤 에이브는 시선을 로렌스에게서 떼어 호로를 힐끗 쳐다본 뒤 항구 쪽으로 돌렸다. 로렌스가 그런 에이브의 옆얼굴에서 눈길을 돌린 것은 자조하는 듯한 웃음을 짓고 있었기 때문이다.

"동정은 싫다고 말하면 거짓말이겠지만, 옛날 일이야. 그리고 그 인간은 금세 죽어 버렸으니까."

"그랬습니까…."

"그랬지. 알고 있겠지만 우리나라는 양털 거래가 번창해서 외지 상인과 선물 매매로 앞 다투어 키 높이를 훌쩍 넘는 돈을 쏟아 부었는데, 왕이 정책을 전환하는 바람에 폭삭 망해 버린 거야. 하루

하루 빵 살 돈도 없어 동동대던 몰락귀족이 보기엔 믿어지지가 않을 정도로 거액의 거래였는데 말이지. 그런데, 그 인간이 자존심 하나는 귀족보다 센 남자였거든. 파산이 결정된 그날로 칼로 목을 찔러 죽었어. 뭐, 그 점에서만큼은 볼란 가의 이름에 걸맞은 깨끗한 최후였지."

화를 내는 것도 슬퍼하는 것도, 또한 그 졸부상인을 비웃는 것도 아닌— 아련함에 잠긴 듯이 에이브는 이야기를 늘어놓는다.

이것이 연기라면 로렌스는 더는 아무도 믿을 수가 없으리라.

"결혼식도 화려했지. 볼란 가 역사상 1, 2위를 다툴 거라면서 할아버지는 우셨어. 나한테야 장례식이나 다름없었지만. 그래도 좋은 점들도 있었어. 하나는 먹고사는 데 곤란하지 않게 된 것. 또 하나는 아이가 생기지 않은 것."

귀족만큼 핏줄이 중요한 무리들도 없다.

자식은 신께서 내려주신 것이 아니라, 정략적인 도구에 지나지 않는다.

"그리고 내가 그 인간 지갑에서 야금야금 빼낸 돈을 아무에게도 들키지 않은 것. 파산한 뒤 집안을 모조리 쓸어갔지만, 상인이 되어 장사를 시작하기에는 충분한 돈이 남아 있었지."

졸부라고는 해도 귀족 집안을 살 정도의 상인이라면 어엿한 상회를 운영하고 있었을 것이다.

귀족의 딸인 에이브가 상인의 길을 선택하고, 또한 일이 순조롭게 풀린 것은 그 상회에 남아 있던 이들의 협력이 있었기 때문일 것이다.

"내 꿈은 말이지, 그 인간의 상회를 뛰어넘는 것을 만드는 거야.”

에이브가 불쑥 말했다.

“나를 산 건 행운이 분명하다, 원래 같으면 그 인간 정도의 상인이 살 만한 값싼 상품이 아니었다는 걸 증명하고 싶거든. 어린애 같지?”

쉰 목소리로 말한 뒤 웃는 에이브의 옆얼굴이 무척 어려 보였다.

에이브와 모피 거래를 함께하기로 합의한 뒤, 마지막에 나눈 악수에서 에이브는 손을 떨고 있었다.

모든 면에서 지지 않는 완벽한 인간은 이 세상에 절대 없는 것이다.

“하하. 그냥 잊어줘. 가끔은 누군가에게 이야기를 하고 싶거든. 나도 아직은 멀었다는 얘기지.”

그런 뒤 포도주를 마시고 조그맣게 트림을 한다.

“아니, 약간 달라.”

에이브가 두건의 가장자리를 살짝 들어 올린 것은 무슨 마음에서였을까.

“당신들이 부러웠어.”

푸른 눈이 눈부신 듯이 가늘어져 있었다.

로렌스는 한동안 대답에 궁하다가 결국은 술로 도망친다.

틀림없이 호로한테 또 한바탕 놀림을 당하겠군, 하는 생각이 들었나.

“쿠쿠. 바보 같은 얘기지. 우리들이 신경 써야 할 것은 돈벌이뿐. 그렇지?”

토기 잔 속의 포도주에 비친 자신의 얼굴을 본다.

에이브와 마찬가지로 상인답지 않은 얼굴이다.

"그렇지요."

자신의 얼굴과 함께 포도주를 마신 뒤 로렌스는 말했다. 나중에 호로가 무슨 소리를 할지 두렵기 짝이 없었으나, 에이브가 메마른 웃음소리를 짧게 낸 후 자리에서 일어났을 때에는 두 사람 모두 상인의 얼굴로 돌아가 있었다.

"회의의 결론이 공표되면 즉시 거래에 착수한다. 어디 있을 건지는 항상 아롤드 영감에게 말해 두도록."

"알겠습니다."

어디를 보건 역전의 상인이 거친 손을 내밀어왔다.

"잘 풀리겠지?"

"물론입니다."

로렌스는 그 손을 잡은 뒤 그렇게 말했다.


로렌스는 레노스에 들어오면서, 혹시 늑대가죽이 있더라도 화내지 말라고 했을 때 호로가 했던 대답을 떠올렸다.

자신도 딱히 신경을 쓰진 않지만 아는 누군가가 사냥을 당한다면 마음이 편치는 않다.

그것은 매매에도 해당되는 것이다.

양자로 보내면서 자식을 파는 것이나, 일꾼으로 쓰려고 노예를 매매하는 것은 필요불가결한 장사이니, 아무에게도 손가락질을 받을 만한 일은 아니다.

그래도 혹시 정말로 호로를 팔게 되면 어쩌나 하는 생각이 언뜻 드는 것만으로도 로렌스는 마음속이 뒤숭숭해진다.

인신매매를 비난하는 교회의 정결한 가르침을 이제야 이해할 수 있을 것만 같다.

그런 교섭을 한 후, 숙소로 돌아오자 에이브는 아롤드와 한 잔 할 거라면서 1층에 남았다.

이번 일에 연관된 자 중에서 나른한 표정을 지으며 침대에 엎어진 것은 아마도 호로밖에 없을 것이다.

"하여간. 열만 받는 쓸데없는 시간이었어."

동물기름 등잔에 불을 붙이면서 로렌스는 쓴쓰레 웃고 만다.

"빌려온 고양이처럼 아주 얌전하던걸?"

"그 고양이로 돈을 빌리려고 하는 거니까 얌전하게 청초한 척하고 있을 수밖에 없잖아?"

로렌스는 에이브의 말을 신용할 수 있다고 판단했고 에이브도 그것에 대응해 이번 거래는 순조롭게 진행되고 있다. 뜻밖의 사태가 발생하지 않는 한은 모피 거래가 성공하여 막대한 이익이 품속으로 굴러들어올 것으로 기대하는 것이, 무작정 낙관적인 예측은 아닐 것이라고 생각한다.

교회 옆길의 걸인이 말했던, 뱃속이 따끈따끈해질 만큼 기쁜 조짐을 일찍부터 느낀다 해도 아무도 비웃지는 않을 것이다.

참으로 오랜만에 맛보는 이 느낌.

왜 아니겠는가. 마침내 염원하던 마을상인으로서의 새로운 출발이 코앞으로 다가와 있는데.

"아니, 정말로 큰 도움이 됐어."

로렌스는 그렇게 말한 뒤 가볍게 턱을 쓰다듬었다.

"고마워."

호로가 힐끗 던진 시선은 그다지 호의적인 것은 아니었다. 먼지라도 터는 것처럼 귀를 털고, 아무래도 상관없다는 식으로 코로 한숨을 쉬더니 똑바로 누운 자세를 엎드린 자세로 바꾸고는 책을 펼친다.

하지만 그 모습은 단적으로 말해 쑥스러워하고 있는 것처럼도 보였다.

"궁금해 하던 이야기는 실려 있어?"

호로가 책을 보면서 꾸물꾸물 로브를 벗기 시작하자 로렌스는 기분 좋게 그것을 거들어주었다. 뿌리치지 않는 것을 보면, 쑥스러워서 이럴 수도 있다는 추측이 영 틀린 것만은 아닌가 보다.

"기분 나쁜 이야기가 많아. 두 갈래 길이 교차하는 장소에는 불길한 노래를 부르는 악마가 묻혀 있다는 것도 있어."

"아아, 그런 얘기 종종 듣지."

"그래?"

로브를 벗은 탓에 물에 기름을 떨어뜨린 것처럼 확 퍼진 머리카락을 한데 모아 준 뒤 대답한다.

"악사(樂士)라고 불리면서 악기를 들고 이 마을 저 마을로 떠돌아다니는 사람들은 때로는 마을에 불행과 역병을 데리고 들어오는 악마의 시자라는 소리를 듣기도 하거든. 그리고 그런 사람들을 목매다는 곳은 마을 바깥의 교차로로 정해져 있어."

"호오…."

풀던 허리띠가 꼬리 위에 걸리자 귀찮은 듯이 털어내려는 것을 벗겨 주니 고맙다는 듯이 꼬리를 비벼온다.

약간 장난기가 발동해 이쪽에서 만지려 했더니 확 피해 버린다.

"악마인 악사가 죽은 뒤에는 자기네 마을이 아닌 다른 곳으로 혼이 가 버리길 비는 거지. 그러니까 마을 바깥의 두 갈래 길이 교차하는 곳은 돌도 신중하게 치워져 있고, 구멍이 메워져 있기도 해. 누가 거기에 걸려 넘어지기라도 하면 묻혀 있던 악마가 되살아난다고 하니까."

"흠. 인간들은 여러 가지로 생각이 많군."

호로는 감탄한 듯이 중얼거린 뒤 다시금 책으로 눈길을 돌렸다.

"늑대는 미신이 없어?"

"……."

돌연 진지한 표정을 짓기에 아픈 데를 찔렀나 했으나, 그냥 단순히 생각을 하고 있었던 모양이다. 잠시 후 시선을 이쪽으로 돌렸다.

"듣고 보니 그런데, 없어."

"어린애가 밤에 소변을 못 누러 가는 일은 없어 좋겠군."

호로는 허를 찔린 듯이 멍한 표정을 짓더니 웃음을 터뜨렸다.

"내 얘기는 아니다."

"쿠후."

웃고 난 뒤 꼬리를 흔들어댄다. 로렌스가 아주 살짝 머리를 쿡 찌르자 호로는 간지러운 듯이 목을 움츠렸다.

그런 뒤 자연스럽게 호로의 머리에 손을 얹는다.

뿌리치는 것 아닌가 했는데 호로는 가만있으면서 귀만 약간 쫑긋했다. 어린애처럼 다소 높은 호로의 체온이 손으로 전해져 온다.

애절한 마음이 들 만큼 조용한, 둘도 없는 시간.

그리고 호로는 그제야 준비가 되었다는 듯이 불쑥 입을 열었다.

"나한테 진위 여부를 묻지는 않을 거야?"

에이브가 한 말의 진실성을 묻지 않느냐는 뜻이리라.

로렌스는 호로의 머리에서 손을 뗀 뒤 그저 고개만 끄덕여 대답했다.

호로는 시선을 돌려 확인을 하려 들지도 않는다. 그런 기척만으로도 충분한 듯했다.

"진위 여부를 물어오면 기막혀 하면서 깔아뭉개고 놀려댄 다음에, 가르쳐주고 나서는 있는 대로 우려먹으려고 했건만."

"자칫하면 큰일 날 뻔했네."

로렌스의 말에 호로는 즐거운 듯이 웃었다.

그런 뒤 머리를 침대 위에 툭 떨어뜨리고는 올려다보듯이 시선을 던져왔다.

"당신이 모든 것을 스스로 판단하려는 이유도 난 알아. 나를 파는 것에 묘한 책임감을 느끼고 있지? 하지만 사람은 그렇게 강하지 않다는 것을 난 알아. 말의 진위 여부를 확인하는 방법이 있으면 의지하고 싶어질 텐데도 당신은 어째서 그걸 안 하는 건데?"

그런 말을 하는 호로의 진의야말로 알고 싶었지만 섣불리 머리를 굴렸다가는 괜한 화근이 될 것 같아 순순히 대답을 하기로 했다.

"그런 쪽을 제대로 구분하지 못하면 네가 화를 낼 거잖아."

"…정말 예의바르긴. 좀 더 나한테 기대 보면 어때?"

일단 처음부터 의지하기 시작하면 다음에는 그 문턱이 훨씬 낮아진다.

모든 일은 익숙해지기 마련이다. 그것을 늘 잊지 않고 명심할 수 있는 것은 성인(聖人)뿐일 것이라는 자각 정도는 있다.

"나는 요령이 없거든."

"어떤 일이나 연습을 하면 나름대로 익숙해지게 돼 있어."

로렌스가 한데 모아 준 머리카락이 사라락 소리를 내며 흘러내린다.

"연습해 볼래?"

"응석부리는 연습?"

농담조로 되묻자, 살랑살랑 흔들거리던 호로의 꼬리가 서서히 가라앉았다.

호로가 눈을 한 번 감았다가 천천히 뜬다. 부드러운 웃음과 함께, 그 어떤 실패도 다 용서해 줄 것처럼 다정한 눈빛을 하고 있었다.

아무리 응석을 부려도 다 받아 줄 것 같은 얼굴이란 바로 이런 얼굴일지도 모른다.

로렌스를 놀리기 위해 일부러 이러는 거라면, 이보다 더 악질적인 것은 없을 것 같다.

이런 농간에 걸려들었다고 그 누가 그것을 비난할 수 있을 것인가.

그래서 로렌스는 오히려 머리가 냉정해졌다.

냉정해졌을 뿐 아니라 거꾸로, 이런 함정을 파서 로렌스를 비웃어 주려는 것을 보아하니 호로는 오히려 기분이 나쁜지도 모른다는 생각마저 든다.

그런데 호로는 로렌스의 그런 마음속을 보며 즐기는 것이 주된 목적이었던 모양이다.

어느 틈엔가 얼굴이 생글생글 웃고 있었다.

"그런 악질적인 함정은 집어치우라고 화 안 내?"

"화를 낸들…."

"하지만 이번에는 정말 함정이 아니야. 응석부리는 연습을 실컷 해볼래?"

"…그렇게 말할 거면서?"

로렌스가 어깨를 으쓱하자 호로는 깔깔대며 한바탕 웃고 나더니 자신의 팔베개에 머리를 얹었다.

"당신한테 속을 읽히다니 현랑의 불명예다."

"아무리 그래도 익숙해지게 돼 있어."

호로는 웃는 것도 분해 하는 것도 아닌, 잔잔한 웃음의 여운만을 얼굴에 남긴 채 침대 구석을 가리켰다.

앉으라는 뜻이리라.

"하지만 착해 빠진 것에는 전혀 변함이 없어…."

로렌스가 침대 구석에 걸터앉자 호로는 몸을 일으키며 뒷말을 이었다.

"내가 당신을 함정에 빠뜨려 놓고 배꼽을 잡으며 웃어도, 당신은 화를 내기는 하지만 나한테 정 떨어져 하지는 않지."

로렌스는 웃으면 대답했다.

"글쎄, 앞으로도 그러리란 법은 없지."

그러니 조금 더 행동에 주의를 하라는 말을 덧붙이려 했다가 도로 삼켰다.

천하무적의 웃음을 지으며 또 능란하게 받아칠 줄 알았던 호로가 서글픈 듯이 웃고 있었기 때문이다.

"물론 그렇겠지. 분명히 그럴 거야."

그리고 혼잣말을 하듯 중얼거리더니, 예상치 못했던 행동으로 나왔다.

호로는 일어나 꿈지럭꿈지럭 로렌스 쪽으로 다가오더니 허벅지 위에 옆으로 걸터앉았다. 그리고는 전혀 주저 없이 양팔을 로렌스의 등에 두르고 꽉 껴안았다.

얼굴은 로렌스의 왼쪽 어깨에 딱 얹은 자세.

어떤 표정을 짓고 있는지는 물론 보이지 않는다.

하지만 이렇게까지 노골적인 일을 당해도 뭔가 좋지 않은 꿍꿍이가 있을 거란 생각은 들지 않았다.

"사람이 변하는 것은 사실이야. 얼마 전의 당신이었으면 이런 일을 당하는 순간 몸이 굳어졌을 테니까."

그 어떤 때라도 냉정을 가장할 것 같은 호로라도 귀와 꼬리만은 어찌지 못한다.

소리와 더불어, 왼손에 닿는 감촉에서 꼬리가 불안스레 천천히 움직이고 있는 것이 느껴졌다.

살며시 잡아 본다.

그 순간, 호로의 몸이 놀랄 만큼 딱 굳어져서 황급히 손을 뗐다.

사과하기도 전에 옆머리로 박치기를 당한다.

"함부로 만지지 마."

때때로 호로는 무슨 상이라도 되는 듯이 꼬리를 만지게 해주겠다는 둥의 말을 하는데, 아무래도 일종의 약점인 모양이다.

하지만 딱히 그것을 확인할 목적이었던 것도 아니고, 순수한 장난이었던 것도 아니다.

뭐가 원인인지는 모르겠지만 호로의 반응을 보아하니 완전히 풀이 죽어 있는 것은 아닌 듯해서 조금 안심이 되었다.

"멍청이."

호로는 한마디 더 하더니 한숨을 쉬었다.

침묵이 내린다.

때때로 호로가 꼬리를 흔드는 파닥파닥 소리가 들리고, 동물기름의 등불이 심지를 태우는 짧은 소리가 거기에 섞인다.

이쪽에서 먼저 말을 해야 할까 하고 로렌스가 생각한 것과, 호로가 입을 연 것은 동시였다.

"그렇게까지 당신을 걱정시켜서야 그야말로 현랑의 불명예지."

하려던 말이 기척으로 전해졌었나 보다.

그러나 호로의 말이 애써 씩씩한 체하는 것으로 느껴진 것은 단순히 기분 탓만은 아닐 것이다.

"하여간. 내가 어리광을 부리면 얘기가 달라지잖아. 당신이 나한테 어리광을 부려야 하는 거였는데."

어깨 위에 얹은 얼굴을 들고 등줄기를 펴자 로렌스보다 약간 시선이 높아진다.

호박색 눈망울로 로렌스를 내려다보며 언짢은 듯이 입술을 뒤틀었다.

"당신은 언제 당황해 줄 건데?"

"네가 생각하고 있는 바를 말해 주면."

그러자마자 호로는 쓴물이라도 삼킨 듯이 싫은 표정을 지으며 몸을 뺀다.

그런데도 로렌스가 딱히 낭패하지도 않고 그대로 있자 호로는 이내 서글픈 표정을 짓더니 "당신." 하고 조그맣게 말했다.

"왜?"

"당황해 주는 게 좋은데."

"알았어."

로렌스가 대답하자 호로는 다시금 천천히 로렌스의 가슴에 몸을 기댄 뒤, 몸을 뒤척이면서 중얼거리듯 말했다.

"여기서 여행을 끝내기로 하자."

그 순간 얼마나 놀랐는지 누군가에게 전하려 한다면 이 모습을 그대로 보여주는 수밖에 없다.

그런 생각이 들 정도로 놀라고 말았다.

하지만, 그 직후 느낀 것은 분노.

그것은 농담으로라도 입에 담고 싶지 않은 말이었기 때문이다.

"농담이라고 생각해?"

"생각해."

재깍 대답한 것은 냉정했기 때문이 아니다.

오히려 그 반대로, 호로의 어깨를 붙들어 뗀 뒤 얼굴을 들여다 본다.

그 얼굴은 웃고 있었으나, 도저히 로렌스가 화를 낼 수 있는 것이 아니었다.

"정말이지 당신은 귀여워."

로렌스는 속으로 중얼거렸다.

그런 말을 하면서 턱을 간질일 거면 좀 더 다르게 나와야지. 평소와 같은 심술궂은 얼굴로는 소용없을걸— 하고.

"농담 아니야. 이런 말을 농담으로 하면 당신이 정말로 화를 낼 텐데? 그리고."

어깨를 잡은 로렌스의 손에 자신의 손을 포갠 뒤, 말을 덧붙였다.

"결국은 용서해 줄 거야. 당신은 착하니까."

호로의 손가락은 가늘다. 손톱은 제대로 다듬지도 않건만 참 매끄러운 모양을 가졌다.

그런 손톱이 힘 조절도 거의 하지 않고 손등을 찌르면 아프지 않을 리 없다.

하지만 손톱에 찔렸어도 호로의 어깨에서 손은 떼지 않았다.

"내가 한 계약은… 널 고향까지 바래다주는 것이었어."

"이젠 거의 근처까지 다 왔잖아?"

"그럼 지난번 마을에서는 왜…."

"사람은 변해. 상황도 변해. 물론, 내 기분도 변해."

그렇게 말한 뒤 호로가 쓴웃음을 지은 것은, 틀림없이 자신의 얼굴이 한심스러웠기 때문일 거라고 로렌스는 이내 생각했다.

한순간이긴 해도, 아연실색하고 만 것이다.

기분이 변한 것 정도로 결정을 내릴 일이었던가 하고.

"구후. 아직도 경작되지 않은 밭이 있었던 모양이네. 하지만 여기는 너무 흙 묻은 발을 내딛어도 될 곳은 아니야."

로렌스가 낭패한 표정을 짓고 당황하는 것을 놀려대며 즐거워하는 것에는 물론 새삼스러울 것이 없지만, 점차 같은 수법에 걸려들지 않게 되면 골리는 방법 또한 조금씩 과격해지게 된다.

그러나 호로가 말한 대로 이곳은 갖고 놀지 말았으면 싶은 영역이다.

"하지만, 갑자기 왜?"

"그 계집애가 말했잖아?"

"…에이브가."

호로는 고개를 끄덕인 뒤 로렌스의 손등을 찌르고 있던 손톱을 뗐다.

조금 피가 배어 있는 것을 보더니 눈으로 사과를 하며 호로는 말을 이었다.

"만남은 돈으로 살 수 있으나."

"그… 좋고 나쁨까지는 결정할 수 없다?"

"그러니까 그 만남은 소중히 하라고. 인간 계집애가 잘난 척하긴…."

호로는 티끌만큼도 아랑곳하지 않을 것 같은 일에 독설을 퍼붓더니 로렌스의 손에 뺨을 갖다 댔다.

"난 당신과의 만남을 좋은 것으로 하고 싶어. 그러려면 이쯤에서 헤어지는 것이 좋지 않을까 해."

로렌스에게는 호로가 하는 말이 이해되지 않는다.

테레오 마을에서 호로는 고향에 도착한 뒤에 어떻게 할 것이냐는 물음을 얼버무렸다.

그것은 고향에 도착하면 이 여행이 끝날 것이라는 예감이 둘 사이에 있었기 때문이라고 로렌스는 생각한다.

애초에 한 약속에서 볼 때 그것은 지극히 자연스러운 결과다.

로렌스도 호로와 만난 당초에는 그렇게 생각했었다. 호로도 분명히 그랬었으리라.

하지만 둘이 함께하는 이 여행은 너무도 즐겁다. 가능하면 하루라도 더 오래 계속하고 싶다.

그렇게 어린애처럼 떼를 쓰고 싶어지는 생각이 자꾸 든다.

그리고 그것은 호로도 마찬가지 아니었나? 적어도 지금까지 해온 여행을 돌아보면 로렌스는 그렇게 확신할 자신이 있다.

그렇다면 여기서 여행을 끝낸다는 것이 어째서 만남을 좋게 만드는 것으로 이어진단 말인가.

곤혹스러움을 감추지 못하고 있을 눈으로 로렌스가 호로를 쳐다보자, 호로는 로렌스의 손에 뺨을 댄 채 난처한 듯이 웃었다.

"멍청이, 정말로 모르는 거야?"

놀리는 것도 화를 내는 것도 아니다. 버릇없는 아이가 고민하는 것을 보고 어이없어 하는 느낌과 비슷하면서도, 어딘지 모르게 자애로운 빛조차 감돈다.

호로는 얼굴을 들더니 로렌스의 손을 잡아 어깨에서 내린 뒤, 다시 한 번 천천히 껴안아 왔다.

"이 여행은 너무 너무 즐거워. 울고, 웃고, 이 냉정하고 노회한 내가 어린애처럼 소리를 질러대고 싸움도 했어. 오랫동안 혼자 있던 나한테는 굉장히 눈부신 일이야. 정말로 영원히 계속됐으면 좋겠다고 생각한 적도 있어."

"그럼."

로렌스는 말을 하려다가 순간 말문이 막혔다.

그것은 불가능한 이야기다.

호로는 사람이 아니니까. 살아가는 시간이 너무도 차이가 난다.

"당신은 머리 회전은 빠른데 역시 경험이 부족해. 당신은 돈벌이에 힘쓰는 상인이라 금방 알 줄 알았는데…. 난 딱히 당신의 말년에 병구완을 해주기 싫어서 이런 말을 하는 건 아냐. 그런 일에는… 익숙할 대로 익숙해."

겨울철의 갈색 대평원에 부는 바람처럼 호로는 거침없이 말했다.

"내가 좀 더 자제할 수 있었다면, 어쩌면 내 고향에 도착할 때까지는 이대로 끌고 갈 수도 있었어. 저번 마을을 떠났을 때만 해도 그럴 자신감이 있었는데…. 하지만 당신은 한없이 착해 빠졌잖아. 내가 그 어떤 짓을 해도 당신은 받아줄 테고, 바라면 바라는 만큼 해줄 거야. 그런 걸 참는 게 난 너무 힘들어. 힘들어서…."

기사도 이야기의 마지막 장면과 같은 이런 말을 호로의 입에서 듣는대도 로렌스는 전혀 기쁘지 않았다.

호로가 무슨 말을 하고 있는지는 여전히 전혀 알 수가 없었으나, 적어도 한 가지 깨닫게 된 것이 있다.

이런 말들의 마지막에는 '그러니 여기서 헤어지자'는 말이 이어지리라는 것이다.

"그래서 난… 무서워."

호로의 꼬리가 피어오르는 불안처럼 부풀었다.

새끼돼지 통구이를 먹은 날 밤의 일이다. 호로가 무섭다고 하며 떨었던 것.

그때는 전혀 깨닫지 못했으나, 이런 흐름에서 볼 때 호로가 무서워한 것은 한 가지밖에 없다.

다만, 그것이 왜 무서운지를 모르겠다.

호로는 로렌스가 그 점을 알아주길 바라고 있다.

그날 밤 호로는 로렌스가 그것을 알아채면 곤란하다고 말했다. 그럼에도 이런 상황에서 이야기를 꺼낸 것은 깨닫지 못하는 쪽이 오히려 더 곤란하다고 판단했기 때문일 것이다.

호로는 현랑이다. 쓸데없는 일을 하는 법이 없고, 좀처럼 틀리는 적도 없다.

그렇다면 지금까지 제시된 조건으로 알 수 있을 터.

로렌스는 필사적으로 머리를 굴렸다.

상인의 자랑거리인 기억력으로 모든 것을 되짚으며 필사적으로 생각한다.

에이브의 이야기, 호로가 느닷없이 꺼낸 이별의 말, 상인이라서 알 수 있을지도 모른다는 것. 그리고, 호로가 무서워하는 것.

어느 것 하나 서로 상관이 없는 것 같은데, 도대체 어떻게 연결이 된다는 것인지 전혀 알 수가 없다.

이 여행이 즐겁다면 앞으로도 쭉 이랬으면 좋겠다고 바라는 것이 자연스런 감정 아닌가.

여행에는 반드시 끝이 있기 마련이니, 피할 수 없는 그것을 호로가 기피하고 있는 것은 아닐 것이다. 그것은 진작 이해했을 테고 로렌스도 물론 그렇다. 반드시 올 여행의 끝에는 웃는 얼굴로 헤어질 자신이 있었다.

그러니, 이런 식으로 여행을 중도에 그만두는 데에는 뭔가 의미가 있을 것이 틀림없다.

여행 도중에, 이런 시기에. 고향에 도착할 때까지 끌고 갈 수 없을 것 같아서….

거기까지 생각하자 뭔가 연결이 되는 듯한 느낌이 들었다.

즐거움. 여행. 시기. 상인.

로렌스는 그 순간 몸이 굳어지는 것을 막을 수 없었다.

"…이제야 알았어?"

호로는 어이없는 듯이 말하고는 로렌스의 다리 위에서 일어섰다.

"사실을 말하자면 깨닫지 않기를 바라지만, 이대로 두면 틀림없이 최상의 결말을 놓치게 돼. 알겠지? 이게 무슨 말인지."

로렌스는 고개를 끄덕였다.

지나치리만큼 분명히 알았다.

아니, 막연히 알고는 있었다. 다만 인정하고 싶지 않았을 뿐인지도 모른다.

호로는 별 미련도 없이 로렌스에게서 떨어져 침대를 내려갔다.

로렌스는 호로의 호박색 눈이 내려다보는 가운데 중얼거리듯 말했다.

"너조차 그런 이야기는 본 적이 없어?"

"이야기? 아…, 그런 뜻이었어? 꽤 그럴 듯한 말을 하네."

세상에는 크게 두 가지 이야기가 있다. 사람이 행복해지는 이야기와 불행해지는 이야기.

그러나 사실은 네 가지여야만 한다. 하지만 나머지 두 가지는 인간이 어떻게 해보기에는 너무도 어려울 뿐만 아니라, 그것을 이해하기에는 인간이라는 존재 자체가 심히 불완전하다.

그러니 그것을 창조하고 읽어낼 수 있는 것은 신밖에 없다. 실제로 교회는 사후의 세계에 그것을 약속한다.

"계속해서 행복할 수 있는 이야기."

호로는 말없이 천천히 걸으며 방구석의 짐과 함께 놓여 있던 포도주가 든 주전자를 집어 들었다. 그리고 다시 돌아선 얼굴은 웃고 있었다.

"그런 건 존재하지 않아. 물론 당신과 주거니 받거니 하는 것은 정말 즐거워. 너무 너무 즐거워. 그야말로 당신을 확 잡아먹고 싶어질 만큼."

붉은 기가 도는 호박색 눈이 가늘어지면서 저런 말을 하면, 만난 지 얼마 안 됐을 때 같았으면 분명히 철렁했을 것이다.

그러던 것이 지금은 별반 동요도 없다.

처음 만난 그때 그대로였으면 좋겠다고 한 호로의 말이 가슴을 아프게 찔렀다.

"하지만 아무리 맛있는 음식도 똑같은 것만 계속 먹으면 어떻게 되지? 질리게 되잖아? 게다가 문제는, 우리들이 새로운 즐거움을 얻으려고 하면 할수록 점점 서로에게 과격하게 나갈 수밖에 없어져. 그 계단의 끝에 있는 것이 무엇일지— 알지?"

그 끝에 있는 것을 손으로 꼽아 보면 이내 머리가 아득해진다.

시간은 긴 데 비해 자신들이 할 수 있는 가짓수는 너무도 적다.

방법을 바꾸고, 질을 달리 하다 보면 순식간에 밑천이 떨어진다.

계단을 계속해서 오르는 것은 가능하다.

그러나, 그 계단이 언제까지나 존재하리라는 보장은 없다.

"이윽고 우리는 욕구를 채우지 못하게 되고, 즐거웠던 모든 행동들도 그저 풍화되어, 빛바랜 즐거움만이 기억 속에 남게 되는 거야. 그야말로— 처음 만났을 때는 즐거웠었는데, 하면서.”

장난스런 눈빛을 던져온 것은 일부러 그런 것이리라.

“그래서 난 무서웠어. 이런 즐거움의 마멸을 가속화시키는 당신 의…”

주전자에서 포도주를 한 모금 마신 뒤 자조하는 듯이 호로는 말했다.

“다정함이.”

현랑 호로.

몇 백 년을 살아왔고, 보리의 풍작을 관장하며, 외로움을 두려워하고, 인간의 모습을 취할 수 있는 늑대.

호로가 외로움을 두려워하는 것은 약간 이해하기 어려운 부분도 있었다. 신으로 떠받들고 두려워하는 것이 싫다는 논리는 이해하기가 좀 어렵다 싶었다.

물론 오래 오래 사는 몸이니 같은 시간대를 사는 자들의 수가 극도로 적고, 그런 탓에 외로움에 대해 민감한가 보다 했다.

하지만 이제야 그 대답을 알겠다.

외로운 게 싫다면 같은 시간대를 사는 자들을 찾아 사이좋게 지내면 될 텐데 그렇게 하지 않는— 아니, 그럴 수 없는 이유.

호로는 자신은 신이 아니라고 했다.

그 참된 이유는 여기에 있었다.

신은 천국을 늙지도 병들지도 않는 영원히 행복한 세계로 만들었다고 한다.

호로는 그런 일을 할 수가 없다.

사람과 마찬가지로 그 어떤 일에도 익숙해지고 싫증이 난다. 그 토록 즐거웠었건만— 하고 멍하니 생각하는 밤이 있다.

영원히 즐거운 상태로 있고 싶다.

소녀 같은 그 소망은 결코 이루어질 수 없다는 것을, 오랜 세월을 살아온 현랑은 넘치도록 잘 알고 있는 것이다.

"끝이 좋으면 다 좋다고, 당신네 인간들은 정말 그럴 듯한 말을 한다 싶어 감탄한 적이 있어. 그 말이 옳다고 생각은 하면서도 정말로 즐거운 일은 좀처럼 접을 결심이 서지 않지. 이대로 고향까지 질질 끌면서 함께 있다가는 어떻게 될지 몰라. 그러니까 난 당신과의 즐거운 여행이 처음부터 끝까지 계속 즐거운 채로 남을 수있도록 이쯤에서 헤어지는 게 좋을 것 같아."

로렌스는 아무 말도 못한 채, 곁으로 다가온 호로가 내미는 주전자를 받아들었다.

호로가 하고 있는 말의 내용은 무엇 하나 적극적이지 않건만, 왠지 모르게 앞으로 나아가기 위한 결의처럼 들리는 것은 태도가 강경함에 가깝기 때문인지도 모르겠다.

"마침 당신의 꿈도 실현되기 일보직전이지. 당신 자신의 이야기에 한 획을 긋는 점에서도 이보다 더 적당한 시기는 없지 않겠어?"

"그건 그렇지."

그래서 로렌스도 호로의 말을 가로막지는 않았다.

"그리고, 나중에 말해서 놀라게 해주려고 했는데."

호로는 의미심장한 웃음을 지으며, 방금 전까지 나눈 대화가 어느 세상에 존재했던 것이냐 싶을 만큼 가벼운 말투로 로렌스의 곁에 앉아 몸을 비틀더니 건들거리며 머리맡의 책을 집어 들었다.

"책에 내가 나왔어."

그렇게 말하고는 문득 쓴웃음을 지었다. 아마도 그 말을 듣는 순간 로렌스가 놀란 얼굴을 했기 때문이리라.

자신의 꿈이 실현 일보직전이라는 소리를 들었을 때는 표정 하나 꼼짝하지 않으면서.

"옛날에 이런 저런 일들이 많았더라. 볼 때까지는 까맣게 잊고 있었는데."

호로는 그렇게 말한 뒤 책장을 넘겨 로렌스에게 책을 내밀었다.

읽으라는 뜻이리라.

로렌스는 책과 주전자를 교환한 뒤 시선을 떨어뜨렸다.

신경질적으로 네모진 글씨체로 적힌 이야기에는 '대부분의 사람들이 무지몽매한 와중에 있던 시대'라고 쓰여 있다.

교회의 이름도 머나먼 나라의 소문 정도로만 들리던 시절의 이야기이리라.

거기에는 이교도의 도시 크멜슨에서 연대기 작가인 디아나에게 들었던 호로의 이름이 나와 있었다.

"보리다발 꼬리라니… 기분이 복잡하지만."

영 틀린 표현은 아닌데, 하고 생각한 것은 입 다물어 둔다.

"…넌 옛날부터 엄청난 술꾼이었구나?"

로렌스가 해당 페이지를 읽고 난 뒤 어이없어 하며 말하자 호로는 기분이 상하기는커녕 별로 있지도 않은 가슴을 젖히며 의기양양하게 코웃음을 친다.

"지금도 생생하게 기억나. 나랑 시합을 한 술꾼은 당신보다 젊은 계집애였는데, 나랑 그 계집애는 끝에 가서는 취했다기보다 배가 불러서 더는 마실 수 없는 지경이었어. 승부의 끝은 그야말로 처절 그 자체였지."

"아니, 됐어. 그 이상은 듣고 싶지 않아."

손을 내저으며 끼어들었다. 고집쟁이 호로와 필시 그에 버금가는 고집쟁이 아가씨였으리라. 어떤 식으로 끝이 났을지는 상상이 가고도 남는다.

그런데 그 술 마시기 시합도 기록되어 있긴 했으나, 굳이 따지자면 호로와 경쟁한 아가씨의 무용담으로 되어 있었다.

당연하다면 당연한 것이겠지만.

"우후후. 그나저나 참 그립네. 읽기 전까지는 거의 잊고 있었는데."

"먹고 마시고 노래하고 춤췄다— 라. 몇 번씩 고쳐 쓰긴 했지만 그래도 즐거운 분위기는 전해져 오네. 원래 전해져 내려온 이야기는 훨씬 더 웃기는 이야기였겠지."

"음. 정말 재밌었어. 당신, 잠깐 좀 서 봐."

"응?"

시키는 대로 로렌스는 걸터앉아 있던 침대에서 일어섰다.

그런 뒤 호로가 손을 내밀기에 들고 있던 책을 내려놓았다.

뭘 하려는 건가 했더니, 호로가 스슥 다가와 로렌스의 손을 잡았다.

"오른쪽, 오른쪽, 왼쪽. 왼쪽, 왼쪽, 오른쪽. 알겠지?"

뭐지? 하고 생각할 틈도 없었다.

호로가 그 책 속에서 추었다고 하는, 레노스의 오랜 춤일 것이다.

하지만 가까이 서 보니 알겠다.

호로에게는 늑대의 귀와 꼬리가 달려 있다.

이런 밝은 행동의 이면에 무엇이 있는지 모를 리가 없었다.

호로가 여행을 끝내려고 하는 것은 이 여행이 즐겁기 때문이라고 하니까.

"술이 들어간 뒤에 추면 순식간에 눈이 팽팽 도는 춤이지만."

치켜뜬 눈으로 쳐다보며 호로는 웃은 뒤, 이내 발밑으로 시선을 떨어뜨린다.

"오른쪽, 오른쪽, 왼쪽. 그리고 왼쪽, 왼쪽, 오른쪽이다? 자, 간다."

춤 같은 건 제대로 춰 본 적이 없으나, 그래도 이교도의 도시 크멜슨에서 열린 축제 때 호로에게 억지로 이끌려 밤새 춤을 추긴 했었다.

그만큼 연습을 했으면 누구든 나름대로 출 수 있게 되긴 한다.

호로가 "하낫 둘." 하면서 발을 내딛은 것에 맞춰 로렌스도 발을 내딛었다.

양치기 소녀 노라가 자신이 진짜 양치기라는 것을 나타내기 위해 춤을 추었던 것처럼, 춤은 곳곳에 넘친다. 춤에는 여러 가지가 있지만 어느 것이나 비슷하기 마련.

로렌스가 단박에 스텝을 맞춰내자 눈앞의 호로는 놀란 표정이다.

"치."

내 굼뜬 면을 비웃어 줄 작정이었겠지만, 그렇겐 안 되지.

탁탁탁 경쾌하게 발을 움직이며, 오히려 발동작이 자꾸 흐트러

지는 호로를 로렌스가 이끌어준다. 이런 건 기술이 어쩌고 하기보다는 자신감에 달렸다는 것만 명심하고 그 다음은 대범하게 나가면 그만이다.

놀란 탓인지 호로의 동작이 둔했던 것도 처음뿐.

이내 동작이 매끄러워지면서 때때로 일부러 그런다는 것을 명백히 알 수 있는 박자로 약간씩 흐트러진다. 그 바람에 로렌스가 자기 발을 밟게 하려는 속셈이리라.

당연히 걸려들지 않는다.

"욱, 우씨."

아마도 곁에서 누가 봤으면 두 개의 인형이 실로 꿰어진 듯이 보였으리라.

그 정도로 둘의 호흡은 딱딱 맞았다.

오른쪽, 오른쪽, 왼쪽. 왼쪽, 왼쪽, 오른쪽. 단순한 동작이긴 하지만 좁은 여관방 안에서 한 번도 쉬지 않고 스텝을 밟고 또 밟는다.

언제까지라도 계속될 것 같던 춤이 끝난 것은 뜻밖에도 호로가 로렌스의 발을 밟았기 때문이다.

"어엇."

하고 로렌스가 작은 소리를 지른 직후에는, 다행이라 해야 할지 둘이 함께 침대 위에 쓰러져 있었다.

잡고 있던 손만은 떼지 않은 채.

로렌스는 호로가 일부러 그런 게 아닌지 장난스럽게 추측했으나, 호로는 무슨 일이 일어난 건지 모르겠다는 듯이 멍한 표정이었다.

그리고, 그제야 제정신이 든 듯이 로렌스와 눈을 맞힌다.

자연스레 웃음이 흘러나왔다.

"…지금 이게 뭐하는 짓이야, 우리가."

"그런 말은 굳이 안 하는 게 나아."

호로는 간지러운 듯이 목을 움츠리고는 송곳니를 내보였다.

정말로 재미있는 듯했다.

그래서 더욱 말을 이었으리라.

"내 고향이 어느 쪽 방면인지도 쓰여 있었지?"

로렌스는 바보 같은 행동을 주고받은 여운이 채 가시지 않은 웃음을 지은 채, 책 내용을 떠올린 뒤 고개를 끄덕였다.

책에는 보리다발 꼬리의 호로우는 사람의 걸음으로 약 스무 날 남짓의, 잠과 탄생의 방면 사이에 있는 로에프 산골짜기에서 왔다고 되어 있었다.

북쪽이 '잠', 남쪽이 '탄생'의 방향일 것이다. 흔히 그런 식으로 방향을 가리킨다.

무엇보다 결정적인 것은 로에프 산골짜기라는 기록.

이 이름은 로렌스도 알고 있다.

레노스 옆을 흐르는 롬 강으로 물줄기가 들어오는 지류의 이름이다.

거의 의심할 바 없이, 로에프 강의 원류가 시작되는 산을 가리키는 이름이라는 것을 알 수 있다. 이렇게 되면 호로는 정말로 혼자서도 충분히 고향으로 돌아갈 수 있을 것이다.

그리고 그 예상은 틀림없을 터.

잘못된 것이 있다면 파슬로에 마을에서 로렌스가 보리를 짐칸에 실었던 것뿐이다.

"이제 전부 다 읽었어?"

침묵이 두 사람의 눈에 뻔히 보이는 거짓말을 폭로할 것만 같아서 로렌스는 뜸을 들이지 않고 바로 물었다.

잡고 있던 손도 몸을 일으키면서 놓쳐 버렸다.

"음. 가장 오래된 것은 이곳의 맨 처음의 맨 처음, 사람이 살기 위해 맨 처음 기둥을 꽂은 인간인지 괴물인지 하는 남자의 얘기였어."

"혹시 아는 사람인 거 아니야?"

가벼운 말투에 호로는 "그럴지도 모르지."라며 웃었다.

"어쨌든."

호로도 몸을 일으켰다.

"술을 흘려서 얼룩이 생기기 전에 돌려주는 게 좋을지도 모르겠어. 베껴 써야 할 만큼 필요한 내용은 없는 것 같고, 대부분은 내 머릿속에 원래 들어 있던 얘기니까."

"하긴. 네가 읽다가 잠이 들어서 침을 흘리지 않는다는 법도 없으니."

"난 그런 짓 안 해."

"아무렴. 당연히 코도 골지 않을 테지."

로렌스는 웃으며 재빨리 침대에서 일어난다.

이대로 여기 머물러 있다가는 물어 뜯길지도 모르니까, 라는 연출을 하며.

"당신이 씩씩 자면서 무슨 잠꼬대를 하는지 가르쳐 줄까?"

호로는 샛눈을 뜨며 그런 말을 던져온다.

몇 번인가 가슴 철렁했던 말이다.

어째서 이다지도 이 대화가 서글픈 것일까 하는 생각이 표정으로 나타나지 않도록 로렌스는 안간힘을 썼다.

"아마 이랬겠지. 이젠 그만 좀 먹어…."

맛있는 것을 실컷 먹는 꿈은 자주 꾼다.

하지만 호로와 여행을 함께하게 된 이후로는 맛있는 것을 실컷 먹이는 꿈을 실제로 몇 번이나 꾸었다.

"식비는 착실히 벌었는데?"

호로는 항의를 한 뒤 로렌스가 침대를 내려선 쪽과는 반대편으로 내려섰다.

둘은 싸움을 하고 있는 것이라는 연출을 하듯이.

"그거야 결과론이지. 크멜슨에서 못 벌었으면 정말로 내 재산이 말 그대로 다 먹힐 뻔했어."

"흥. 이왕 하는 일은 끝까지 하랬는데, 그렇게 될 때는 당신까지 싹 먹어치워 주지."

연극을 하듯이 혀를 핥으며 호로는 요염한 눈빛으로 로렌스를 쳐다보았다.

그것이 정말로 연극이라는 것은 물론 아주 오래 전부터 알고 있었다.

하지만 그 이면에 있는 것이 지금까지와는 다르다는 것 또한 가슴이 아릴 만큼 느껴진다.

어딘가 결정적인 여결고리가 끊어져 버렸다. 그것은 몹시 슬픈 일이지만, 못 견딜 정도는 아니다.

그 점이 가장 서글픈 것은 틀림없이 신이 짓궂은 탓이다.

"나 원 참. 책을 돌려주러 갔다가 오는 길에 뭐라도 좀 먹을래?"

로렌스가 묻자 호로는 꼬리를 파닥거리면서 장난스럽게 이렇게 말했다.

"그건 나중의 재미로 남겨둬야지."

이 대화만큼은 평소와 변함없이 즐거웠다.

제 4 막

이튿날, 점심때가 지나 숙소를 나오면서 리골로의 집에 다녀오겠다고 아롤드에게 말해 두었다.

잠깐 외출한 사이에 회의의 내용이 공포되거나 할 거라고 생각하기는 어렵지만, 혹시 만의 하나라는 경우도 있다. 아롤드는 잠자코 고개만 끄덕였을 뿐 물끄러미 숯불을 바라보고 있었다.

거리로 나와, 한 번 갔었던 좁고 가는 길을 다시 걷는다.

지난번과 다른 점은 물웅덩이가 적어진 것과, 대화도 별로 없다는 것.

띄엄띄엄 호로가 마음을 쓰듯이 진작 다 파악하고 있을 터인 거래의 상황과 전망을 재차 물어왔다.

"만사가 순조롭네."

몇 번이나 들은 말을 호로는 말했다.

로렌스가 호로에게 손을 빌려줬던 큰 물웅덩이가 있던 곳은 어린애가 장난삼아 판 것인지 커다란 구멍이 나 있어서, 수면이 다소 낮기는 했어도 여전히 물이 고여 있었다.

그래서 거기만큼은 전처럼 로렌스가 호로에게 손을 내밀고, 호로는 그 손을 잡은 뒤 건넜다.

"아아, 순조롭지. 조금 무서울 만큼."

"수도 없이 험한 꼴을 당했으니까."

호로는 말하고 로렌스는 웃는다.

그러나 그 두려움의 대부분은 거래 후에 기다리고 있을 이익이 너무도 크기 때문이리라.

에이브가 로렌스를 함정에 빠뜨릴 것 같지는 않다. 혹시 교활하게 함정을 판다 해도 그리 간단히 넘어가지는 않을 것이다.

돈을 빌려서 상품을 매입한 뒤 그것을 팔기만 하면 되는 거니까.

매매만 실패하지 않으면 된다.

만약 강제적으로 함정에 빠뜨리려는 속셈을 품고, 상품을 도중에 강탈하는 등의 수단을 쓰려 했다면 선박을 이용하자는 제안은 하지 않았을 터.

강은 길보다 훨씬 중요한 무역로다. 그곳을 오가는 선박의 수도 많다.

거기에서 아무에게도 들키지 않고 강탈극을 펼치기는 극히 어렵다.

역시 문제는 없을 것 같다.

"내 몸값이 은화로 몇 천 냥이랬지?"

"응, 대략 2천 냥 정도던가."

호로의 몸값이라기보다는 에이브 가문의 이름값이지만.

"호오. 그 돈으로 술을 사면 얼마나 되려나?"

"그야 끝내주는 최고급 술을 믿어지지 않을 만큼 살 수 있지."

"그런 돈을 가지고 당신은 돈벌이를 하는 거지?"

자신의 몫을 달라는 말일 텐데, 로렌스는 물론 그럴 생각이다.

"잘 되면 술을 얼마든지 사 줄게."

"후후, 그야말로…."

하다가 호로가 당황하여 입을 다물어 버리는 것이 느껴졌다.

한순간 왜 저러나 싶었으나, 호로가 무슨 말을 하려 했는지 로렌스도 알 수 있었다.

그야말로 평생 취기에서 깨지 않을 만큼― 이리라.

그것은 이룰 수 없는 꿈이다.

"그야말로… 내가 술주정뱅이보다 먼저 토해 버릴 만큼."

현랑 호로는 그래서 그런 식으로 말했다.

행상인 로렌스도 그에 응하지 않을 수 없다.

"뭐야, 술 마시기 시합에서 네가 진 거였어?"

"음…. 하지만 그럴 만도 했단 말야. 생각해 봐. 상대는 나만큼은 아니지만 꽤 예쁘장한 계집애였어. 그런 애가 얼굴을 시뻘겋게 해가지고는 볼이 빵빵하게 터질 듯한 끔찍한 몰골로 술을 위속에 꾸역꾸역 밀어 넣는 거야. 자긍심 높은 현랑인 나도 저거랑 비슷한 추태를 보이고 있는 게 아닐까 하는 생각이 든 순간, 목구멍의 뚜껑이 벗겨져 버린 거지."

둘 다 기막힌 추태인 점에선 마찬가지였으나, 그렇게 고집스런 부분이 너무도 호로다워 웃고 말았다.

호로는 팔짱을 낀 채 벌레 씹은 표정을 짓고 있다.

정말로 말괄량이처럼 천진난만하다.

이것이 연기가 아니었다면 얼마나 즐거웠을까.

"뭐, 그런 꼴을 당해 놓고도 질리지 않고 술을 마셔대잖아?"

로렌스가 말하자 호로는 얼굴을 들더니 "멍청이가 따로 없지, 뭐."라며 대답했다.


리골로의 집에 도착하자, 리골로는 집을 비우고 없었다.

맞아준 사람은 역시 메르타였는데 여전히 수도복 차림이었다.

"굉장히 빨리 읽으시네요. 저는 짧은 이야기를 읽는 데도 한 달은 걸려요."

겸손을 떠는 것이 아니라, 약간 부끄러운 듯이 미소를 지으며 말하는 모습이 참으로 상냥한 분위기를 자아낸다.

로렌스는 그런 생각을 하고 말았는데, 메르타가 리골로의 책상에서 열쇠를 꺼내 로렌스를 안내하는 사이 호로에게 한 번도 발에 걸어차이지 않았다.

"뭔가 아직 필요한 것이 있으면 자유로이 빌려드리라고 리골로 씨께서 말씀하셨습니다."

서고의 문을 열쇠로 열고 밀랍에 불을 붙이면서 메르타는 말했다.

"뭐 읽고 싶은 거 있어?"

로렌스가 호로에게 말을 던지자 애매하게 고개를 끄덕였다.

"그럼 자유롭게 보세요. 아무리 귀중한 책들이라도 아무도 봐주지 않으면 조금 불쌍하니까요."

"감사합니다."

인사를 하자 생긋 웃으며 고개만 갸웃할 뿐.

수도녀라서 그렇다기보다 원래 이런 성격인지도 모르겠다.

"빌려 가셨던 책은 리골로 씨의 조부님께서 옮겨 쓰신 것이라 요즘 말로 돼 있습니다만, 다른 옛날 책들은 옛날 문자로 되어 있을 거예요. 개중에는 읽기 어려운 것도 있을지 모릅니다."

메르타의 말에 호로는 고개를 끄덕인 뒤 밀랍 등불을 받아들고 천천히 서고 안으로 걸어 들어갔다. 이미도 사실은 딱히 읽고 싶은 책 같은 것은 없지만, 그냥 시간을 죽이고 싶었을 뿐이리라고 로렌스는 생각한다.

모든 것을 다 알고 난 뒤에도 한없이 즐겁게, 끝까지 웃으면서 이 여행을 끝낼 수 없을까 하는 기대를 품고.

그러나 그것은 무리한 이야기라는 것을 알고 말았다.

"저어."

"예?"

호로가 든 등불을 보고 있던 메르타가 로렌스 쪽을 돌아보았다.

"뻔뻔스런 부탁입니다만, 리골로 씨의 정원을 봐도 되겠습니까?"

서고의 어두운 분위기 하에 있다가는 점점 머릿속이 어두워질 것만 같아 두려웠다.

물론 메르타는 그런 의도는 이슬방울만큼도 알아채지 못한 채 밀랍 등불처럼 미소 지으며 "정원의 꽃들도 틀림없이 기뻐할 거예요."라고 말해 주었다.

"호로."

로렌스가 말을 걸자, 마치 자신을 부를 것을 알고 있었던 것처럼 호로가 선반 그늘에서 얼굴을 내밀었다.

"책에 절대로 실수하지 마."

"알고 있어."

메르타는 깔깔 대며 웃었다.

"괜찮아요. 리골로 씨가 훨씬 심하게 다루시니까."

왠지 그게 사실일 것 같았지만 일단 호로에게 그렇게 주의를 준 뒤, 로렌스는 메르타가 이끄는 대로 1층으로 되돌아갔다.

밝은 정원을 보고 있으면 아무 생각 없이 멍하니 있을 수 있겠거니 하는 기대가 있었다.

"뭔가 마실 것을 가져오겠습니다."

"아, 아닙니다. 신경 쓰지 마십시오."

하는 말은 어디서 부는 산들바람이냐는 식으로 흘려듣고 메르타는 인사를 하더니 얌전히 방에서 나가 버렸다.

거래 이야기를 하러 왔다면 상대에게도 이익이 되는 경우가 대부분이니 신경 쓸 일도 없으나, 이것은 완전히 신세를 지러 온 것이라 너무 마음을 써 주면 면목이 없어진다.

그게 아니면 그런 걸 생각하는 것이 손익계산밖에 머릿속에 없는 상인이기 때문인가 하는 생각도 든다.

자신이 가진 것을 나누어 주라는 것이 교회가 가르치는 기본 원칙 중 하나다.

"뭐, 괜찮겠지…."

굳이 입 밖으로 내어 말한 뒤 더는 아무것도 생각하기 싫다는 듯이 사고를 정지시켰다.

눈은 리골로의 정원으로 향한다.

투명한 유리를 만들기는 상당히 어려운 일이라고 들었다. 가격뿐 아니라 갖가지 문제가 있었으리라.

몇 장이나 되는 투명한 유리를 이어붙인 너머에는 그 이상으로 손이 갔을 것으로 보이는 정원이 있다.

이런 한겨울에 희고 푸른 풀꽃을 보니 뭐라 말할 수 없는 기묘한 기분이 든다.

노력하면 일 년 내내 이런 경치를 유지할 수 있다고 리골로는 의기양양하게 말했다.

그 말이 사실이라면 리골로는 일 년 내내 질리지도 않고 이 책상에 앉아 이 정원을 바라보고 있다는 뜻이다.

리골로의 생활을 보살피고 있을 메르타는 아마도 그 등을 어이 없는 웃음을 지은 채 바라보고 있을 것이다.

마치 그림으로 그려 놓은 것만 같은 생활.

로렌스는 솔직히 부러워서, 그런 것에 질투를 하고 있는 자신에게 쓴웃음을 지은 뒤 시선을 되돌렸다.

종이와 양피지로 넘치는, 언뜻 보면 지저분하게 보이지만 정리될 곳은 제대로 정리되어 있다.

집이나 작업실이라 하기보다는 '둥지' 라 부르는 것이 잘 어울릴 것처럼 널려 있는 상태.

이런 방에 성모 석상이 있는 것은 리골로가 에이브와 친하기 때문인가.

아니면, 팔다 남은 것을 억지로 인수했나?

나무 상자에 솜과 함께 잘 담겨 있고, 상자 안에는 붉은 실로 묶은 작은 양피지도 놓여 있다. 아마도 교회의 축성을 받았다는 것을 나타내는 증명서이리라.

석상의 크기는 양손의 손가락을 한껏 편 정도.

이 정도면 값은 얼마나 하려나 하고 빤히 들여다보고 있다가 로렌스는 문득 어떤 것을 깨달았다.

석상 표면이 약간 벗겨져 있었던 것이다.

"뭐지?"

석상은 겉보기를 좋게 하기 위해 석회 가루를 바르거나, 때로는 먹물을 칠하기도 한다.

이 성모 석상은 부드러운 흰색이었으니 아마 바른 것은 석회 가루였을 것이다.

하지만 그것이 벗겨져서 드러난 알맹이가 뭔가 묘하게 보였다.

가볍게 비벼서 닦아 본다.

"…이건, 설마—."

"왜 그러시는지요?"

그리고, 그런 목소리에 정신이 들었다.

돌아보자 메르타가 서 있었다.

"아, 아닙니다…. 부끄러운 이야기입니다만, 성모님의 모습이 너무도 잘 만들어져 있어 제 고민을 기도 드릴까 하는 마음에."

"어머나."

메르타는 눈이 살짝 커지더니 온화하게 웃었다.

"저는 교회의 어린양이니, 제가 그 고민을 제거해 드릴까요?"

메르타는 고지식한 수도녀는 아닌 모양이다.

로렌스는 "아이고, 아닙니다." 하고 익살을 떨며 웃었다.

"빵으로 만든 음료인데, 입에 맞으실지 어떨지."

깔끔하게 깎인 나무 쟁반 위에 놓여 있는 것은 역시 나무로 만들어진 아담한 컵과 철제 주전자.

쟁반과 컵은 어쩌면 메르타가 직접 손으로 만든 것일지도 모른다. 그렇게 부드러운 곡선이었다.

"크바스인가요?"

"어머나, 상인 분이시라 역시 모르시는 게 없군요."

연한 갈색의 음료를 컵에 따르며 메르타는 대답했다.

"요즘엔 유행하지 않는지 잘 못 보겠더군요."

"저는 신의 피보다 이게 더… 아, 지금 한 말은 못 들으신 것으로."

신의 피는 포도주를 가리키는 것이리라.

조용한 메르타가 최대한 애써 한 농담은 참으로 절로 미소가 지어지는 것이었다.

로렌스는 고개를 끄덕인 뒤 입에 집게손가락을 갖다 댔다.

뤼빈하이겐이나 크멜슨, 테레오 마을에서 이랬다면 호로의 복수가 두려워 조금 다른 식으로 대응했을지 모르겠다.

그러나 이런 대화를 정말로 즐겨도 되는가 하면, 그 질문에는 아니라고 대답할 수 있다.

로렌스의 머릿속에서는 성모 석상의 일이 현기증이 나도록 빙빙 돌고 있었다.

"드세요."

메르타는 웃는 얼굴로 음료를 권했다.

로렌스는 어딘지 모르게 거칠어진 마음이 메르타의 온화한 몸가짐에 치유되는 것을 느끼며 컵을 집어 들었다.

"그러고 보니 리골로 씨는 회의에?"

"예에. 오늘 아침에 별안간 호출이 있어…. 아! 저기, 회의에 대해서는 아무 말도 하지 말라고 하셔서…."

미안하다는 듯한 메르타에게 로렌스는 물론 영업용 웃음을 지으며 고개를 가로저었다.

"아닙니다. 내용을 여쭈려고 했던 게 아닙니다. 제가 화제를 잘못 선택했군요. 이 유리에 대해 여쭙고 싶었는데 리골로 씨를 뵙지 못한 것이 아쉬워서요."

"어머나, 그건…. 이 유리를 한 장 한 장 끈기 있게 모으는 데에

총 3년이 걸렸답니다."

"그렇군요. 정원에 대한 리골로 씨의 열정이 전해져 오는 것 같습니다."

로렌스가 새삼 놀란 듯이 말하자 메르타는 자신이 칭찬을 받기라도 한 것처럼 생긋 웃었다.

에이브는 리골로가 아무런 욕심도 없이 그저 이런 정원을 만드는 데에만 정열을 기울이고 있는 것을 이해 못하겠다고 했으나, 메르타와 같은 이해자가 곁에 있고 자신의 취미에 몰두할 수 있다면 하루하루가 참으로 풍요로운 나날이리라.

"그 정도로 정열을 기울이고 계시다면, 회의의 서기직을 그만두고 싶다는 리골로 씨의 대담한 발언도 납득이 가는군요."

메르타는 난처한 듯이 웃더니 고개를 끄덕였다.

"일 때문에 호출이 있어도 나갈 시간 직전까지 정원을 바라본답니다."

"어떤 마음이 든다 해도 서기라는 직책은 중요한 일이니까요."

"노동은 귀중한 일이라고 신께서도 분명히 말씀하셨습니다. 하지만, 하루 종일 느긋하게 정원을 바라보며 살고 싶다는 소박한 소망 정도는 이루어져도 괜찮지 않을까 하는 생각도 든답니다."

메르타는 그렇게 말하며 웃었다.

겸허한 수도녀라면 품어서는 안 될 꿈이지만, 그것이 흐뭇하게 생각되는 것은 메르타가 사랑을 하고 있기 때문이리라.

이것은 아무리 봐도, 리골로의 행복이 곧 자신의 행복이라고 말하고 있는 것 같다.

파악하기에 따라서는 '메르타 자신의 꿈을 위해서'라고 말하지 못할 것도 없다.

하루 종일 느긋하게 정원을 바라보는 리골로의 곁에서 바지런히 이런저런 일을 해주는 것이 메르타의 꿈인지도 모르니까.

"소박한 소망일수록 이루기가 힘들지요."

"후후. 그럴지도 모르지요."

메르타는 뺨에 손을 댄 채 눈부신 듯이 정원을 바라보았다.

"그리고 언제라도, 언제까지라도 보고 있고 싶다고 생각하는 동안이 가장 행복한 때인지도 몰라요."

로렌스는 허를 찔린 듯이 메르타를 뚫어져라 쳐다보고 말았다.

"왜 그러시나요?"

"메르타 씨의 말씀에 감동했습니다."

"어머나, 말씀도 잘하시긴."

전혀 거짓말인 것도 아니었으나 메르타는 농담으로 받아들인 듯하다.

호로와 계속 함께 있고 싶다. 언제까지라도 함께 있고 싶다고, 그런 마음이 드는 동안이 가장 좋을 때라는 생각이 너무도 예리하게 로렌스의 가슴에 꽂혀 들었다.

실제로 계속 함께 있으면, 언제든지 볼 수 있다는 것을 알고 나면, 어째서 그런 즐거움이 사라지는 것일까.

그것은 그다지 어려운 세상의 진리는 아니다.

간단한 사실이기에 더더욱, 그것을 뒤엎는 호로의 꿈은 너무도 이루기가 어려운 것이다.

"하지만, 늘 소박한 꿈을 좇고 있는 것은 매우 행복한 일이라고 생각합니다."

하다못해 그런 말이라도 해서 피할 수 없는 이 현실을 잊고 싶었다.

그런 대화를 하고 있는 사이에 호로가 등잔을 들고 1층으로 올라왔다.

불이 꺼져서 왔다지만 분명히 거짓말일 것이다.

로렌스가 도망쳤던 것처럼, 호로도 서고의 어두운 공기가 싫어서 도망쳐 온 것이리라.

그런 것을 어떻게 알 수 있느냐 하면, 밝은 햇살이 드는 정원 옆의 방으로 오자마자 원망하는 투의 시선을 보내왔으니까.

호로는 아무 말도 하지 않은 채 로렌스의 곁에 선다.

로렌스는 그런 호로를 똑바로 쳐다보며 말했다.

"뭔가 좋은 책은 있었어?"

호로는 고개를 가로젓는다. 대신 "그쪽은?"하며 눈으로 물어왔다.

호로는 역시 호로다.

로렌스의 모습에 변화가 생긴 것쯤은 가볍게 꿰뚫어보는 것이다.

"이쪽은 약간, 도움이 되는 말씀을 들었어."

그래서 그렇게 대답한 그때였다.

저택의 문을 두드리는 소리가 들렸다.

그런 뒤 별로 사이도 두지 않고 문이 열리는 소리.

우낭탕탕 거침없는 발소리가 들리더니 그 인물이 나타났다.

메르타는 당연히 놀랐으나, 무도한 침입자에게 화를 내지도 당황하지도 않았던 것은 그것이 잘 아는 인물이었기 때문이리라.

거기에 서 있는 것은 에이브였다.

"가자. 문제가 생겼어."

숨을 헐떡이고 있었다.

"무장봉기다."


"문을 꼭 잠그고 절대로 직접 아는 사람 외에는 문을 열어 주지 마."

에이브가 말하자 메르타는 돌이라도 삼킨 표정으로 고개를 끄덕였다.

"예, 예에."

"회의에 아무리 불만을 품었더라도 설마하니 서기의 집까지 습격해 오지는 않을 테니 괜찮을 거라고는 생각하지만."

에이브는 그렇게 말한 뒤 메르타와 가볍게 포옹을 나눈다.

"물론 리골로도 괜찮을 거야."

그 말에 메르타는 비장한 얼굴로 고개를 끄덕인다.

자신의 몸이 어떻게 되는 것보다 그쪽이 더 중요한 모양이었다.

"좋아. 가자."

그 말은 로렌스와 호로에게 한 것이라 로렌스도 살짝 고개를 끄덕였다.

호로는 혼자서만 흥미가 없다는 듯이 떨어져 있었으나, 후드 아래로는 여기저기 곳곳으로 귀를 기울이고 있는 눈치였다. 살벌한 도시의 분위기를 파악하고 있는지도 모른다.

"그럼."

하며 에이브가 문에서 멀어지자, 메르타는 걱정스러운 듯이 손을 모으며 무사하기를 기도했다.

"봉기라니, 구체적으로 누가?"

인적 없는 길을 종종걸음에 가까운 속도로 걸으면서 로렌스는 물었다.

"모피상들과 가공에 필요한 상품을 취급하는 이들."

돌연 리골로의 집으로 들이닥친 에이브가 한 첫마디는 문제가 생겼다는 말이었다.

발단은 회의의 결론이 예상 외로 빨리 공포된 데 있었다고 한다.

회의의 결론을 기록한 나무패를 중앙광장에 세우려는데 저마다 손에 무기 대신 가공도구를 든 직인들이며 상인들이 방해를 하며 회의 결론을 취소할 것을 요구하고 나섰다.

묘안처럼 보이는 50인 회의의 결론도, 경우에 따라서는 내일 당장이라도 일거리와 상품이 사라질지도 모른다는 생각이 든 이들에게는 결코 받아들일 수 없는 위험한 결론으로 여겨진 것이리라.

에이브도 회의 결론은 전망이 허술한 것이라고 말했었다.

그런 불안과 염려가 무기를 손에 든 봉기라는 형태를 취하도록 한 것이다. 설령 이 도시의 모피산업이 살아남는다 해도, 자신들이 파산을 하고 나면 아무런 의미가 없는 것이다.

그리고 그 봉기의 정보는 삽시간에 온 도시 내로 퍼져, 지금쯤 레노스의 중심가는 사람들이 뒤엉킨 엄청난 상황이 되어 있는 모양이었다.

로렌스의 귀에도 멀리서 웅성대는 사람들의 함성 같은 소리가 들려왔다.

호로를 보자 고개를 끄덕인다.

"당연히 회의의 결정이 뒤집히는 일은 없겠지요?"

그 말에는 에이브가 고개를 끄덕였다.

50인 회의는 도시의 다양한 입장을 대표하는 유력자들이 모인 회의로, 그곳에서 내린 결정은 곧 레노스의 결정을 뜻한다. 결정은 그 어떤 것보다도 우선시되며, 레노스에서 살 것이라면 무조건 따라야만 한다.

그런 회의의 결론이 자신들의 이해와 대립된다는 이유로 일부 사람들에게 부정을 받게 된다면, 회의의 권위가 위협받고 상처를 입게 되어 정상적인 도시의 운영이 불가능해질 위험성이 있다.

무엇보다 도시라는 것은 애초에 상반되는 이해관계에 놓인 자들이 모여 만든 곳이다. 전원이 납득하고, 늘 완벽한 결론은 있을 수 없다.

모피를 가공하는 사람들은 그것을 잘 아는 가운데 들고 일어난 것이리라.

"결정된 것은 회의의 명예를 걸고 실시될 거야. 이미 도시 바깥에 있던 상인들이 안으로 들어왔어. 직인들이 필사적으로 유입을 막으려고 피도 흘리고 있는 모양이지만— 뭐, 무리겠지."

에이브는 복잡하게 뒤엉킨 골목길을 거침없이 걸어 나갔다.

이따금씩 비슷한 목적을 가진 자들인지, 상인처럼 보이는 사람이 좁은 골목을 전속력으로 달려가는 모습을 여러 번 보았다.

로렌스는 호로가 따라올 수 있는지 걱정이 되었으나, 아직은 괜찮으리라. 로렌스의 손을 잡으면서 잘 따라오고 있었다.

"모피 거래는?"

"회의의 결론은 내가 파악한 정보 그대로였다. 그것이 실시된다면 당연히 가능하지."

그렇다면 일각을 다투게 된다.

"어떡할까요? 현금은 일이 끝난 다음에 건네는 것으로 하고 이대로 모피 매입에 들어가는 건?"

그러나 그 질문에 에이브는 "아니."라고 대답했다.

"괜한 트집을 잡히고 싶지 않아. 현금을 제대로 확보한 후에 하기로 하자. 당신은 데링크 상회로 가서 현금을 받아와."

에이브는 물웅덩이도 아랑곳하지 않고 걸으며 로렌스가 묻기도 전에 먼저 말을 이었다.

"난 배를 수배하고 오겠어."

에이브는 그런 뒤 우뚝 멈춰 섰다.

좁고 구불구불한 골목길에서 별안간 탁 트인 곳으로 나서자, 그곳은 항구 바로 앞이었다.

수많은 사람들이 오가고 있었다. 누구라 할 것 없이 안색이 변해 있다.

허겁지겁 뛰어다니는 상인들 전부가 모피를 조달하기 위해 저러는 것으로 보여 오싹하며 오한과도 비슷한 것이 등줄기를 타오른다.

모피 직인들과 회의의 결론을 기입한 나무패를 사수하려는 사람들이 대치하고 있다는 광장은 아마도 굉장한 상태일 것이다.

"이만한 사람들을 앞질러야 하니 단순히 허둥댄다고 되는 게 아니지."

에이브는 빙그르 돌아섰다.

"숙소에서 만나기로 하지. 모피 교섭은 모든 것이 모인 뒤에 만전을 기해 임하기로 한다."

전혀 흔들림 없는 결의에 찬 푸른 눈.

이 항구를 앞에 두고 에이브와 술을 마신 그날, 에이브는 자신의 유치한 복수를 위해 돈을 번다고 말했다.

그 동기가 좋은 건지 나쁜 건지를 결정하는 것은 당연히 불가능하다.

하지만 에이브가 배짱이 두둑한 우수한 상인이라는 것만큼은 알았다.

"알겠습니다."

로렌스가 내민 손을 가볍게 쥔 뒤, 에이브는 어렴풋이 웃고는 몸을 돌려 인파 속으로 사라졌다.

틀림없이 선박의 수배를 훌륭히 해내서, 모피의 판로를 확보해줄 것이다.

로렌스는 에이브가 사라진 쪽을 바라보며 그런 생각을 했다.

"그럼 우리도 갈까?"

호로가 말을 걸어왔다.

긴장한 빛도 서두르는 기색도 없는 목소리.

"그래야지."

짤막하게 대답한 뒤 로렌스는 걸음을 내딛으려다 멈춰 섰다.

호로의 찌르는 듯한 시선에 붙박였다고 해도 될 것이다.

"당신이 아까 본 듯한 거— 아니, 그것을 보고 한 생각을 왜 나한테 말 안 해?"

그만 웃고 만 것은 호로가 뭐든지 다 꿰뚫어 보고 있었기 때문이다.

"당신은 뭔가 이 거래의 위험한 면을 알아챘어. 아냐?"

그래서 감추려고도 않고 재깍 대답했다.

"맞아."

"그런데 왜 입 다물고 있는 건데?"

"듣고 싶어?"

호로가 로렌스의 멱살을 향해 손을 뻗은 것은 질문에 질문으로 대답했기 때문이라는 단순한 이유에서가 아닐 것이다.

로렌스는 멱살에 손가락 끝이 닿을까 말까 한 데서 멈춘 호로의 손을 잡아서 내린 뒤, 뗐다.

"여태껏 깨닫지 못했던 이 거래의 위험에 대해 너한테 이야기한다고 쳐. 위험은 내 몸에도, 네 몸에도 닥칠 거야. 하지만 가능성을 검토한 결과 필시 위험은 고려치 않고 이익을 추구하는 게 낫다고 판단하게 될 거야. 왜냐하면 손에 들어오게 될 이익이 내 목숨을 걸 만한 가치가 있는 것이고, 설령 네 몸에 위험이 미친다 해도 그것은 네 자신의 힘으로 얼마든지 피할 수 있을 테니까. 물론."

로렌스가 말하자 호로는 표정을 지운 채 그 말을 듣고 있었다.

"그렇게 되면 재회는 어려워지겠지만."

호로는 말이 없다.

로렌스는 말을 계속했다.

"그리고, 그런 말을 하고 나면 넌 틀림없이 이렇게 대답하지 않겠어?"

"…모든 이익을 내팽개치고 온갖 위험을 피해서 한 가닥 희망에 도박을 거는 건 할 짓이 못 돼."

어깨를 움츠리며 웃은 것은 로렌스였다.

리골로의 집에서 알아챈 것에 대해 입 다물고 있던 것은 호로의 입에서 그런 말이 나오게 하고 싶지 않았기 때문이다.

이 거래가 성공하면 로렌스의 꿈은 거의 이루어진다. 부자가 되어 이 도시로 돌아온 로렌스를 마중 나온 호로는 축복의 말과 함께 웃는 얼굴로 작별의 인사를 하리라.

혹은 거래에 실패하게 되면 호로는 자신이 팔려가다니 당치도 않다는 듯이 도망쳐, 때는 이때다 하고 고향으로 돌아갈 것이다. 조금 편리할 대로 생각하자면 로렌스를 걱정해 상황을 살피러 와 줄지도 모르겠으나, 그 후 떠나가는 호로를 붙들어 세울 만한 말을 로렌스는 갖고 있지 못하다.

요는.

"너랑 여행을 계속할 수 있을지도 모를 가능성을 얻으려면 이 거래를 완전히 내팽개쳐야만 하지."

자신의 꿈이 걸려 있다 하더라도 널 위험에 빠뜨릴 수는 없다는 낯간지러운 말을 하면서.

"그럼 내가 기뻐할 거라고 생각해?"

로렌스는 겸연쩍어 하지도 않고 대답했다.

"생각해."

그리고, 그 순간 따귀를 맞았다.

"기쁘다고는 안 해. 미안하다는 말은 절대 안 해."

호로가 가녀린 손으로 있는 힘껏 때리면, 내 얼굴보다 손이 더 아프겠지.

로렌스는 그런 생각을 하면서 부들부들 떨리는 호로의 얼굴을 바라보았다.

이로써 로렌스가 호로에게, 호로가 로렌스에게 앞으로도 여행을 함께 계속하자고 말할 계기는 완전히 사라졌다.

그것은 이 도시에서 여행을 끝내자는 말을 꺼낸 호로가 원하는 일이자, 로렌스는 원치 않는 일이다.

자신이 원치 않는 일을 하면서까지 상대가 원하는 일을 한다.

이것은 세간에서는 상냥함이라 불리는 행위 중에서도 상위에 위치하는 것일 테고, 호로는 그것을 두려워하고 있다.

요컨대, 별안간 여행의 끝을 선고받은 데 대한 작은 복수였다.

"당신은 계산 빠르고 냉정한 상인이었던 것으로 기억해 두지."

호로의 그런 말에 로렌스는 그제야 웃을 수가 있었다.

"멍청한 상인이란 소리를 들은 채로 끝나면 명예와 상관이 있으니까. 그럼 군자금을 빌리러 가 볼까?"

걷기 시작한 로렌스의 뒤를 약간 떨어져 호로가 따라온다.

코를 훌쩍이는 소리가 난 것은 추워서 그런 것은 아닐 것이다.

치사하다는 생각이 들긴 하지만, 작은 복수조차 하지 않은 채 호로와 헤어질 수 있을 만큼 로렌스의 마음은 관대하지 못하다.

그러나 복수란 언제나 허무한 것이다.

데링크 상회에 도착했을 무렵, 호로는 평소 이상으로 태연한 모습 그대로였다.

"분명히 이 세상에 신 같은 건 없을 거야."

호로가 불쑥 중얼거렸다.

"당신네들이 말하는 전지전능한 신이 있다면 어째서 우리들이 괴로워하는 것을 가만 보고만 있겠어?"

로렌스는 문을 노크하려던 손을 멈췄다.

"아아, 그러게…."

호로의 말에 로렌스는 고개를 끄덕였다. 그런 뒤, 문을 노크한 것이었다.


데링크 상회는 여전히 간소한 분위기에, 상회 내부도 바깥의 소동과는 아무 관계가 없다는 듯이 조용했다.

물론 바깥에서 일어나고 있는 일은 이미 파악한 상태라, 로렌스의 얼굴을 보자마자 웃으면서 현금을 내어주었다.

무슨 생각을 하는지 알 수 없는 기분 나쁜 웃음이긴 했으나, "일행 분의 신변 안전만큼은 보장합니다."라며 가슴을 펴고 말한 그 모습만은 신용할 수 있었다.

아무리 가슴이 냉정한 상인이라 해도— 아니, 그렇기 때문에 더욱 상품의 취급에 관해서 만큼은 신용할 수 있다.

그런데, 자금이 든 자루를 로렌스에게 주는 것이 아니라 일단 호로의 손에 건넨다.

돈을 빌려주는 자의 지혜다.

전당물인 호로의 손에서 금화를 건네받게 함으로써 그 존재를 보다 마음에 강하게 새겨 넣으라고 말하는 것이리라. 들고뛰는 것을 막으려는 의미도 있고, 무엇보다 빌린 돈을 불리고자 하는 의욕이 한층 치솟는다.

호로는 자신의 작은 손에도 거뜬히 들어갈 정도의 자루를 유심히 들여다보더니 로렌스를 쳐다보았다.

"돈을 벌고 나면 물론 특급 포도주겠지?"

영원히 취할 수 있을 만큼의.

마지막 추억으로서, 영원히 호로의 마음에 남을 정도의.

호로는 뿌루퉁한 얼굴로 그렇게 말했다.

"아아, 물론이지."

로렌스는 그 말을 받아 대답했다.

"저희도 건투를 빌겠습니다."

하며 끼어든 것은 그냥 놔뒀다가는 한도 끝도 없다는 것을 경험으로 알고 있기 때문이리라.

그러나 호로와 로렌스는 이미 작별의 인사를 끝냈다.

"다음에 만날 때는 어엿하게 성공한 상인이야."

짐짓 으스대며 말하자 호로는 웃었다.

"내 일행이 시시한 상인이어선 곤란하지."

로렌스는 그 말에 자신이 어떤 표정을 지었는지 모른다.

모르겠지만, 상회를 뒤로 하는 순간 돌아보자 호로는 문간에 서 있었다.

겨우 60냥의 금화가 든 자루를 손에 들고 로렌스는 거리를 달렸다.

그냥 걸어갈 기분이 아니었다.

이것이 올바른 선택이었는지 모르겠다.

전혀 모르겠다.

이것 말고는 선택할 길이 없건만, 그래도 이것이 정말로 올바른 선택이었는지는 모르겠다.

이상한 점은 아무것도 없는 것 같다. 이 앞에는 꿈에서조차 보지 못한 이익이 기다리고 있다.

그럼에도 마음이 설레지 않는다.

로렌스는 금화를 품은 채 달려갔다.


숙소에 도착하자 숙박객과 그 동료인지, 입구 옆에서 이마를 맞댄 채 뭔가 이야기를 나누고 있는 이들이 있었다.

엿들을 것까지도 없이 현재 일어나고 있는 소동에 대한 이야기일 것이라는 예상이 갔다.

로렌스는 발길을 마구간으로 돌려 창고 쪽에서 들어가기로 했다.

마구간에는 두 마리의 말과 한 대의 짐마차가 있다. 당연히 그중 말 한 마리와 짐마차 한 대는 로렌스의 것. 꽤 훌륭한 짐마차인데 마부석은 혼자 앉기에는 너무 넓을 정도다.

눈살을 찌푸린 것은 품고 있는 금화 자루가 무거워서가 아니다. 가슴에 있는 것이 너무 무거워서다. 로렌스는 그런 생각을 털어버린 뒤 창고로 들어갔다.

여전히 다양한 짐들이 머리 높이까지 쌓여 있고, 짐과 짐 사이에 간신히 좁다란 통로가 나 있는 창고. 여기에 무엇이 있는지 완전히 파악하고 있는 이는 한 사람도 없을 것이다. 뭔가 중요한 것을 숨겨 놓는 데는 안성맞춤일 것 같다.

로렌스는 그런 생각을 하며 걷다가 그 인물과 딱 마주쳤다.

"오, 오오. 기다리다 지쳤어."

쭈그리고 앉아서 짐을 뒤지고 있던 에이브였다.

"빌려왔습니다. 군자금."

로렌스가 손에 든 삼베자루를 쳐들자 에이브는 사흘 만에 물을 마신 것처럼 눈을 감았다.

"선박도 수배됐다. 모피 소동에 편승하여 화물의 선적 가격을 인하한 선주를 발견했지. 돈을 듬뿍 얹어 주면 군대가 강을 봉쇄한다 해도 배를 띄워 주겠다고 했어."

역시 보는 눈이 좋다.

남은 것은 이 소동의 와중에서 모피를 무사히 매입할 수 있을지 말지.

그리고 그것을 가지고 강을 따라 내려가면 세 배의 판매가.

생각만 해도 눈앞이 아찔하다.

에이브는 뒤지고 있던 짐 속에서 한 손에 들어가는 두건을 꺼내 재빨리 품속에 쑤셔 넣은 뒤 자리에서 일어섰다.

"금화를 쏟아 부으면 상회 놈들이 고개를 세로로 끄덕이지 않을 수 없어. 눈이 고정되고 말 테니까. 가로젓고 싶어도 저을 수가 없을걸."

그 모습이 쉽사리 상상이 되어 웃어 버렸으나 제대로 웃었는지는 의심스러웠다.

"좋았어. 그럼 가지. 농담 같은 거래다."

말이 많아진 것은 에이브도 긴장하고 있기 때문이다.

트레니 은화로 2천 냥에 달하는 뤼미오네 금화 60냥. 상상 속의 산물이라 해도 과언이 아닐 꿈의 금화 60냥을 이용한 거대한 거래.

거기에서 파생될 이익은 사람의 목숨조차 대수롭지 않게 느껴질 만한 것.

아니, 실제로 대수롭지 않을 정도의 것이리라.

로렌스의 뒤에 있는 마구간 입구를 통해 밖으로 나가려던 에이브는 로렌스가 꼼짝하지 않은 탓에 길이 막힌 꼴이 되었다.

"왜 그래?"

고개를 들고 의심스러운 듯이 물었다.

"이 금화로 모피를 사면 최종적인 이익이 은화 4천 냥이라고 했던가요?"

머리 하나 만큼 작은 에이브가 한 걸음 두 걸음 뒤로 물러서더니 두건 속으로 표정을 완전히 감춘다.

"그래."

"선박도 수배가 되었고, 이제 모피를 매입하기만 하면 된다?"

"그래."

"그것을 싣고 가서 팔 곳도 대충 정해져 있다?"

"그래."

에이브는 로렌스에게서 자금을 빌리는 대신에 자신의 두뇌와 경험을 제공했다.

생각에 생각을 거듭했으리라.

이 소동의 와중에서, 이곳 사람들의 복잡하게 얽힌 의중의 틈새를 꿰듯이 거래를 맺어 이익을 끌어내는 구도를 그려냈다.

그런 자신감은, 설령 지금 이 자리에 그 어떤 돌풍이 인다 해도 꼼짝도 하지 않을 만큼 안정된 에이브의 자세에서 드러나고 있었다.

황야를 가는 행상인.

맨 처음 품었던 에이브에 대한 감상.

메마른 바람으로 인해 쉬어 버린 목소리.

그리고 때로는 저 두꺼운 두건 밑에 감춘 나약한 본심을 내보이면서도 로렌스를 속일 수 있는 두둑한 배짱.

그토록 교활한 상인이다.

이대로 잠자코 아무것도 알아채지 못한 척 바보가 되어 거래를 맡긴다면 아무 문제도 없을지 모른다.

게다가, 에이브가 로렌스를 속인다 해도 그것은 로렌스의 이익을 중간에서 가로챈다거나 하는 것은 아니다.

좀 더 위태로운 일이면서도 따지고 보면 이번 거래가 잘 풀리도록 하기 위한 지혜이기조차 하다.

에이브는 바보가 아니다. 승산이 없는 것에 손을 댈 만큼 생각이 얕은 상인으로는 도저히 여겨지지 않는다.

그러니 입 다물고 있으면 된다.

이대로 거래가 성공하면 적어도 로렌스는 마을상인이 될 수 있다.

그러니, 입 다물고 있으면 되는 것이다.

"당신, 아직도 날 의심해?"

불쑥 에이브가 말했다.

"아니요."

"그럼 왜 그래? 겁이 났나?"

로렌스는 자문했다.

자신은 겁이 난 것인가?

아니, 틀리다.

잠자코 바보가 될 수 없는 것은 호로에 대한 생각이 머릿속에서 떠나지 않기 때문이다.

"빨리 움직이지 않으면 외지 놈들이 현금을 융통하게 될지도 몰라. 물밑교섭을 하고 있을 테니 어디에서 현금을 조달해 올지 알 수 없다고. 엄청난 이익을 손가락만 빨면서 보고 있을 셈이야? 어이, 대답해—."

로렌스는 에이브의 말을 가로막으며 말했다.

"당신은 겁나지 않습니까?"

에이브의 얼굴이 그보다 더할 수 없으리만큼 멍해졌다.

"내가? 핫, 바보 같은 소리."

내뱉듯이 말하고는 입가를 일그러뜨렸다.

"겁나지."

그 목소리는 작으면서도 분명하게 창고 안을 울려 퍼졌다.

"은화로 따지면 수천 냥이 오가는 건데? 겁나지 않을 리가 있나. 거금 앞에선 사람의 목숨 따윈 가볍기 짝이 없지. 그런데도 아무렇지 않을 만큼 난 간이 크지 않아."

"…제 태도가 돌변해서 뒤에서 칠지도 모르고요."

"핫하. 그렇지. 그 반대도 가능하지. 아니, 그렇게 생각하니까 서로 의심병 환자가 되는… 그런 일도 있을 수 있겠지. 어쨌거나."

에이브는 심호흡을 한 뒤 기분을 가라앉히듯 차분히 덧붙였다.

"이런 위험한 다리라도 건널 수밖에 없지."

에이브도 이 거래가 위험하다는 자각은 확실히 갖고 있다.

아니, 알고 있기 때문에 로렌스를 속인 것이다.

그런 짓을 하면서까지 추구하는 이익의 그 너머에서 대체 무엇을 보고 있는 것일까.

"하하하. 재미없는 얘기를 들었다는 표정이군. 당신은 이렇게 묻고 싶었던 거지? 왜 그렇게 하면서까지 돈을 버느냐고."

메마른 목소리로 웃고는 오른쪽 손바닥을 허리춤에 닦는 것처럼 보였다.

그 정도로 자연스런 동작이었다.

"미안하지만, 여기에서 네가 빠지게 놔둘 순 없어."

그 손에는 칼이라 부르기에는 실례일 만큼 두껍고 긴, 한쪽에만 날이 선 손도끼가 쥐어져 있었다.

"원래 같으면 이런 건 꺼내고 싶지 않아. 하지만 금액이 금액이니 만큼 네가 여기서 빠지면 내가 곤란하거든. 알지?"

강력한 무기를 손에 든 순간 사람은 자신도 모르게 흥분하여 머리에 피가 치솟게 마련이건만 에이브의 목소리는 어디까지나 냉정하고 건조했다.

"거래가 잘 풀리면 네 이익은 보증한다. 그러니까 그걸 이리내."

"금화 60냥 앞에서 사람의 목숨은 가볍기 짝이 없으니까요."

"아아, 그렇지. …그 가벼움을 실감하고 싶진 않겠지?"

로렌스는 영업용 웃음을 띤 채 호로에게서 건네받은 자루를 오른손에 들고 내밀었다.

"지혜와 용기를 가진 자에게 신의 축복 있으라."

에이브가 속삭이듯이 말한 뒤 자루를 잡으려던 그 순간이었다.

"…웃."

"……!"

서로 무언의 기합을 터뜨리며 각자의 동작을 취했다.

로렌스는 뒤로 빠지기, 에이브는 오른손 후리기.

그 직후, 찰그랑 소리를 내며 금화가 든 자루가 바닥에 떨어졌다.

그 정도로 짧은, 찰나의 순간.

에이브의 눈이 푸른 불꽃처럼 일렁이는 것을 로렌스는 놀라지도 않은 채 되쏘아보았다.

그리고 두 사람 모두 '아차!' 한 것은 그 몇 초 후의 일이었다.

"너랑 나는 하나씩 실패했다. 그렇지?"

팔을 빼며 뒤로 물러나지 않았더라면 에이브의 도끼가 로렌스를 충분히 내리치고도 남았다.

그러나 에이브는 어디까지나 교활했다.

날이 반대로 향해 있다. 에이브는 로렌스를 벨 생각이 없었다는 뜻이다.

그에 반해 로렌스는 그러는 척이 아니라 정말로 도끼를 피했다. 그러면서도 놀라지도 않았다. 에이브가 도끼를 휘두를 것이라고 확신했다는 얘기다.

만약 에이브를 신용하고 있었다면 도끼는 휘두르지 않을 것이라고 판단하여 가만히 있었거나 피한 뒤에 놀랐을 터.

신용하지 않았을 뿐 아니라 놀라지도 않은 것은 에이브가 숨기는 것이 있다는 것을 알기 때문이다.

"내 실패는 네가 냄새를 맡게 된 것. 나한테 겁나지 않느냐고 물은 건 그런 뜻이었지?"

바닥에 떨어진 금화에는 눈길 한 번 주지 않는다.

거친 일에 익숙하다는 증거다.

상대가 여자라고 방심했다가는 순식간에 목숨이 날아갈 것이다.

"리골로 씨 댁에 있던 석상은— 적어도 하나는 증거품. 그렇지요?"

에이브는 입을 일그러뜨리면서 거꾸로 잡고 있던 도끼를 바로 고쳐 쥐었다.

"당신은 석상을 수입하는 척하면서 사실은 대량의 소금을 밀수했던 겁니다. 암염을 가공하여 석상으로 꾸며서."

"글쎄…."

그러면서 허리를 조금 낮추는 것이 느껴졌다.

도망칠 수 있을지 없을지, 형세가 불리한 도박이다.

"나는 당신이 소금 밀수를 하고 있지 않을까 하는 생각을 어떤 정보를 통해 의심하긴 했습니다만, 암염을 가공하리라고는 생각지 못했습니다. 왜냐하면, 석상 모양을 한 암염을 대량으로 밀수한다면 교회가 반드시 알아챌 테니까요."

하지만 그것을 피할 가능성은 물론 존재한다.

말할 것도 없이 교회가 그 밀수에 한몫을 하는 경우.

그리고 이 도시의 교회는 자다가도 벌떡 일어날 만큼 돈을 탐하고 있다.

석상 매매보다 돈이 벌릴 소금 밀수를 하는 데 아무런 주저도 없었을 것이다.

이런 생각이 금세 떠오르지 않았던 것은 에이브가 항구도시에서 짐을 선적해 석상을 옮겨왔다는 정보가 있었기 때문이다.

바다를 통해 실어왔다면 부피와 중량을 고려해 제염을 하는 것이 상식이다.

화물의 부피가 크고 무거운 데다, 제염을 하는 데 손이 가는 암염을 일부러 바다로 옮겨오는 것은 상인의 상식에는 없다.

당연히 에이브는 성벽을 통과할 때 그 상식을 이용했을 게 분명하다.

"한동안은 교회와 밀월관계를 맺었겠지요. 이곳의 교회는 어디서 돈을 끌어다 쓰는지 알 수 없을 만큼 돈 씀씀이가 헤펐다고 하니까요. 그러던 것이 갑작스러운 파국을 맞았다. 북방 대원정이 원인이라니. 뭐, 전혀 틀린 말은 아닐 겁니다. 교회의 권력기반이 탄탄해지기 시작하자 소금 밀수라는, 들켰다가는 일대소동 정도로 끝나지 않을 일에서 손을 빼려는 참에 모피 문제가 터져 나왔다. 교활한 당신은 주교에게 이렇게 말하는 겁니다."

에이브의 도끼 끝이 내려간다.

로렌스도 반걸음 뒤로 물러섰다.

"외지상인들에게 이곳의 모피를 사게 할 바에야 우리들이 매점을 하지 않겠느냐고."

에이브는 50인 회의의 결론을 교회 내의 협력자에게서 들었다고 했다.

아무리 그렇더라도 에이브의 수완은 보통이 아니었다.

별안간 떠오른 생각을 차츰 진행시켜 나간다기보다는, 사전에 안을 짜서 그것을 이용했다고 생각하는 편이 더 이치에 맞는다.

이 도시의 모피는 현금으로만 매입할 수 있다는 안이 어느 누구에게 가장 이익을 가져다 줄 것인지를 생각하면 더더욱 말할 것도 없다.

기부금이라는, 총액의 파악이 거의 불가능한 현금을 대량으로 소유하고 있는 교회에게 가장 유리한 결론이다.

상회의 규모가 크면 클수록 막대한 금액의 거래는 종이 위에서 행해지고, 들고나는 돈은 모두 장부에 기록되니 현금을 비밀리에 꺼내기는 어렵다.

또한 성벽 입구에서 면밀한 신체검사를 하는 한편, 모피 매입 시에 현금의 출처를 물음으로써 상당한 숫자의 배신자를 봉쇄할 장치를 마련했다.

그런데도 에이브는 모피를 매점할 수 있다고 자신 있게 말했다.

외지상인들이 물밑교섭을 하고 있기야 하겠지만, 모피를 가공하는 직인이나 상인들이 봉기를 한 지금, 위험을 감수하면서까지 외지상인들에게 돈을 내어줄 사람은 없을 것이다.

그런데도 에이브는 안달을 하고 있다.

그렇다면 결론은 하나밖에 없다.

에이브는 어디에서 외지상인에게 현금이 건네지는지를 알고 있다. 그뿐 아니라, 그것은 막을 수 없는 일이라는 것도 알고 있다.

소금 밀수를 함께 한, 바다 건너 나라의 대주교에게 다리를 놓아준, 몰락귀족 출신의 상인과 손을 끊기로 결정한 교회의 진의.

일개 상인보다는 어딘가의 상회와 손을 잡는 쪽이 훨씬 써먹기 좋아서라고 했다.

그것은 맞는 말이다.

교회가 이 도시의 모피 매점을 노리는 해당 상회 측과 손을 잡는다면, 그런 에이브를 내버리기에 충분한 강력한 후원자를 얻게 되는 셈이니까.

멀리서 온 상인들이 어마어마한 현금을 갖고 있을 리가 없다고 다들 생각했겠지만, 교회가 기부금을 도시 안에서 밖으로 잽싸게 옮겨 놓은 상태라면 어떨까.

직인들과 상인들의 무장봉기는 뜻밖에도 외지상인들이 대량의 현금을 갖고 있다는 것을 알게 되어, 도시 내의 누군가가 배신을 했다는 것을 눈치 챘기 때문에 일어난 것이리라.

에이브가 로렌스에게 거래 이야기를 꺼냈을 때 한 이야기는 전혀 거짓이 없다.

거짓말은 하지 않았으나 진실은 무엇 하나 말하지 않았다.

"리골로의 집에 둔 석상은 암염이 맞다. 그리고 내가 저 망할 주교에게 모피 매입 건을 얘기한 것도 맞고, 나를 잘라내고 새로운 후원자를 얻었다는 것도 맞았다. 믿고 안 믿고는 너한테 달렸지만."

에이브는 웃으면서 발밑으로 도끼를 툭 떨어뜨렸다.

믿으라는 뜻이리라.

여기까지 이르러 거짓말을 할 필요가 있을까 싶기도 하다.

그것이 거짓말이든 아니든, 로렌스는 그렇다는 판단 하에서 행동한다.

그게 전부다.

"너에게 거래 이야기를 꺼낸 이유도… 네가 생각하고 있는 것이 맞을 거야."

"당신의, 몸을 지키는 방패."

에이브는 어깨를 들썩였다.

"나는 소금 밀수라는 교회의 일급 추문을 아는 몸이니까. 교회는 나와 관계를 끊을 때 일단 신변안전을 보장해 주긴 했다. 구두 약속이니 물론 믿어야 할지는 알 수 없지만, 언젠가 다시 이용가치가 생기면 날 이용할 생각일 테니까. 아마 그렇겠지. 게다가 나도 돈을 벌긴 했으니 굳이 분쟁을 일으킬 생각은 없었고, 저쪽도 그건 알고 있을 거다."

"하지만 당신은 자신이 제안한 이 거래를 그냥 두고 볼 수만은 없었다."

"그렇지. 교회의 의도를 방해하는 일이 되지만 이런 돈벌이 기회를 놓칠 수야 없지."

"그리고 당신은 생각했던 거지. 혼자라면 쉽사리 당하겠지만 둘이라면—."

도시의 결정에 반하는 거래를, 일행인 여자를 저당 잡히면서까지 추진하려는 로렌스의 존재를 교회는 어떻게 생각했을까.

틀림없이 곁에서 보면 에이브의 속과 겉을 다 아는 협력자로 비쳤으리라.

혼자라면 쉽게 입막음을 할 수 있어도 둘이라면 순식간에 어려워진다. 더욱이 그것이 전혀 아는 바가 없는 외지에서 온 사람이라면 더 말할 것도 없다. 그 어떤 배경을 갖고 있는지 모를 일이니 섣불리 손을 대었다가는 어느 조합이나 상회가 이 도시로 들이닥칠지 알 수 없다.

로렌스는 그런 역할을 자신도 모르는 사이에 할당 받았던 것이다.

그럼에도 그런 줄을 까맣게 모르는 상태였으니 실로 당당히 행동할 수 있었다.

그야말로 목숨이 아까운 줄 모르거나, 또는 교회 따위는 겁낼 필요가 없는 근거를 갖고 있는 것처럼 보였을 수도 있다.

아무것도 몰랐더라면, 모르는 척했더라면 거래는 잘 풀렸을 것이다.

"그래서 어쩌겠다는 건데?"

에이브가 물었다.

"이렇게 하겠습니다."

로렌스는 그렇게 말한 뒤, 금화가 든 자루와 손도끼에 손을 뻗으려던 그 순간이었다.

"……."

"……."

서로 말없이 노려본다.

이마에 식은땀이 솟는다.

로렌스가 도끼에 손을 댄 순간, 에이브는 나이프를 손에 들고 머리 위에서 내리치려 하고 있었다.

이번에는 칼등이 아니다.

예상을 하긴 했어도 막을 수 있을지 어떨지는 도박이었다.

"그렇게 돈이 탐이 납니까?"

신의 가호인지, 순간적으로 붙든 에이브의 왼쪽 손목을 비틀어 올린다.

에이브는 힘이 세다고는 해도 결국은 여자의 몸이다. 나이프가 떨어졌다.

"너, 너는, 탐나지 않아…?"

"탐납니다. 아니."

말을 끊었다가 다시 이었다.

"탐이 났었다고 해야 하려나."

"재미있―."

재미있는 농담이라고 하려고 했겠지만, 로렌스가 팔을 더욱 비틀어 에이브의 몸을 옆에 쌓여 있던 나무상자에 밀어붙인 뒤, 남은 손으로 멱살을 잡아 올린 탓에 도중에서 말이 끊겼다.

"나를 죽이고 시체를 감춰 두면 거래가 끝날 무렵까지는 아무에게도 들키지 않을 테니까요. 교회도 설마하니 동료끼리 그랬으리라고는 생각지 않겠죠. 그 행동력에 감탄했습니다. 그게 아니면, 그냥 단순히 이 돈을 빼앗아 달아날 생각이었던 걸까?"

에이브는 까치발을 선 꼴이 되어 괴로운 듯이 얼굴을 일그러뜨리고 있다.

그것이 연기는 아니라는 것은 이마에 밴 진땀이 증명한다.

"아니, 그런 짓은 하지 않겠지요. 당신이 나를 죽이려고 한 것은 방금 전, 내가 창고에 왔을 때 당신이 품에 쑤셔 넣은 그 자루― 그것을 기필코 쓰고 싶어서인 거죠?"

그 순간 에이브의 낯빛이 변했다.

그대로 목이 졸려 살해될 수도 있을 상황에서 이제야 처음으로 낯빛이 변한 것이다.

목숨보다도 돈이 더 중요하다.

로렌스는 웃고 말았다.

"역시. 그건 소금 밀수로 번 돈인가요? 야금야금 모은 액수가 나를 이용해 마련한 금액과 같거나, 아니면 그보다 더 되는 거 아닙니까? 그것을 전부 써서 모피를 매입하려 한 거죠? 내가 모르는 사이에."

에이브는 대답하지 않는다.

괴로워 보이는 얼굴은 자신의 계략이 들켜서라기보다는 품속에 든 돈을 빼앗기지나 않을까 두려워하는 것 같았다.

"당신이 혼자서 모피 거래를 하지 않은 것은 수중에 있는 자금이 너무 커서, 혼자 그런 거래를 했다가는 교회에 아예 죽임을 당하게 되리라고 예상할 수 있기 때문이지요. 그래서 나를 끌어들인 거죠. 한 사람을 죽이기는 간단해도, 두 사람을 죽이는 건 일이 그렇게 간단치 않으니까요. 그리고 당신은 교회가 본격적으로 우리를 없애려 드는 한계의 순간까지 최대한 돈을 벌어들이는 겁니다. 남의 목숨은 물론 자신의 목숨도 아랑곳하지 않고, 그저 이익만을 쫓아서."

로렌스도 그것만 아니었으면 계속 입을 다물고 있었을지 모른다.

소금 밀수 같은 건 모르는 척하면서 거래가 진척되는 것을 지켜봤을지도 모른다.

하지만, 이런 위험한 행위를 알면서도 그냥 두고 볼 수만은 없었다.

그 어떤 이익이라도 허용할 수 있는 위험에는 한도라는 것이 있는 법이다.

에이브가 하려는 짓은 자살행위다.

그리고 그렇게까지 돈을 탐하는 에이브에게 묻고 싶었다. 꼭 묻고 싶었다.

"당신은…."

"……?"

"당신은 이런 위험을 감수하면서까지 돈을 번 그 끝에서 뭘 보고 있는 겁니까?"

로렌스에게 멱살이 잡혀 안색이 검붉게 변해 있으면서도 에이브는 여전히 웃었다.

"나도 상인이니까요. 돈을 버는 것에 행복을 느낍니다. 하지만 그 끝에 무엇이 있는지는 모릅니다. 은화를 한 냥 벌면 다음엔 두 냥, 두 냥 다음엔 세 냥. 아무리 벌어도 풀어지지 않는 이 갈증을 채우고 또 채운 끝에 무엇이 기다리고 있을지, 생각해 본 적 있습니까?"

물론 로렌스 역시 이런 생각은 해본 적이 없었다.

그런 것을 생각할 여유도 없었기 때문이다.

그러던 것이 호로를 만난 이후로, 돌연 여행에 운기가 생겼다. 팽팽하게 당겨져 있던 돈벌이에 대한 집념이 어딘지 느슨해져 버렸다.

그 틈새로 미끄러져 들어온, 호로와의 대화.

호로는 채울 수가 없다면 소망하지 않는 길을 선택했다.

에이브는 필시 그 정반대일 것이다.

목숨보다도 돈벌이가 더 중요한 것이다.

그래서 묻고 싶었다.

"무… 무엇이…."

쉰 목소리가 나는 것은 원래 그래서가 아니다.

로렌스가 멱살을 잡고 있는 팔에서 힘을 약간 빼자 에이브는 탄식을 하듯이 숨을 내쉰 뒤 기침을 했다. 그러면서도 여전히 웃으면서 말을 이었다.

"무엇이… 기다리고 있느냐고?"

에이브는 푸른 눈으로 로렌스를 똑바로 쳐다보며 비웃는 듯이 말했다.

"뭐가 기다리고 있는지 생각할 만큼— 넌 소년인 거냐?"

그 이상 에이브의 멱살을 잡아 올리지 않은 것은 정곡을 찔렸기 때문이다.

"나는… 나를 산 졸부를 보고 늘 생각했지. 저것들은 이렇게 돈을 벌어서 뭘 하려는 걸까 하고. 한도 끝도 없는데. 아무리 벌어도, 그 다음 날에는 또 돈벌이가 없으면 안절부절못해. 부자는 불행한 생물이라는 생각이 들었다."

에이브는 기침을 한 뒤 심호흡을 하고 나서 말을 이었다.

"네가 보면 내가 바로 그런 불행한 생물로 보이겠지. 난 그 인간과 똑같은 길을 선택했으니까."

그런 직후, 에이브의 손이 움직인 것만 같았다.

그리고 한순간 무슨 일이 일어났는지 이해하지 못했다. 자신이 맞았다는 것을 깨달았을 때에는 형세가 단숨에 역전되어 있었다.

"나는 그 인간의 어리석은 행동을 보고, 그 전말을 보고, 그럼에도 불구하고 이 길을 선택했다. 왠지 알아?"

로렌스의 목에 들이대어져 있는 것은 나이프가 아니었다.

호시탐탐 반격의 기회를 엿보고 있었는지 에이브의 손에는 손도끼가 들려 있었다.

"——니까."

에이브의 말이 끝나자마자 도끼자루에 얼굴을 있는 힘껏 얻어맞는다. 시야 한가득 붉은 빛과, 얼굴의 반을 덮는 작렬하는 충격이 폭발했다.

몸이 가벼워진 것은 알겠는데 도저히 몸을 일으킬 수가 없다.

입을 다물지도 못하고, 아픔이라기보다는 견딜 수 없는 고통이 소용돌이를 치고 있는 것 같아서 소리조차 낼 수가 없었다. 그래도 어떻게든 팔꿈치로 짚어 엎드린 후 버티는 자세를 취했으나, 그 이상은 꼼짝도 하지 못한 채 뚝뚝 소리를 내며 바닥에 피가 떨어지는 것을 눈물이 번진 눈으로 바라만 볼 뿐.

그래도 귀만은 냉정하게 소리를 분별하여 에이브가 창고를 나간 것을 알았다.

금화는 가져갔으리라.

빙글빙글 도는 머리에 그 사실이 찬물처럼 시원하게 느껴졌다.

그런 뒤 얼마만큼 그대로 있었는지 모른다. 전혀 관계없는 손님이 창고에 왔다가 황급히 달려와 일으켜 주었다.

통통한 남자인데, 여기저기에 모피로 테두리를 두른 옷을 입고 있다.

아롤드가 말한 그 북쪽의 모피상인지도 모르겠다.

"괘, 괜찮으십니까?"

상투적인 질문에 로렌스는 피식 웃음이 나왔다. 그런 뒤 "죄송합니다."라고 하며 고개를 끄덕였다.

"도둑을 맞으셨습니까?"

창고에서 사람이 쓰러져 있었으니 그렇게 생각하는 게 자연스럽다.

하지만 로렌스가 머리를 가로젓자 "오오, 그럼 거래가 결렬됐나요?" 한다.

상인이 당하는 재난이란 건 손에 꼽을 정도인 것이다.

"이런. 이쪽에 있는 것은…."

그러면서 남자가 주워든 것을 본 순간, 로렌스는 얼굴의 통증도 잊은 채 소리 높여 웃고 말았다.

"왜 그러십니까?"

뚱뚱한 남자는 글을 읽을 줄 모르는 모양인지 그 종이를 보고도 고개를 갸웃거리기만 할 뿐, 로렌스가 손을 내밀자 의아한 표정을 지은 채 바로 건네주었다.

로렌스는 다시 한 번 종이를 들여다본다.

역시 잘못 본 게 아니었다.

에이브는 그 무슨 일이 있어도 로렌스와의 거래를 없던 것으로 할 수는 없었던 것이다.

"집념?"

피를 삼킨 뒤 로렌스는 중얼거렸다.

그러나 그것과는 다른 것 같다.

에이브가 도끼자루로 로렌스를 내리치기 직전에 언뜻 보인 에이브의 얼굴.

그것은 집념도, 욕망도 아닌.

"괘, 괜찮습니까?"

로렌스가 일어서는 것을 보고 당황하여 남자가 부축해 주었으나 로렌스는 고개를 끄덕이면서 그것을 마다했다.

에이브가 두고 간 것은 이 여관을 로렌스에게 양도한다는 아롤드의 친필 각서.

이런 것을 남기고 갔다면, 같은 상인으로서 에이브의 생각을 이해하지 않을 수 없다.

다리가 후들거려 로렌스는 불안정하게 걸음을 내딛는다.

비척비척 창고를 나가 마구간 쪽으로.

"기대가 되니까— 라고?"

있는 돈을 다 거둬 갔다.

로렌스가 갈 곳은 한 군데밖에 없다.

"기대가 되니까."

로렌스는 다시금 웃은 뒤, 피로 범벅된 침을 뱉었다.

도시 중심부는 회의의 결론을 공포하려는 이들과, 그것을 방해하려는 이들로 옥신각신하고 있을 것이다. 항구로 나가기 위해 중심부의 광장 근처를 지나려 했으나 사람이 너무 많아 도저히 다가갈 상태가 아니었다.

고함소리와 환성이 난무하는 살벌한 분위기였다.

누구 하나 로렌스의 심각한 몰골을 보고도 놀라지 않는다. 그런 상황인 것이리라.

해든 달이든 떠 있기만 하면 로렌스는 책력과 방향으로 처음 가본 도시의 그 아무리 복잡한 뒷골목 안에서라도 위치를 파악할 수 있다. 골목길을 달려 데링크 상회로 향했다.

에이브는 그 길로 모피 매입에 들어갔을 것이다.

아마도 로렌스는 눈앞이 아찔할 정도의 이익은 못 받을 테지만 그래도 상관없다고 생각했다.

아롤드가 여관을 양도해 주겠다고 쓴 각서를 남겨준 것은 에이브가 최대한 양보한 결과다. 로렌스는 그것만으로도 충분했다.

이 각서의 가치는 로렌스가 데링크 상회에서 빌린 돈에 약간 못 미칠 정도이리라. 데링크 상회의 입장에서는 적어도 귀족인 에이브가 빚을 지게 했으니 그들의 목적은 달성할 수 있다. 로렌스에게 빌려준 돈을 곧바로 회수할 수 있을지 어떨지 따위는 이차적인 문제일 테니, 부족한 액수를 변제하는 것쯤은 다소 기다려 줄 것이다.

문제는 호로다.

로렌스가 자신의 꿈이 걸린 거래를 놓친 것을 알면 어떤 얼굴을 할까.

틀림없이 길길이 뛸 것이다.

간소하면서도 위엄에 찬 데링크 상회의 문을 열자 이내 엘리긴과 눈이 마주쳤다.

엘리긴뿐 아니라 데링크 상회의 면면들 그 누구도 로렌스를 보고도 표정이 바뀌지 않은 것은 대단하다 할 것이다.

로렌스가 호로가 있는 곳을 묻자 상회 깊숙이 있는 방으로 안내해 주었다.

하지만 문에 손을 대려 한 순간, 눈으로 제지를 해왔다.

전당물에 손을 대지 말라는 뜻이다.

로렌스는 에이브에게서 받은 증서를 꺼내 데링크 상회에 건넸다. 손익계산이 빠르기로는 행상인에 비할 바가 아니다.

당장에 증서를 품속에 넣더니, 이번만은 연기가 아닌 진짜 웃음을 지으며 물러섰다.

로렌스는 문을 잡고, 열었다.

"들어오지 말라니까!"

순간 호로의 성난 소리가 터졌다가 그쳤다.

울고 있어 줄 것을 기대했지만 그것은 호로를 너무 얕본 것이었던 모양이다.

그럼에도 더할 나위 없을 만큼 놀랐다가, 그런 뒤 분노의 형상이 되었다.

"이…, 이…, 이…."

부들부들 떠는 입술 때문에 말이 제대로 안 나오는가 보다.

로렌스는 어디서 부는 바람이냐는 듯이 아랑곳없이 문을 닫고는 방 안 한복판에 놓인 의자에 앉았다.

"이런 멍청이!"

덤벼든다는 표현은 아마 이 순간을 위해 있는 거겠지 싶을 만한 기세로 호로가 덤벼들었다.

예상했던 바라, 의자에서 벌렁 자빠지는 일은 없었다.

"어, 어, 어떻게 이런…. 설마, 설마 판을 깨고 온 건 아니겠지?"

"아니. 깬 건 아니야. 통째로 빼앗겼을 뿐이지."

소중한 옷에 얼룩을 묻혀 버린 아가씨 같은 경악의 얼굴을 하고 호로는 로렌스의 멱살을 있는 힘껏 잡아 올렸다.

"당신의 꿈 아니었어?"

"꿈이었어. 아니, 지금도 꿈이야."

"그럼, 어째서, 어째서."

"이렇게 침착한 거냐고?"

호로는 울 것 같은 얼굴로 입술을 부들부들 떨었다.

로렌스는 거래의 성공 여부에 관계없이 이 도시에서 호로와 헤어지게 되는 일은 피할 수 없을 줄 알았다.

그것은 호로도 마찬가지였을 터.

"상인들끼리 이런저런 일이 많았거든. 널 이 상황에서 꺼낼 정도는 남겨 주었어."

호로의 얼굴은 '어이가 없어서 아무 말도 할 수 없는 얼굴'이라고 제목을 붙여 액자에 넣어 두고 싶을 정도였다.

"내, 내가 당신의 무엇이 무섭다고 했는지 기억해?"

"부끄러워서 입으로는 말 못하겠는데."

그 순간 도끼자루로 얻어맞은 오른쪽 뺨을 호로에게 다시 얻어 맞아, 너무 심한 격통에 몸이 꺾이고 만다.

그러나 호로는 가차 없이 멱살을 잡아 일으켰다.

"그래 놓고 태연스럽게 돌아온 멍청한 당신이, 이 요이츠의 현랑 호로 앞에 나타나서는 뭐가 어째? 뭘 원해? 뭘 바라? 말해 봐. 말해 보란 말야!"

비슷한 상황이 있었던 것을 로렌스는 떠올렸다.

그때도 로렌스는 맞아서 재산을 전부 털린 뒤 죽을 뻔했었다.

그때는 로렌스가 부탁하지 않아도 호로가 한 꺼풀을 벗어 주었다.

그럼 지금이라면 어떨까.

강탈을 당하고 부상을 입었으면서도 간신히 도망쳐 와서, 어떻게든 호로의 신병 하나는 확보한 것처럼 보이지는 않을까.

그렇다면 호로가 기대하는 한마디는 정해져 있다.

호로는, 이 도시에서 로렌스와 웃으면서 헤어질 수 있기를 바라니까.

"너의… 늑대의 모습으로."

순간 호로는 고개를 끄덕인 뒤 송곳니를 드러냈다.

"나한테 맡겨. 당신은 나랑 만난 덕분에 어엿하게 성공한 상인이 될 거야. 이야기는 웃음으로 마무리되는 거지. 꼭 그렇게 되어야 해."

가슴께의 자루에서 보리를 꺼내며 호로는 말한다. 로렌스는 그런 모습을 웃으면서 지켜보고 있었다.

"…뭐해?"

"어?"라고 하게 두지는 않았다.

"네 늑대의 모습으로 가서 빼앗아 와 달라고 말할 줄 알았어?"

호로의 몸을 껴안은 직후에 들린, 뭔가가 떨어지는 듯한 소리는
자루에서 보리가 흘러넘치는 소리였을 것이다.

어쩌면 눈물이었을지도— 라고 생각하는 것은 희망사항이었을
지도 모른다.

"에이브는 자살행위나 다름없는 거래를 하려 하고 있어. 교회에
알려지면 우리도 위험해. 이 소동이 가라앉기 전에 도망치자."

"읏."

호로가 몸을 빼려고 하는 것을 막으며 로렌스는 어디까지나 냉
정하게 말했다.

"나는 에이브의 본성을 꿰뚫어 보지 못했어. 에이브는 돈만 아
는 수전노였어. 돈을 위해서라면 목숨쯤은 아무렇지도 않게 생각
해. 그런 거래를 했다가는 목숨이 몇 개라도 부족할 거야."

"그럼 당신은 어떤 거래를 하겠다는 거야?"

호로는 말을 한 뒤 다시 로렌스의 품에서 도망치려 애쓰다가,
이윽고 그만두었다.

"위험한 다리를 건너는 건 한 번으로 족해."

"……."

로렌스가 파슬로에 마을을 방문한 그때, 짐칸에 숨어든 호로가
로렌스와 함께 여행을 꼭 해야만 할 이유 같은 것은 아무데도 없
었다. 보리를 챙기고 옷을 훔쳐 몰래 빠져나갔다면 절대 알아채지
못했을 테고, 호로라면 혼자서도 얼마든지 해나갈 수 있었을 것이
다.

만약에 정말로 호로가 누군가와 친해져 봐야 그 끝에 기다리고
있는 것은 절망밖에 없다는 것을 굳게 믿어 그것을 두려워하고 있

다면, 아무리 사람이 그립더라도 로렌스에게 말을 걸지는 않았으리라.

벽난로에 한 번 덴 개는 결코 벽난로에 다가가지 않는다.

벽난로에 다가가는 것은 혹시 벽난로 안에 군밤이 있지나 않을까 하는 이들뿐으로, 그 달콤함을 잊을 수가 없기 때문이다.

아무리 괴로운 일이 기다리고 있을 것으로 예상되어도, 혹은 거기에는 아무것도 없을지 모른다는 생각이 들어도, 그래도 손을 내밀지 않을 수 없다.

기대가 되니까.

그 끝에 뭔가가 있으리라고 기대가 되니까.

에이브는 로렌스를 때리는 순간 부끄러운 듯이 웃고 있었다. 마치 소녀처럼 웃고 있었다.

모든 것을 깨달은 은자가 되기에는 로렌스 또한 너무 젊다.

로렌스가 호로의 머리 뒤로 손을 돌리자 호로는 움찔하고 몸을 움츠렸다.

이 이상 친해지는 것은 결코 올바른 선택으로 생각되지 않는다. 호로의 그런 의견은 옳다고 생각한다.

반드시 끝이 오게 된다면 그것은 결코 올바른 선택으로 생각할 수 없다.

그럼에도 로렌스는 호로를 껴안고, 그리고.

"나는, 네가 좋다."

그런 뒤 오른쪽 뺨에 살짝 입맞춤을 했다.

호로는 멍하니, 이마가 거의 닿을락 말락 할 정도로 가까운 로렌스의 눈을 뚫어져라 쳐다보았다. 그런 다음 서서히 얼굴이 분노의 표정으로 바뀌어 갔다.

"당신이 나에 대해 뭘 알아?"

"아무것도 몰라. 그리고 네가 몇 백 년이나 살아온 결과 내린 판단이 옳은지 어떤지도 몰라. 하지만 한 가지 아는 건 있어."

붉은 기가 도는 호박색 눈은 지금 당장이라도 녹아 흘러내릴 것만 같았다.

로렌스가 호로보다 먼저 죽는 것은 틀림없고, 나이를 먹는다는 것은 그만큼 빨리 가치관이 변한다는 뜻이다.

아마 즐거움이 마멸해가는 속도도 로렌스 쪽이 더 빠를 것이다.

그럼에도 로렌스는 호로를 놓지 않았다.

"원해도 못 얻을지 몰라. 하지만, 원하지 않으면 절대로 얻지 못해."

호로는 고개를 숙였다. 그런 뒤 있는 대로 몸을 비틀어 마침내 로렌스의 팔을 뿌리쳐 버린다.

꼬리는 빵빵하게 부풀어 있고, 귀는 이보다 더할 수 없으리만큼 곤두서 있다.

그래도 호로는 늑대의 모습으로 돌아가지 않고 사람의 모습인 채로 로렌스를 노려보고 있었다.

"에이브는 목숨을 걸고 이익을 따르겠지. 그것을 손에 넣는 순간에 빛이 바래리라는 것을 알면서도. 그 자세는 상인으로서 배워야 할 거야. 귀감이라 해도 되지. 그러니까 나도 흉내를 내어 볼까 해."

수줍어하지도 않고 로렌스는 말을 마친 뒤 헛기침을 한 번 한다.

그런 뒤 의자 밑에 흩어진 보리를 줍기 시작했다.

호로는 내내 우뚝 서 있었다.

어딘가를 멍하니 쳐다보며 서 있었다.

보리를 줍고 있는 곳에 뚝뚝 물방울이 떨어져 로렌스는 고개를 들었다.

"멍청이가…."

그러면서 호로는 한 손으로 눈물을 훔친다. 자꾸만 넘쳐흐르는 눈물을 연신 한 손으로 훔치고 있다.

로렌스가 보리를 다 모아 담은 자루를 호로의 남은 한 손에 얹어 주자 호로는 자루를 꼭 쥐었다.

"책임질 거지?"

순간 웃고 만 것은 일부러 그런 것은 아니다.

"그래야 할 날이 오면 웃으면서 헤어지면 돼. 끝이 없는 여행은 없으니까. 하지만."

자꾸만 솟구치는 눈물은 어쩌면 호로 자신이 스스로의 한심함에 울고 있는 것인지도 모른다.

이런 꼴사나운 모습, 어린 여자아이라도 웬만해선 보이지 않는다.

로렌스는 웃으며 이렇게 말했다.

"이대로는 웃는 얼굴로 헤어지긴 힘들겠다고 생각했어. 그뿐이야."

호로는 로렌스의 말에 눈물을 훔치면서 고개를 끄덕였다.

"내체 왜 그렇게 비관적인 기야?"

이유가 없을 리가 없다.

호로가 걸어온 길고 긴 세월은 겁쟁이가 되고 말기에 충분한 것이었던 게 분명하다.

그럼에도 호로는 한 손으로는 눈물을 훔치고, 다른 한 손으로는 보리자루를 꽉 쥐어 겨우 남은 집게손가락 하나만으로도 로렌스의 손가락을 잡았다. 호로는 오랜 세월 동안 변해 버린 수많은 마음들과 즐거움이 풍화해 가는 모습에 괴로웠으면서도 그럼에도 약간의 기대를 품은 채 짐마차에 숨어들었을 것이다.

행복하게 있기 위해서는 아무것도 원하지 않는 수밖에 없다는 결론 따위는 허용할 수 없다.

몇 백 년이나 살아온 호로조차 어린아이 같은 순진무구함을 잊지 못하니까.

이윽고 호로는 천장을 우러르며 코를 훌쩍였다.

그런 뒤, 잠시 후.

"내가 왜 비관적이냐고?"

얼굴을 돌리자 이렇게 말했다.

"이렇게 훌쩍대는 게 당신 취향이잖아?"

허를 찔린 로렌스는 그만 웃는 수밖에 없다.

그래서 뭐라 대꾸를 하는 대신 그 자리에서 호로의 손을 고쳐 잡고, 마치 기사처럼 그 손등에 가볍게 입맞춤을 했다.

상대는 현랑 호로. 당장에 이 모습에 어울리는, 위에서 선고를 하는 듯한 말투로 말했다.

"내 제안을 걸어찼겠다? 이제부터는 당신이 다 책임질 거지?"

"…그래."

로렌스가 대답하자 호로는 잠시 침묵했다가 한숨을 지었다.

"당신은 나의 멍청한 말을 진지하게 상대해 줬어. 그야말로 돈벌이 기회를 날려 버리면서까지. 그러니까 나는."

말을 끊고 머리를 갸웃하면서 이렇게 말했다.

"당신의 멍청한 생각에 동참해 줄게…. 하지만."

"하지만?"

그러자마자 호로는 로렌스의 어깨를 걷어차 쓰러뜨린 뒤, 바로 위에서 내려다보면서 벌레라도 보는 것처럼 싸늘한 얼굴로 이렇게 말했다.

"내 일행이 한심하기 짝이 없는 상인이어선 곤란해. 혹시 정말 이대로 돈벌이 건수를 빼앗긴 채 꼬리를 말고 도망치려는 건 아니겠지?"

이것이 호로 나름의 상냥함이라면 로렌스가 할 말은 단 하나밖에 없다.

호로의 손을 빌려 잡고 일어선 로렌스는 호로의 눈가에 아직 남아 있는 눈물을 닦아 준 뒤 이렇게 말했다.

"너의 상냥함도 겁나는데."

호로가 그 말에 "멍청이."라고 되받아치려 했었는지 어떤지는 확실치 않다.

왜 그랬는지는 호로가 영원토록 길이길이 전해질 거라는 미담 속에서도 이야기되지 않겠지.

일어서다 눈앞이 핑 도는 것을 느끼면서 로렌스는 그런 생각을 했다.

호로가 말을 하다가 마는 원인은 손가락으로 꼽을 수 있을 정도밖에 안 되니까.

"…되찾을 계획은?"

뼛속까지 얼어 붙일 듯 싸늘한 호로의 눈빛.

무슨 일이 있어도 돈벌이 건수를 되찾으라는 것이다.

그래도 로렌스는 그 말에 농담으로 대꾸하고 싶어졌다.

저런 눈빛은 호로가 쑥스러움을 감추려는 것이라는 걸 알게 됐으므로.

"나는 돈벌이 건수를 되찾는 것보다 너한테서 주도권을 되찾고 싶은걸?"

"멍청이."

이번에는 분명하게 말했을 뿐 아니라 로렌스의 퉁퉁 부은 뺨을 갈긴 뒤 몸을 뗐다.

"그런 짓을 내가 허락할 것 같아?"

로렌스가 격통에 몸을 접는 것도 전혀 신경 쓰지 않는 듯한 말투다.

또한, 요이츠의 현랑 호로는 자랑스러운 꼬리를 로렌스에게 내보이듯이 빙그르 등을 돌리더니 허리에 손을 얹은 채 어깨너머로 돌아보았다.

"내가 당신한테 반하면 곤란하거든."

그 순간의 장난기 어린 웃음을 로렌스는 영원히 잊지 못하리라.

황갈색 머리카락을 출렁이며 호로가 키득키득 웃는다.

바보 같은 대화다.

정말로 그렇게 생각한다.

"그렇군."

"응."

로렌스와 호로는 방을 나섰다.

맞잡은 손은, 서로 쑥스러운 듯이 어느 쪽이 먼저랄 것도 없이 깍지를 낀 모습이었다.

**5권 끝**

오랜만입니다. 하세쿠라입니다. 다섯 권째입니다.

이 후기를 쓸 때 워드로 새 파일을 만들었는데, 아무리 해도 지금까지 썼던 것과 똑같은 환경이 안 되는 데다 추적추적 비 내리는 밤의 더위도 가세해, 조금만 더 있었으면 컴퓨터를 부숴 버릴 뻔했습니다. 표시배율이 115퍼센트가 되어 있는 것을 알아챌 때까지 상당한 기력을 소진한 탓에 후기에 무엇을 쓰려 했는지도 다 잊어버리고 말았습니다.

어떻게 할까나….

그럼, 5권 원고를 쓰던 당시의 생활 이야기라도.

실은 5권 원고를 쓸 때는 매우 건강한 아침형 생활이었습니다. 아침 8시 경에 눈을 떠 아침밥을 먹으며 인터넷을 둘러보고, 8시 40분쯤부터 주식시장에 달라붙어 거래 개시부터 한 시간 정도 좋아했다 슬퍼했다 한 뒤, 근처 패밀리레스토랑으로 노트북을 들고 가서 원고를 썼습니다.

외장형 배터리와 내장형 배터리를 합해 최장 여섯 시간쯤 있을 수 있는데, 기력은 그렇다 치고 체력적으로도 힘에 부치고, 종업원 아가씨의 시선도 험해지는 면이 있는지라 대략 주식시장이 폐장하는 3시가 되기 조금 전에 집으로 돌아옵니다.

그런 뒤 거래종료까지 주가에 또 좋아했다 슬퍼했다 한 다음,

거래가 끝나면 온라인 게임을 하거나 자료를 읽어 두고, 저녁 무렵에 기력과 체력이 기적적으로 회복되면 다시 원고를 씁니다. 피곤에 지쳐 낮잠을 자는 일도 많고, 낮잠을 자고 난 뒤에는 원고를 다시 읽어 보기도 합니다. 밤에는 12시 전쯤 잡니다.

토요일은 주식시장이 열리지 않기 때문에 일어나면 바로 패밀리레스토랑에 가거나, 낮의 혼란을 피해서 갈 때도 있었습니다.

그런데 어떻게 이토록 건강한 생활을 할 수 있었는가 하면, 그렇게 하지 않고는 마감에 맞출 수가 없을 만큼 궁지에 몰려 있었기 때문입니다. 원고가 완성되어 긴장이 풀어지자마자 올빼미형이 되고 말았습니다만, 그래도 새벽 4시에 잠이 들건, 7시에 잠이 들건, 주식시장이 개장하는 9시에는 눈이 뜨이는 것이 무섭습니다.

요즘 소망은 조세피난처(Tax Haven)라는 남쪽나라의 섬에서 집필을 해서 세금을 면해 볼 수 없을까 하는 것입니다.

내년의 세금확정신고 때 머리를 싸매고 있지 않으면 저는 남쪽나라에 가 있는 겁니다.

하지만 남쪽나라에 가면 너무 늘어져서 원고 같은 건 쓰고 싶지 않아질 것만 같으니, 세상일이란 참 뜻대로 안 되는 것인가 봅니다.

그럼 다음 권에서 또 만나 뵙기로 하지요.


_하세쿠라 이스나

『늑대와 향신료』에서 절대 빼놓을 수 없는 소재 중 하나가 먹거리입니다만— 사과, 복숭아 꿀절임, 고기파이 등등에 이어 이번 5권에서는 호사스럽게도 '새끼돼지 통구이'까지 등장했습니다. 순전히 개인적인 의견이지만 역시 고기는 구워야 맛이라. 특히 직화구이의 맛을 따라갈 것이 없죠. 사실 고기류를 그다지 즐기는 편은 아닙니다만, 왠지 가끔 '새끼돼지 등뼈구이'가 유독 당기는 날이 있습니다. 로렌스 왈, 오독오독 씹는 맛이 있다는 귀때기는 통구이를 아직까지 먹어 본 적이 없어서 모르겠지만, 주머니 사정이 허락하는 한 새끼돼지 등뼈구이라도 맛좋은 바비큐 소스를 살짝 찍어 먹어 주면, 그야말로 손가락을 쪽쪽 빨아가며 "음~, 역시 남의 살이 맛있어~." 소리가 절로 납니다. (이 말, 무서운 말입니다. 인간의 육식성을 확인하게 되는.)

여담입니다만, 새끼돼지 통구이에는 입에 허브보다는 빨간 사과 하나 덥석!—인 그림이 더 어울리지 않나요? 어디서 그런 삽화를 본 것도 같은데요.

5권을 다 읽고 마무리로 이 역자후기를 읽으시는 분들은 5권의 급전개에 잠시 마음이 철렁하셨을 수도 있겠습니다. 호로와 로렌스, 그리고 에이브와 로렌스의 주거니 받거니 하는 대화가 많았던

5권이었는데, 에이브… 호로의 강력한 라이벌이 될 것 같은 느낌이 드는군요. 어찌니 저찌니 해도 5권 반전의 여왕, 에이브 볼란.

한 권에 한 편의 이야기로 마무리되던 『늑대와 향신료』가 5권을 기점으로 좀 더 영역을 넓혀 긴 숨으로 전개될 듯합니다. 5권에서는 앞으로 펼쳐질 이야기의 여러 가지 복선이 깔려 있는데, 그 중에서도 저는 개인적으로 에이브와 아롤드 영감의 관계가 궁금하네요. 그냥 여관주인과 숙박객 정도의 사이가 아닐 듯한데… 라는 것은 제 착각일지도 모르겠습니다만.

성급한 마음에 6권을 살짝 열어 보니 로렌스와 호로 시대의 세계지도(라고 하기엔 무색한 일부분의 그림입니다만)가 있습니다. 룀 강을 따라 내려가면 바다로 보이는 곳 위에 윈필 왕국(에이브네 나라)이 있군요. 따각따각 짐마차를 끌고 들판을 누비던 파란만장 로렌스와 호로의 여행기가 마침내 배를 타고 물길까지 섭렵하게 되는가 봅니다. 당연, 기대가 되지요?

그럼 저는 그런 기대를 한껏 안고, 새로운 여행, 새로운 돈벌이, 새로운 만남이 펼쳐지게 될 6권에서 또다시 뵙기로 하겠습니다.

_역자 **박 소 영**

# 늑대와 향신료 [5]

2008년 6월 7일 초판 발행
2022년 4월 10일 14쇄 발행

**저자** 하세쿠라 이스나 | **일러스트** 아야쿠라 쥬우 | **옮긴이** 박소영
**발행인** 정동훈 | **편집인** 여영아
**편집 팀장** 황정아 | **편집** 노혜림
**발행처** (주)학산문화사 | 서울특별시 동작구 상도로 282 학산빌딩
**편집부** 02.828.8838(전화), 02.816.6471(팩스) | **영업부** 02.828.8986(전화), 02.828.8890(팩스)
**홈페이지** www.haksanpub.co.kr | **등록** 1995년 7월 1일 | **등록번호** 제3-632호

ookami to koushinryou vol.5
©ISUNA HASEKURA 2007
First published in 2007 by Media Works Inc., Tokyo, Japan.
Korean translation rights arranged with ASCII MEDIA WORKS Inc., through KCC.
이 책의 한국어판 저작권은 일본 아스키 미디어 웍스와의 독점계약으로 (주)학산문화사에 있습니다.

ISBN 978-89-258-5616-2 04830
ISBN 978-89-529-5612-4 (세트)

값 6,800원

# 안다카의 괴조학

1권

아키라 **지음**
에나미 카츠미 **일러스트**
인단비 **옮김**

## eXtreme novel

끝없이 멀고도 가까운 이계(異界) 안다카.
이것은 암흑에 서식하는 몬스터를 이쪽 세계로 소환하는
'괴조(怪造)'가 일반적인 일이 된 시대의 이야기다.
괴조생물과 공존할 수 있는 세계를 꿈꾸는 소녀 스카이이 이요리는
희망을 품고 코코로 괴조고등학교에 입학한다.
그러나 입학하자마자,
실습 담당 선생님이 소환한 괴조생물 때문에
말도 안 되는 내사건에 휘말려드는데…?!
제8회 카도카와 학원소설 대상 우수상을 수상한
미러클 몬스터 레전드, 당당하게 개막되다!

XNR-26-1
(주)학산문화사 발행 / 값5,900원

# 저주의 혈맥

카몬 나나미 지음
CLAMP 일러스트
김수현 옮김

## eXtreme novel

호기심이 고양이를 죽인다.
이 사건도 작은 호기심이 계기였는지도 모른다….
대학에서 민속학을 공부하는 미야치 노리유키는 스와 신앙에 대해
야외 조사를 하던 중, 북 알프스 산중에서 줄기에 낫이 박힌
기묘한 신목을 발견한다. 안 된다는 것을 알지만 학문적 흥미가 생겨
나무에서 낫을 빼내고 마는 미야치. 그러나 그 행위를 마을 사람들에게
들켜 그는 신목에 다시 신을 봉인하기 위한 〈마츠리〉에 참가하게 된다.
일단 의식이 집행되기 전까지 마츠리에 대해 조사해보던 미야치는
그 마을 신주의 핏줄을 이은 타카후지 마사야와 그 여동생 아즈사의 존재를
알고 연락을 취한다. 그러나 그것이 불길한 '안'의 마츠리를 일으키는
'만남'이 되리라는 것을, 그는 몰랐다…. 귀재 카몬 나나미가 그려내는
〈마츠리〉의 진짜 모습! 박진감 넘치는 네오 모던 호러 등장!

XNR-29
(주)학산문화사 발행 / 값6,500원

# 렌탈 마법사
요도의 마법사

11권

산다 마코토 지음
pako 일러스트
김수현 옮김

# eXtreme novel

〈아스트랄〉 멤버들은 〈아스트랄〉에 대한
〈협회〉의 심의를 받기 위해 영국 런던으로 갔다.
평화로이 런던을 만끽하며 심의 날을 기다리고자 하는 멤버들의
바람과는 달리 거구의 연금술사에 의해 마법사가 살해되는 사건이 발생한다.
그리고 그것이 신호이기라도 한 듯 〈오피온〉이 〈협회〉 본부를 습격하여
최강이라 불리던 마법사들이 차례차례 쓰러져 간다.
미캉의 절대방어도 이국의 땅에서는 발동되지 않고
이스키도 호나미, 아디리시이외 뿔뿔이 흩어지게 되는데…
과연 〈아스트랄〉의 운명은?! 그리고 드디어
'마법사를 벌하는 마법사' 가게자키의 진짜 힘이 발동하는데?!
이국에서 벌어지는 대인기 이종 마법 격투전 제11탄!

XNR-8-11
(주)학산문화사 발행 / 값5,900원

# 은반
# 컬라이더스코프

리리컬 프로그램 -Be in love with your miracle

## 7권

카이바라 레이 지음
스즈히라 히로 일러스트
현정수 옮김

# eXtreme novel

■■

다가오는 밴쿠버 동계올림픽을 앞두고
단신으로 러시아로 입국한 '프린세스 원더' 사쿠라노 타즈사.
남몰래 가브리와 나눈 약속을 지키기 위해,
노리는 것은 세계의 정점뿐.
그런데 문제는 새로 맞이한 유명 코치가
예상 밖으로 골칫덩이라는 것.
성격은 음침하지, 횡포를 부리지 않나,
말도 안 되는 난제를 들이밀지 않나,
하나부터 열까지 자기 하고 싶은 대로만 하려고 한다.
대체 나 '프린세스 원더'를 어떻게 보고….
어라, 잠깐, 리아? 지금 뭐하는 거야?!

■■

XNR-20-7
(주)학산문화사 발행 / 값5,900원

〈문학소녀 시리즈〉

# '문학소녀'와
# 얽매인 바보
### 3권

노무라 미즈키 지음
타케오카 미호 일러스트
최고은 옮김

# eXtreme novel

■■

"아앗, 이 책 책장이 모자라!"
어느 날 토오코 선배가 도서관에서 빌려온 책은
중간 부분이 찢겨나가 책장이 모자랐다—.
역시나, 이야기를 먹어버릴 정도로 깊이 사랑하고 있는 '문학소녀'가
이 일을 그냥 넘어갈 리 없다. 폭주하는 토오코에게 휘말려,
무슨 이유에서인지 코노하와 같은 반의 친구 아쿠타가와는
문화제 때 연극에 출연하게 되는데….
우연히 보게 된 같은 반 친구의 마음 속 어둠. 궁지에 몰려 더해가는 광기.
과거에 얽매여 움직이지 못하는 영혼을,
'문학소녀'는 해방시킬 수 있을 것인가?
입에서 녹을 정도로 달콤하면서도 조금 쌉싸래한 맛의 학원 미스터리,
문학소녀 시리즈 제3탄!

■■

XNR-27-3
(주)학산문화사 발행 / 값5,900원

# 토라도라!
4권

타케미야 유유코 지음
야스 일러스트
김지현 옮김

# eXtreme novel

여름방학에 키타무라, 미노리와 함께
아미네 별장에 가기로 한 류지와 타이가.
두 사람은 이번 기회를 통해 각자 좋아하는 사람과 가까워지기를 바란다.
그리고 실패할 확률을 줄이기 위해 다른 한 쪽의 도우미가 되기로 하고,
한낮의 뜨거운 승부를 겨룬 끝에 도우미 역이 결정된!
며칠 뒤 그들은 기차를 타고 드디어 해변의 별장에 도착한다.
너무나 멋진 해변에 왔지만 타이가는 여전히 사납고,
미노리는 기운이 넘치고, 아미는 무슨 생각을 하는지 알 수 없다.
그 와중에 류지와 타이가는
미노리의 마음을 사로잡기 위한 비밀 작전을 개시하는데….
과연, 류지는 미노리의 마음을 얻을 수 있을까?

XNR-25-4
(주)학산문화사 발행 / 값5,900원

# 집 지키는 반시
4권

오가와 마사타케 지음
토베 스나호 일러스트
인단비 옮김

# eXtreme novel

■■

주인님의 부재에 완전히 익숙해진 오룰레유 성.
신경 쓰는 사람은 아리아 뿐(?)일지도….
슈바르첸의 비명과 세르르마니의 속편한 웃음소리가 울려 퍼지는
평온한 나날이 이어지리라 생각했더니만
역시나 그렇게는 안 되는 모양입니다.
'서큐버스' 낙제생인 이르자리아는 학점 부족이 발각되어
재교육 센터 행이 결정되어 버린 것입니다!
서큐버스 주제에 남성 면역이 전혀 없는 이르자리아.
지금부터 학점을 취득시키는 것은 불가능하다고 판단한 아리아 일행은
어떻게든 다른 방법으로 그녀를 구하려고 하지만,
그것도 쉽게 풀리지 않고 점점 더 꼬여만 가는데….

■■

XNR-22-4
(주)학산문화사 발행 / 값5,900원

# ROOM NO.1301
시이나는 히로익!
9권

아라이 테루 지음
삿치 일러스트
현정수 옮김

# eXtreme novel

"지금 할 수 없다고 해서 초조해 할 필요는 없어."
아야는 그렇게 켄이치의 마음을 긍정해 주었다.
돌아보았더니 히나는 그렇게 하고 있었다. 카나의 동생인 히나인 채로는
자신의 마음을 카나에게 전할 수 없어서 히나는 시이나가 되었다.
시이나가 부르는 노래를 통해서라면 그 마음이 전해질 거라고 믿으며.
아야는 평소에 난감한 짓을 많이 하지만 정말로 들어 주길 바라던 고민은
꼭 들어 주고 있다고 켄이치는 생각했다. 그것에 비해 나는
아야에게 무엇을 해주었을까. 그렇게 생각하면서 차이나타운에
데이트 하러 간 켄이치는, 아야에게서 '꼭 해주길 바라던 일'을 듣고
그녀와 진지하게 마주하게 된다.

XNR-4-9
(주)학산문화사 발행 / 값5,900원

# 마모루 군에게
# 여신의 축복을!
## 11권

이와타 히로키 지음
사토 토시유키 일러스트
주진언 옮김

# eXtreme novel

드디어 에머런티아가 도비대를 떠나는 7월을 맞이해,
살짝 아쉬운 요시무라 마모루입니다.
학생회에서 다 같이 즐거운 송별회를 열어,
최소한 마지막은 웃는 얼굴로 이별하자고 다짐했지만…
무슨 일 때문인지 독일의 요한과 연락이 두절되어
에머런티아는 어떻게 해야 좋을지 몰라 당황하고,
불길한 예감이 엄습하면서 기분이 영 찜찜한 상태입니다.
그런 참에, 아야코 선배는 느닷없이 나타난 은빛 마리아에게
비아트리스 감응능력을 빼앗겨 버려서, 보, 보통의 평범한 여자아이가─?!
독일과 연락이 되지 않는 깃도 괸련이 있는 듯한데,
대체 무슨 일이 일어나고 있는 것일까요?

XNR-12-11
(주)학산문화사 발행 / 값5,900원

# 노기자카
# 하루카의 비밀
## 6권

**이가라시 유사쿠** 지음
**샤아** 일러스트
**인단비** 옮김

# eXtreme novel

용모수려 · 재색겸비, '순백의 별'이라는 별명까지 있는
끝내주는 양갓집 규수 노기자카 하루카. 그녀의 비밀을 공유하고
격동(?)의 크리스마스를 함께 보내고, 두 사람의 사이가
한 발짝 더 진전된 것처럼 여겨지는 요즘이지만….
섣달 그믐날. 1년을 마무리 짓는 일대 이벤트인 겨울 코미케에
어째서인지 나와 하루카는 동인지를 팔고 있었다.
사태의 전말을 이야기하면 길어지니 넘어가고,
첫 코미케에서 처음으로 서클의 도우미를 하면서 하루카의 방에서
둘이서 열심히 만든 첫 동인지를 판매한다.
하지만 첫 동인지의 판매는 쉽지 않은 상황…
나는 1년을 마무리 하는 하루카의 멋진 미소를 보고 싶은 마음에
극단의 조치를 취하는데….

XNR-14-6
(주)학산문화사 발행 / 값5,900원